幸福信笺

上海故事会文化传媒有限公司
上海文艺出版社

图书在版编目（CIP）数据

幸福信笺 / 《故事会》编辑部编. -- 上海 : 上海文艺出版社，2023（2024.1重印）
（故事会. 社会写真系列）
ISBN 978-7-5321-8779-9

Ⅰ. ①幸… Ⅱ. ①故… Ⅲ. ①短篇小说－小说集－中国－当代 Ⅳ. ①I247.7

中国国家版本馆CIP数据核字(2023)第112070号

书　　名：幸福信笺

主　　编：夏一鸣
副 主 编：吕　佳　朱　虹
责任编辑：田　芳
发稿编辑：吕　佳　朱　虹　姚自豪　丁娴瑶　陶云韫　孟文玉
王　琦　曹晴雯　赵媛佳　田　芳　彭元凯
装帧设计：周艳梅
封 面 画：孙小片
责任督印：张　凯

出　　版：上海文艺出版社
出　　品：上海故事会文化传媒有限公司
（201101 上海市闵行区号景路159弄A座3楼　www.storychina.cn）
发　　行：上海文艺出版社发行中心
（上海市闵行区号景路159弄A座2楼206室）
印　　刷：上海中华印刷有限公司
开　　本：787×1092毫米　1/32　印张：8
版　　次：2023年10月第1版　2024年1月第2次印刷
书　　号：ISBN 978-7-5321-8779-9/I.6924
定　　价：25.00元

上海故事会文化传媒有限公司　出品（01136）

想看更多故事？
扫码下载故事会 App

上海故事会文化传媒有限公司所有图书可办理邮购，免收邮费（挂号除外）
汇款地址：上海市闵行区号景路 159 弄 A 座 2 楼 206 室（201101）
收 款 人：上海故事会文化传媒有限公司出版发行部
联系电话：021-53204159
如发现本书有质量问题，请与印刷厂质量科联系　Tel:021-60829082

编者的话

一、中华民族自古以来便有讲故事的传统。五千年的文明绵延不断，五千年的故事口耳相传，故事成为中华民族弥足珍贵的精神财富。

二、创刊于1963年的《故事会》杂志是一本以发表当代故事为主的通俗性文学读物。60年来，这本杂志得风气之先，发表了一大批脍炙人口的优秀作品，许多作品一经发表便不胫而走、踏石留印，故而又有中国当代故事“简写本”之称。

三、60年来，这本杂志眼睛向下、情趣向上，传达的是中华民族最核心、最基本的价值观。

四、为让读者在最短的时间内阅读最大面积的精品力作，《故事会》编辑部特组织出版《故事会·社会写真系列》丛书。

五、丛书分为如下八本故事集：《草原上的情人节》《蝴蝶翅膀上的爱》《绝对宝贝》《玩的就是心跳》《幸福信笺》《砸碑》《中国式问候》《作弊的三好学生》。

六、古人云：登东山而小鲁，登泰山而小天下。对于喜欢故事的读者来说，本丛书的创意编辑将带来超凡脱俗的阅读体验。

《故事会》编辑部

目录
Contents

目录
Contents

真情·灵魂篇

人生·启示篇

时代·生存篇

shidai shengcunpian

潇洒地谈论生活是一桩奢侈的心愿，毕竟，在时代的滚滚浪潮中，人们关心更多的还是怎样生存。

不速之客

沈万里从个体户饭店下班回到家，已经是晚上十点钟了，他正想去睡觉，忽听见“嘭嘭嘭”的敲门声。是谁这么晚了还来敲门？

沈万里开门一看，只见门外站着一位二十四五岁的小伙子，浓眉大眼，西装革履，手里拎着一只黑色箱型包。沈万里与此人素不相识，哪料来人用一口北方话问道：“你就是沈师傅吧？”“是呀！”沈万里感到奇怪，他怎么会认识我呢？莫非是哪个朋友介绍来的？想到这里，彬彬有礼道：“请里面坐！”

来人稍稍谦让了一下，就跨进了门槛，他习惯地举目朝屋内四周打量了一番，和气地笑道：“我从安徽来，您叫我安徽人好了。我想租借你这间房子，开爿店……”“不租！”没等安徽人说完，沈万里当即就回绝了他。

沈万里自从父亲在“文化大革命”中被打成“现行反革命”，冤死在狱中后，一直过着“狗崽子”的生活，被人歧视。因此，他们母子俩总是闭门自守、洁身自好，没什么非分的要求。

谁知，安徽人像湿手沾住了干面粉，甩也甩不掉，他笑眯眯道："您家这间靠马路的店面房子，空着真是可惜。如今政策开放，私人也可以经商致富呀！"沈万里听得心里直嘀咕："这还用你来开导我？我若有了万儿八千的，早就自己开店了！"他马上打断了安徽人的话，推着安徽人的肩膀往外走："好了，好了，你到隔壁几家去看看吧！"安徽人苦笑了一下，只得尴尬地走了。

送走安徽人，沈万里回过身来，发现安徽人的那只黑色箱型包没有拿走，他马上追了出去，对着安徽人背影喊："喂！安徽人，你的包！"安徽人转过身来，接过包，叹了口气，说："沈师傅，您真是个好人呐！"

第二天晚上十点钟，沈万里刚睡到床上，门又"嘭！嘭！嘭！"地响了起来。沈万里打开大门一看，嘿！又是昨晚那个安徽人，一见面就笑眯眯地说："沈师傅，又来打扰您了……"沈万里火冒三丈："你这个安徽人，叫你到别家去租，怎么又来了？"

安徽人笑笑，一副死皮赖脸的样子："别人家的房子再好我也不要，我就看中你这间房子。"沈万里拔直喉咙，狠狠地回道："我这房子就是不租！"说完，把门"砰"地一声关上了。

第三天一清早，沈万里为了防止安徽人今晚再来纠缠不清，就用毛笔写了一张告示，贴在大门上，告示上写着：

本私房决不出租，切莫打扰！

房主　启

谁知到了晚上十点钟，大门又"嘭！嘭！嘭！"地响了起来。沈万里真是气得七窍生烟："真是个混账东西！天天要来捣蛋，叫我怎么吃得消？"但转而一想，既然安徽人想要赖皮，我就把房租费开得狠一点，大家来较量较量，看看到底谁厉害？于是，沈万里把大门打开，大方地邀请道："请进！"

敲门的果然又是安徽人，他见沈万里一改常态，反倒吃了一惊，变得目瞪口呆。本来，他想好了许多话语，准备作最后一次"冲刺"，现在反倒疑惑起来。但他还是跨进了门。

"请坐。"沈万里开门见山地说，"看来这间房子你是非租不可的了？"安徽人点点头。"好，就租给你！"沈万里爽朗地答应了，安徽人又惊又喜。"不过嘛……"沈万里话锋一转，安徽人心里不由得一阵紧张，担心刚答应的事又要变卦。只见沈万里扳起了手指头，"我家门前这条马路，虽比不上南京路、淮海路、金陵东路，但门口也有两条公交路线经过，市面还是不错的。在上海地界，最难轧的是车子，最难租的是房子。这，你大概不会不知道吧？所以房租是非常高的，不知你出得起吗？""多少？"安徽人要紧问道。沈万里伸出食指，在他面前一晃："一年一万元，先付五千，少一分也不租！"沈万里一口气把要价亮了出来，露出一副幸灾乐祸、洋洋自得的神态。"不贵，我出你年租两万元，先付一万元如何？"安徽人泰然地说。本想吓人的沈万里反给吓了一跳。乖乖，这安徽人莫非有神经病？当他还未回过神来，安徽人又开口道："不过，我有三个条件。第一，必须用你的名义去申请一张个体户开业执照，我知道你是个待业青年，此事准能办到；第二，你在朋友店里做工，每月才两百来元工资，从明天起，你去辞掉工作，帮我做，我付你工资四百元；第三，你妈妈退休在家，我也聘用她来干点零星活，每月付两百元。你能答应吗？"

沈万里简直给懵住了，这哪里是条件？简直是送钞票上门！这样的好事，平时求爷爷、告奶奶，请客送礼都求不到呀！自己那位老同学算得上帮大忙了，每月也只给两百元工资。这个安徽人怎么会这么傻呢？他怀疑安徽人来路不正，便试探着问道："你下这样大的本钱，究竟要开什么样的店？""正宗安徽符离集烧鸡店。"安徽人一字一句道，"这店由你我合办经营，一切费用、投资由我承担，除去税金、工资、房租等开支外，所得纯利你我对半分成；如果亏本，由我一人承担。怎么样？你的工作是，每天到市场上采购100只毛鸡，回来杀鸡拔毛。你妈妈的工作是挖去内脏，洗净光鸡，工作都不算复杂。为了信誉起见，我先付你半年房租费。"

安徽人打开箱型提包，取出十叠崭新的"大团结"——整整一万元放到桌上，说道："我就住在隔壁弄堂的'为民旅馆'里，明天你就去申请开业执照，店名取'万里烧鸡店'。时间不早了，你早点休息吧，明天我叫人来装修店面。"没等沈万里回答，安徽人已拎着包走了。

一星期后，"万里烧鸡店"个体营业执照已批下来，店面也装饰一新，大玻璃橱窗洁净明亮，彩色霓虹灯组成"正宗符离集烧鸡"字样，闪耀着五颜六色的光芒。沈万里和安徽人穿着雪白毕挺的工作衣忙这忙那。橱窗里，一只只油光发亮的烧鸡排列得整整齐齐，香气扑鼻，令人垂涎三尺。

"沈师傅！"安徽人对沈万里道，"你不是会写告示吗？你给我写一张告示，字迹愈大愈好。你这样写，'开业优惠三天，正宗符离集烧鸡，每公斤7.6元'。"

沈万里以为自己听错了，因为他买来的毛鸡也要每公斤7.6元呢，这不是明赔本吗？他问道："安徽人，你是不是搞错了，每公斤还是每市斤？”

“不会错，你写上每公斤7.6元。”安徽人毫不含糊地回答。

沈万里心里暗暗好笑：“真是孱棺材、戆大！他愿蚀本就蚀吧，只要我们娘俩的工资不少一分，他叫写我就写！”

告示写好，贴在一块大木板上，摆在店门口，来往行人一目了然。这价钱果然吸引了不少过路人，谁不想占一点便宜？马上排起了一条长龙。一个上午不到，100只烧鸡一抢而光。

当晚，沈万里暗暗地给安徽人算了一笔账：一天下来，整整赔了三百三。这样“优惠”三天，至少也得赔上近千元。

开业第四天，安徽人叫沈万里将告示上的价格更动一下，写上每市斤6.5元。沈万里想：“嗨！怎么搞的，前几天烧鸡每市斤3.8元，如今涨到6.5元，每斤涨了近三元，还有谁来买呢？”说来也真奇怪，不到一上午，100只烧鸡又卖光了。这下，沈万里倒真有点佩服安徽人了，心想：“这个安徽人的生意经确实高明。”

其实安徽人的高明在于摸清了顾客的心理。上海人对吃比较讲究，货色好，价钱高些也能接受。前三天价格便宜，买回去品尝后，觉得不错，皮不破、肉不烂、味鲜美，酥而不腻，香料纯正，真是色、香、味俱全，是正宗的符离集烧鸡风味。于是一传十，十传百，尽管价格提高了，还是争相来买。

沈万里又暗暗地算了一笔细账：每只烧鸡三到四斤重，可赚四五元，每天100只烧鸡，除去工资、房租、税金等日常开支，一天可赚三百三，一个月可赚一万元。乖乖！怪不得安徽人肯出这么大的房租费。

光阴似箭，一个月已过去了，烧鸡店生意久盛不衰，十分兴隆。一天，安徽人对沈万里说道：“沈师傅，看来我们的烧鸡生意已立住脚跟。

以后我可能有事要走开几天，但店里的生意不能停下来，我想把烧鸡的配方和加工方法教给你，如果我不在店里，你也可以照样营业。”

沈万里听后又吃了一惊：“烧鸡的烹调工艺历来是对外保密的，祖传秘方有的还只传子不传婿呢！我与他萍水相逢，他怎肯轻易把技艺传授给我，难道他不怕等我学会后，把他一脚踢开？”想到这里，沈万里不由得直言相告：“我说安徽人，你对我这样信任，我很感激，你把这烹调工艺教会了我，难道不怕有朝一日被我抢去生意？”

安徽人笑眯眯答道：“我看你沈师傅不是那种人。如果是那样的话，只怪我自己，谁叫我看错人自讨苦吃呢？”

就这样，安徽人毫无保留地把用几味中草药作配方以及加工的一道道工序，手把手地教会了沈万里。沈万里也是个有心人，十来天后，他已能驾轻就熟地独立加工正宗符离集烧鸡了。安徽人高兴地对他说：“沈师傅，从明天开始，由你替代我的工作，至于你的工作，可以再去聘请一位工人来代班，每月付他三百元工资。”沈万里说：“请个帮工没有问题。”但他心里却在嘀咕，“他大概想当‘脱产经理’了，真会享清福！”

次日一早，帮工的哥们准时来店上班，可“脱产经理”到十点钟还不见人影。沈万里有些不放心，等烧鸡卖光后，就跑到隔壁弄堂里的“为民旅馆”里去察看。谁知到旅馆一问，服务员说：“那个安徽人今天一早就结账走了。”

“啊——”沈万里心里“咯噔”一下：他怎么不吭一声就走了呢？沈万里思前想后，觉得安徽人的种种表现中隐藏着一个难解的谜！

过了一个多星期，安徽人还不见回来，沈万里想：这安徽人预付的一万元房租以及开店的投资都在这里，连一个月所赚来的一万多元钱也一分没有动过，为什么他迟迟不来，一点音讯也没有？前段时期忙于开业做生意，连安徽人的通讯地址也没顾得上问，急得沈万里整天坐立不安，束手无策。

沈万里突然想到，安徽人投宿登记，一定要有介绍信或证件。于是，他再去隔壁弄堂里的“为民旅馆”，在旅客登记簿上一查，果然查到了安徽人叫王思恩，家住安徽省符离集镇王家桥。

第二天，沈万里带上两万多元现金，乘上北去的特快列车，来到了安徽符离集，见王家桥堍有爿烧鸡铺，果然见安徽人在店堂里忙碌着。沈万里非常高兴，走进店堂唤了声：“王师傅！”

王思恩抬起头来，吃了一惊：“啊，沈师傅，您来啦！”赶忙迎出来，热情地一把拉住他，“快里面坐！”接着对里屋大声喊：“爹，上海的沈万里来啦！”

王思恩领着沈万里走进里屋，见面前出现了一位头发斑白、身材高瘦的老人。仔细一看，沈万里吃了一惊，原来，这老人是他父亲生前在中学里教书的同事王老师，跟父亲关系很好，还经常到沈万里家来玩。

沈万里激动地迎上前：“王伯伯，原来是您在帮我家大忙哪！”王老师似乎很激动，嚅动着嘴唇，把沈万里拉到一张沙发上坐下。沈万里对着王思恩抱怨说：“王师傅，你帮了我家大忙，怎么不吭一声就走了呢？你的钱我都带来了。”说着，打开箱型包，欲取钱。

王老师突然立起身，伸出一只手，把箱盖揿住了，脸上呈现出一片痛苦的神情，语调凄然地说：“万里，我欠你家的债，是无法用钞票补偿的，我愧对你们全家啊！好侄儿，我是一个罪人哪……”说着，泪水似泉水般涌了出来……老人慢慢地走过来哆嗦着要跪倒在沈万里的面前。这究竟是怎么回事呢？

原来那是十年浩劫中的事情。有一天，王老师患了菌痢。他一阵肚痛，急忙中随手撕了报纸的一角去厕所，当他刚解完大便离开，碰巧沈万里的父亲也来上厕所。

不多一会儿，一个工宣队员风风火火地闯进办公室，通知说：全校教职员工马上到小礼堂去开批斗大会，说是发现了一起撕毁毛主席宝像的现行反革命案。

王老师听了浑身一震，马上想起刚才撕报纸上厕所的事来，再一打听，工宣队就是在他们办公室里发现撕毁毛主席宝像的报纸的。王老师怀着垂死的心情，浑浑噩噩地走进了小礼堂，准备领受即将到来的暴风雨般的批斗。

“把罪大恶极的现行反革命分子押上台来！”工宣队长一声大吼，王老师吓得差点昏过去。可是奇怪，竟没有人来碰他，只听得一阵阵骚动，王老师闻声望去。原来是沈万里的父亲被两个造反派队员押上了批斗台。沈老师挺着胸、抬着头、坚强不屈地站在台上。工宣队长问他：“你为什么要污辱伟大领袖毛主席？”沈老师泰然而响亮地回答：“我没有！”工宣队长大吼一声：“嚣张！让他尝尝我们无产阶级战士的铁拳！”于是，沈老师便遭到了几个造反派的拳打脚踢。王老师痛苦地闭上眼睛，他心里明白：沈老师是在代他受过呀！但是，王老师生性胆小，当时的场面把他吓住了，他没有勇气上前承担责任。只是祈求工宣队找不到确实的证据，而使沈老师能化险为夷。

在拳打脚踢声中，只听得沈老师嘴里仍在不断地呼喊：“你们冤枉好人！你们凭什么证据说是我撕的？”

工宣队长一时语塞，马上换了口气说：“那你说，在你前面解大便的是谁？只要你检举揭发，可以立功！”

王老师的心差点蹦出胸膛，如果沈老师一旦说出他的名字，肯定罪加一等，弄不好连性命也保不住。谁知沈老师摇摇头，毫不犹豫地说："我没有看见！我总不能瞎说啊！"眼看沈老师又要挨打了，王老师紧张的神经"嘣"地一声断了，当即昏厥过去，被送进了医院。

出院后，听说沈老师顽固不化、态度恶劣、死不认罪，被逮捕入狱，在监狱里又死不交代，由于遭到精神上和肉体上的双重摧残，病痛加折磨，死在狱中……

两年前，王老师从学校退休回安徽老家，临走时，他真想去向沈万里母子告别，但又无脸去见蒙受不白之冤的母子俩，只好把满腹的悔恨深深埋在心底。

如今，政策开放后，王老师利用祖传秘方，开办了王家烧鸡铺，赚了不少钱。于是，他把儿子王思恩叫到跟前，导演了这场报恩的戏。

王老师颤抖着紧紧握住沈万里的手，失声痛哭道："我是罪人啊，我是罪人啊！"沈万里泪流满面，撕心裂肺地呼唤："爸爸！你死得好冤啊！你说谁是罪人啊！你说呀！"

（赵丁兰）

（题图：张恩卫）

谁敢动他一根毫毛

镇上有一家理发店，老板是个老实巴交的手艺人。这天，他正在给一个中年人理发，忽然门外人影一晃，进来一个打扮得花里胡哨的小青年，染一头黄发，两条胳膊上文着青龙白虎。

黄毛大大咧咧地往椅子上一坐，冲老板一招手："过来，先给我刮刮胡子。"

老板停下手上的活，脸上露出一副诚惶诚恐的模样，说："您是南哥的儿子吧？"

黄毛顿时得意扬扬地说："算你还认识点人。没错，南哥是我爸！"

老板赔着笑脸，讨好地点着头。黄毛不耐烦地又一招手："你快点呀，给我刮干净点，老子还有事呢！”

老板迟疑片刻，嗫嚅着说：“我、我不敢刮……”

此话一出，黄毛和那个来理发的中年人都不禁一愣。黄毛接着哈哈大笑道：“我是老虎啊？你不敢刮也得刮，怕老子不给你钱？”

“不是钱的问题。”老板一脸的为难，“我是真不敢刮呀！”

黄毛有些发火了，冲他一指：“磨磨蹭蹭个屁呀！让你刮你就刮！”

老板吓得一哆嗦：“不、不敢……”

黄毛这下火大了，“噌”地就跳起来。老板更是吓得往中年人身后一躲，大声叫了起来：“龙哥龙哥，请原谅，要不您到别家去刮吧，我给您十块钱，行不行？”

黄毛发起飙来：“你想拿老子寻开心啊？我告诉你，今天我就非要你刮不可！老子还得在这儿混呢！”

老板哭丧着脸，仍是不敢走过去。黄毛大喝一声：“你刮不刮？不刮，老子把你的店铲了！”说着，随手拿起一把剪刀，往镜子上一砸，咣当一声，镜子破了个洞。

老板吓得双手抱头，突然拔腿就冲了出去，嘴里还喊着：“你把店铲了，我也不敢刮……”一眨眼居然跑没了影。

黄毛一怔，哭笑不得地骂了一句，又往椅子上一躺，把两条腿跷到桌上，嘀咕道：“妈的，这家伙不知道吃错了什么药！

整个过程，中年人一直不动声色地看着，也觉得奇怪透了。这老板是个老实人，黄毛是个恶人，老实人怕恶人，并不奇怪，可也不至于怕到这种程度吧？不敢刮也罢了，竟然连店都不要就跑了！

黄毛得意忘形地又坐了一阵，突然电话响了。他接完站了起来，好像故意把话说给中年人听似的：“等会儿再回来处理你。妈的，破坏老子的心情，不赔点精神损失费难道就算了？”说罢扬长而去。

中年人仍然不动声色地坐着，等了几分钟，才看见老板缩头缩脑地走回来。中年人笑了笑，说：“没事了，那家伙走了。”

老板苦着脸过来，连说对不起，拿起剪刀继续给中年人理发。中年人好奇地问，那个黄毛是什么来头。老板似乎巴不得他问，往门口瞄了两眼，倒苦水一样说了起来。

原来那黄毛的老爸人称南哥，在当地有钱有势，无人敢惹。俗话说得好，龙生龙，凤生凤，老鼠的儿子会打洞。他这个儿子小小年纪就已经是本地一霸，就算在街上横着走，保证别人都是侧着身子给他让路。

中年人听罢点点头：“这样的人还是少惹为好。不过老板，那黄毛只是让你刮刮胡子而已，你给他刮不就完了嘛，怎么就不敢刮呢？”

“你有所不知啊！”老板唉声叹气道，“县长的胡子我都敢刮，可他是南哥的儿子，我是怎么都不敢刮的！”

接着，他神神秘秘地告诉中年人：大概半年前，黄毛到学校骚扰一个女学生，被老师打了一巴掌。后来南哥替儿子出头，让那个老师赔了好多钱。这事过后，南哥就放出话来，谁要再敢动他儿子一根毫毛，保证会让那人后悔一辈子。

老板继续说道：“南哥可不是随便说说的，是在广播站里说的，还在街上贴过布告呢！你说吧，我要是刮他儿子的胡子，南哥不把我一家整死才怪！”

中年人愣了愣，哈哈大笑，想了想，又问：“那派出所呢，也不管管？”

说到派出所，老板又紧张起来，往门口瞄了瞄，压低声音说：“谁会管？派出所的头儿跟南哥好得同穿一条裤子。强龙斗不过地头蛇，懂吧？”

中年人点点头，不再说话了。老板却似乎找到了诉苦的对象，像祥林嫂一般，絮絮叨叨地跟他说个没完没了，说南哥父子俩干过哪些坏事，整过多少人，进过多少趟派出所，最后都风风光光地回了家。

直到头发理完了，老板的话还没说完。正在这时，店外一下来了几辆摩托车，跳下来一帮花里胡哨的小青年，手里都提着棍子。

打头的正是黄毛，气势汹汹地走进来，往椅子上一坐，高声叫道："老板，你到底给不给我刮胡子？"

老板低着脑袋说："不敢……南哥说过，谁动你一根毫毛，就让谁好看，我真的不敢呀！"

黄毛乐得哈哈大笑："好好好！你不刮也行，但你今天惹得老子心情很不爽，赔三千块精神损失费吧！"老板顿时傻了，不知所措，连话也说不出来。

黄毛冲门外的小青年一挥手："弟兄们，操家伙！"

"慢！"中年人突然大喊一声，腾地站了起来，"小子，我给你刮！"

黄毛一看是他，破口大骂："妈的，想出头啊？知道我是谁吗？"

说话间，中年人已经走到他身前，一手拿剃刀，一手按在他肩膀上，说："别乱动，刮破嘴可别怪我。"

黄毛怒不可遏："你是什么东西，混哪儿的？"

"混这儿的。"中年人把外套的拉链拉下一截，露出里面的工作证和手枪，"鄙人姓林，初来贵地，若有冒犯的地方，请多包涵。"

黄毛脸色大变，下意识要起身。中年人用力把他按下去，拿剃刀往他鼻子下一架，微微一笑："我说了，别乱动，我的手艺可不太精。"

黄毛只好乖乖地坐着不敢动，中年人刷刷刷几刀，把他的胡须剃了个干干净净。没等黄毛反应过来，中年人又绕到他身后，手起刀落，刷的一下，剃去一把头发。

黄毛大叫道："我不剃头发！"

中年人嘿嘿一笑："别动！今天优惠大酬宾，这剃头是免费的！"

黄毛气得脸都绿了，却是敢怒不敢动。没一阵工夫，中年人就把黄毛的一头头发剃光了。他拍了拍手，哈哈一笑："别生气，进那个地方迟早都要剃的，到那时多方便。"

店外的一帮小混混一看老大这么乖，知道碰上了硬茬子，顿时一哄而散。

黄毛吓得脸一白，摸了摸自己的光头，喃喃地问："林所长，我可以走了吧？"

中年人说还不行，掏出手机往所里打了个电话。不一会儿，两个民警赶来。中年人冲黄毛一指："寻衅闹事，敲诈勒索，先铐上带回所里。"

黄毛愣了愣，突然大喊一声："你有种！我要给我爸打电话！"

中年人冷笑道："行，让你爸尽快来派出所，我久仰大名，正想认识认识他呢。"

黄毛打完电话，被民警带走了。老板这才惊喜地喊了起来："原来你是新来的派出所所长！"

中年人哈哈大笑："老板呀，你就不用装了，我什么身份，恐怕你早看出来了吧？要不然，你会故意给我演这出戏？"

老板有点不好意思地笑笑说："不瞒您说，刚给您理发时，我就瞄到一眼您的工作证和手枪，再看您一身正气，我就猜出来了……"说到这儿，老板突然紧紧握住中年人的手，激动地说，"我早听说新来的林所长是位好所长，原本我还不太相信，现在我信了！林所长，您不知道，我多么盼望能来个管事的所长啊！我女儿上初中，天天被那个坏蛋拦在路上耍流氓，害得她现在都不敢上学了。之前我不知跑了多少趟所里，可就是没人管啊！我一个没有门路的普通老百姓，是多么希望政府能帮帮我啊！”说着眼眶一红，差点掉下泪来。

林所长听到这里，脸色凝重，用力地点点头说：“这些事，我都会记下来。你看着吧，不管什么哥，老账新账，我都会跟他算清楚！”

（刘　超）

（题图：谭海彦）

蛇宴馆招聘

平山市中心新开了一家“龙宴蛇餐馆”，也是这座城里唯一经营蛇餐的高级餐馆。说来也怪，从古至今很少吃蛇的中原人现在几乎天天把这家蛇餐馆挤破了门。吃客太多了，生意太好了，把蛇餐馆里的上上下下，忙了个不亦乐乎。蛇餐馆经理邵成龙见此情景，决定以月薪一千元优厚待遇，面向社会招聘一名餐馆接待部主任。

招聘广告通过市电视台播出后，一百名报名限额在第三天就额满了。随后，医院体检淘汰了一半，文化考试，又淘汰了一半，剩下了二十五人。再经过经济、市场、经营常识的口头答辩，能参加下一轮复试的只有五位。

这天早上七点钟之前，五位收到复试通知的应聘者早早来到了餐馆，由年轻的女招待领到楼上一个装潢豪华又雅致的大餐厅里。

五位应试者刚刚坐下，就见又出来五名年轻女招待，每人手里都托了一个荷叶式汤盘，盘里是一大碗色如脂玉、香气扑鼻的蛇汤，放在每位应试者面前。

这时，那位接他们上楼的女招待，彬彬有礼地对这五位说道："你们五位还没有用过早点吧？我们经理昨天晚上交代过，你们今天来得早，请你们先用蛇汤。我们经理还交代说，今天早上他要去车站接一位广东客商，至少要晚到半小时。"

七点三十分，经理邵成龙来到餐厅。只见这位经理，年龄约二十七八岁，中等个儿，西装革履，一脸聪明相。他走到餐桌边，在五位应试者的对面坐下来，寒暄之后，笑问道："你们对本餐馆的蛇汤印象如何？"

应试者们以为这就是复试的开始。第一位忙起身，点头哈腰地对邵成龙笑道："别提这蛇汤的味道有多美了！邵经理通知我们来复试，还特意准备了蛇汤给我们当早餐，这份情意，能叫我不为您邵经理甩开膀子豁出去干一番事业吗？"

邵成龙含笑点点头，心想：这是个马屁精！

第二位应试者也站起来，跷着大拇指说："邵经理！说心里话，这蛇汤的味道简直可以和广州蛇餐馆的媲美！难怪来过这儿的人都想再来第二回呢！"

邵成龙含笑点头，心想：此公乃人云亦云之辈！

第三位应试者，指点着自己面前的汤碗，摇头晃脑地说："邵经理！要说这蛇汤嘛，味道好极了，是正宗货！不过，我们可是身处中原地带呀！当地人有当地人的口味和习惯，因此，我想，或者叫建议也可以，如果在蛇汤里放上点葱姜炝锅，会不会更合中原人的口味呢？"

邵成龙听得差点皱起眉头，心想：此公聪明外露，故作精明，简直是乱点鸳鸯谱！

第四位是五位中唯一一位女同胞。她笑笑说："邵经理！我吃这碗蛇汤，味道是挺纯正的。要是我们端给顾客的蛇汤，每一碗都能像这样保质保量，味道纯正，我们的蛇餐馆当然就会保持兴旺发达的好势头啦。”

邵成龙含笑点头，心想：这位以后兴许是个“把家虎”，她倒是人还没到，心先落到我们蛇馆了。

第五位是个二十四五岁的小伙子，中等个头，比邵成龙略瘦一点儿，长相两人倒是相近。他抬起头来，语气平和地对邵成龙笑道：“邵经理！这蛇汤的味道应该说是挺鲜美的，不过，我是头一次品尝，多少还有点不适应它的味道，因此我想，来餐馆用餐的人，各人口味不一，对酸、甜、苦、辣、咸的味觉适应能力不会是一样程度的，这样嘛，我们餐馆的菜只要做出自己的风格，很快就会吸引来大批顾客的。我进一步想，我们蛇餐馆所以受到顾客的欢迎，食客盈门，是由于我们的菜肴别具一格，这也正是蛇餐馆的优势所在。”

邵成龙连连点头，满脸是笑，心想：这小伙子够我们蛇餐馆经理的材料！他当即留下第四位和第五位应试者正式复试。

留下来的两位接过了邵成龙从皮包里拿出来的两张复印纸试卷。打开一看，卷面上是一幅画，画的是一个成十字交叉形的木桩上，一字成排地停落了九只小鸟；木桩不远处的空地上有个核桃大小的石子，还有一个藤编的簸箕。图画的下面，有“看图有感”一道题目，并且作了以下的答卷说明：答卷文字限一百字以内，时间限二十分钟以内。

邵成龙看看手表说：“现在开始，我开始计时了。”

二十分钟，在两位答卷者的书写中很快过去了。

邵成龙先看女士的试卷。上面这样写着：“开餐馆做生意好比是打鸟。木桩上停有九只鸟。若是捡起地上的石子去打，打到的只是一只，飞走的是八只。若是捡起地上的簸箕，支上撑杆，引下九只鸟来，就可以把它们都罩住。蛇餐馆应设法招引来众多的顺客，而不能只注重于过分讲究口味的少数人！”

邵成龙把小伙子的试卷展开：“餐馆视顾客为上帝，落在十字架上的那九只鸟就是上帝。如果我们捡起地上的石子去打伤一位上帝。另外的八位上帝也就飞走了。因此我们应该扔掉石头，捡起簸箕，用它盛来麦粒撒在门前，把十字架上的上帝都招引到我们这里来。”

邵成龙看完小伙子的答卷，一把握住他的手说：“阁下，您入选了！”

小伙子却看看站在一旁的女士，难于启齿地问邵成龙：“那么，邵经理！她呢？”

邵成龙马上对女士笑道：“您也是百里挑一的人选。如果愿意，也可以来当个接待部主任助理。不过，月薪减半，五百元。”

女士“扑哧”一笑：“我才不来呢！告诉您，您高薪聘用的这位主任是我的老公！”

邵成龙大惑不解：“怎么？”

女士开心地一笑：“邵经理！所谓有比较才有鉴别，这回，我是存心来为我老公作陪衬的啦。红花能缺绿叶扶衬吗？”

（聂建长）

（题图：黄世坚）

生死抉择

路遇不测

在浙西山区，有一座海拔一千多米的赤峰山。这天下午，在崎岖蜿蜒的山路上，有两个人正吃力地往山顶攀去。

走在前面的是一个血气方刚的年轻小伙子，姓“方”，名叫“卫红”。他原来的名字叫阿根。“卫红”这个名字是他自己起的。文化大革命一开始，阿根为了表示自己对毛主席的一片忠心，把爹妈起的名字给改掉了。由于这个革命行动，他不但被吸收加入了红卫兵组织，而且还当上了村里的民兵队长。你看他，身穿绿军装，戴着红袖章，左肩挑着担，右肩扛着枪，雄赳赳气昂昂。

跟在后面的是一位年过半百的老汉，名叫王来富。因为他有一手捏面人的绝技，人称“面人王”。面人王能用面团捏出各种各样的东西，做得惟妙惟肖，叫人爱不释手，他就靠这门手艺走街串巷，赚钱糊口。

可是，也正因为这门手艺，他吃足了苦头——成了宣扬封资修的吹鼓手，被打成了黑五类分子。此刻，只见他弓着背，挑着担，一头铺盖卷，一头干粮袋，怀里还揣着一尊毛主席半身塑像，这是村里的造反派勒令他在上山前用面团赶捏出来的，造反派说，就是到了山上，也得坚持天天向毛主席请罪。就这样，王来富爬得气喘吁吁，累得满头大汗。

大家也许要问，他们两个上山干什么去呢？原来，最近一段时间，这赤峰山上的集体山林，经常发现有人偷盗。大队决定派人上山看护山林，两人一班，半月轮换。这是一个苦差事，很多人都不想去。可王来富是黑五类分子，叫他去他不敢不去；方卫红是先进积极分子，没安排他去他却坚决要求去。就这样，他们两个头一批上了山。

尽管已经是三九天了，但由于天气晴朗，太阳照得大地暖洋洋的，山上的雾也消了，草上的霜也化了，树上的松鼠也出洞了，林中的小鸟也开始欢叫了……

望着眼前的情景，仿佛来到了世外桃源，王来富陶醉了，他情不自禁地哼起了黄梅戏《天仙配》里的唱段：“树上的鸟儿成双对，绿水青山带笑颜……”

不料，他刚哼了两句，走在前面的卫红就猛地回过头来，横眉竖眼地大声吼道：“别哼了！”

“阿根，这是为什么？”王来富小声地问。

“我不叫阿根，叫卫红！”

“是，卫红。这一路走，累得慌，哼两句解解乏嘛。你要是不喜欢听，那我另外唱一出，好不好？”

卫红一听这话，面孔一板，喉咙更响了：“哼，你这狗嘴里吐不出象牙来！你还想要放毒？不许你再唱这些封资修的东西。你要唱，只准唱毛主席语录歌。”

“这……”

“你到底唱不唱？”

王来富吓得连忙点头回答：“我唱，我唱……‘下定决心，不怕牺牲，排除万难，去争取胜利’……”可怜的王来富，他什么戏都会唱，可毛主席语录歌就只会唱这一首，于是，只好翻来覆去地唱了起来。

爬到半山腰，王来富实在吃不消了，嗓子干得都快要冒烟了，看见一处泉水，连忙放下担子，趴下身子“咕噜咕噜”喝个不停。卫红一看，也在一旁歇了下来。

王来富喝足了水，从干粮袋子里拿出一块玉米饼，他掰下一半递给卫红：“来，吃点东西。走了这么多路，肚子一定饿了吧？”

“我不饿。”卫红瞟了一眼，把头一偏，喉咙里却“咕噜”一响，发出了吞咽口水的声音。

王来富嘴里不说，心里有数，卫红身边的粮袋里，装的全是米，他没带干粮。王来富心想：这年轻人也真倔，何必要这样子呢？于是，把那半块玉米饼又塞回他的手里：“卫红，别客气了，吃吧。”

谁知，卫红“呼”的一下站了起来，将玉米饼往地上一扔，破口大骂道：“谁要吃你的东西，你别黄鼠狼给鸡拜年，少给我来这一套！”

“你……”王来富听了，气得半天说不出话来。

“你给我老老实实听着，叫你上山是来劳动改造的，你不要以为天高皇帝远，没有人管你，和尚打伞无法无天。你如果再敢乱说乱动，到时候，别怪我对你不客气！”说罢，挑起担子，迈开大步往前走了。

王来富听了这番话，深深地叹了一口气，顿时，就像个泄气的皮球瘪了下来，他无精打采地挑起担子，跌跌撞撞地跟了上去。

山越来越险，路越来越陡，不多时，他们来到了老虎口。这是最难走的一段路，只要过了老虎口，离山顶就不远了。王来富战战兢兢地走着，觉得自己两条腿直发软，脚下一绊，“扑通”仰天摔了一跤，挑在肩上的担子一歪，那袋干粮滑脱了，转眼之间就掉进了深不见底的山涧。王来富惊出了一身冷汗，倒在那里半天爬不起来。走在前面的卫红闻声回头一看，赶紧过来把他一把拉了起来。

王来富回头看了一眼，心有余悸地说："哇……好险啦！"

卫红狠狠地瞪了他一眼，指着他的鼻子说："哼，还好，毛主席像没有打破，要不然，你就成现行反革命了！"

王来富一听这话，吓得脸色发白，浑身发抖，双手紧紧地捧着那尊毛主席塑像，惊得半天说不出话来……

风云突变

傍晚时分，卫红和王来富终于爬上了山顶，来到那个为看护山林而搭建的草棚里。

一进屋，王来富连忙把毛主席塑像摆在了窗台上，然后，恭恭敬敬地站在毛主席像跟前，虔诚地向他老人家低头认罪。这时，卫红便点起火堆，架起锅子，开始动手烧晚饭。

不多会儿工夫，饭煮熟了。卫红盛了一碗，只顾自己埋头吃起来，王来富默默地坐在一旁的草铺上，看着他那狼吞虎咽的样子，听着他那津津有味的嚼咽声，闻到那诱人的饭菜香味，心里就像猫爪挠般地难受，肚子里叽哩咕噜地叫个不停。他真想开口向他讨一口吃的，可一想到半路上的情景，话到了嘴边又忍住了。他心想：既然他不吃我的东西，我怎么能好意思向他讨吃的呢？就是开口讨的话，他也肯定不会给！唉，谁让自己路上摔跤的呢，把干粮袋摔进了山涧，该自己倒霉呀！想到这里，王来富慢慢站起身来，想出去喝点水充充饥。

他身子刚一动，卫红就开口了："你要上哪儿去？"

"我，我想出去喝点水。"

"站住！你给我回来。"

"干什么？"

卫红用命令的口气说："锅里还有一点饭，我吃不下了。毛主席教导我们，'贪污和浪费是极大的犯罪。'你把它给吃了，碗筷洗洗干净！"

王来富没有吭声，他嘴里不说，心里却在想："哼，你吃饱了要想叫我给你洗碗，我宁可挨饿也不吃！"

卫红见他站着不动，嗓门大了起来："怎么？你耳朵聋了？我的话你听到没有？难道还要让我来喂你？"

王来富被逼得没办法，气呼呼地走过去。可是当他掀开锅盖一看，不由得愣住了，只见锅里的饭还有一大半。顿时，他心里全明白了，一时竟然不知该说什么好……尽管饭没有煮透，不但糊还有点夹生，可他却吃得很香。

等王来富吃完饭，出去把碗筷洗干净后，回到棚里一看，发现卫红已经靠在床上睡着了。只见他脸上带着微笑，嘴角挂着口水，一副天真幼稚的孩子气。望着他那熟睡的样子，王来富这才发觉，其实卫红的样子长得并不凶，现在看上去蛮可爱的，挺叫人喜欢的。他慢慢地蹲下身子，轻轻地替他脱去鞋子，帮他盖好棉被，然后，自己也上床睡觉了。

第二天早上起来，王来富就对卫红说，他要下山去拿粮食。卫红一听，一口回绝说："不行！叫你来看守山林，昨天刚上山，今天就想下山，你是不是想逃避劳动改造？”

“这……那我没吃的怎么行？”

“把我的粮食先吃了再说。走，跟我巡山护林去！”

看护山林说是轻松，其实挺累的，一天跑下来两条腿酸得要命，而且胃口特别好，饭量特别大。卫红带来的那袋米，两个人吃了一个星期，就只剩下刚够一顿的了。

这一天晚上，卫红对王来富说：“明天你下山去背粮食，早去早回，顺便再到我家去捎点来。”

不料，天有不测风云，第二天早上起来一看，两人傻眼了。只见北风呼啸，大雪纷飞，满山遍野，一片洁白。他们万万没想到，一夜之间，大雪封山了。

王来富连忙拿了扁担，急着就要下山。卫红一把拦住他说：“你不能去。”

“卫红，我不去怎么行？”

“你想去找死啊！这么大的雪，你下得去吗？”

“卫红，那怎么办？要是没有粮食，我们会被困在山上饿死的！”

“哼，胆小鬼！我都不怕你怕什么，赶快烧火煮饭，先吃饱了再说。”

王来富只好按照他的吩咐，把剩下的一点米全都烧成了饭。卫红把锅里的饭一分为二，盛了两碗，自己端起一碗几口就吞下去了。他嘴巴一抹，从挎包里掏出五发子弹，把枪一扛，跟王来富打了个招呼：“我打猎去了。”说罢，一头扎进了茫茫的大雪之中。

王来富站起身来，想嘱咐他几句，可是，他已经走远了。望着卫红远去的身影，王来富的心里七上八下，十分担心，饭吃了一半，再也吃不下去了，他默默地坐在火堆旁边，盼着卫红能早点回来。

过了半晌，只听远处隐隐约约传来“砰”的一声枪响。王来富听到这沉闷的枪声，紧锁的眉头慢慢地散开了，脸上露出了一丝微笑。他年轻的时候也打过猎，尽管现在年老眼花了，但是凭枪声还是能够判断出来，这一枪肯定打中猎物了。想到这里，他嘴里自言自语说了一句：“嘿，看来今天可以改善改善伙食，尝尝野味了。”于是，便连忙添柴烧水准备起来。

可是，左等右等也不见卫红的人影，锅子里的水都快要烧干了，卫红还是没有回来，王来富急得就像热锅上的蚂蚁，围着火堆团团转。

突然，这时又听到“叭叭叭”三声枪响，枪声非常清脆响亮。王来富闻声心里一愣，不由得感到奇怪，因为这三枪都是放的空枪。他知道卫红一共只带了五发子弹，现在面临这种处境，子弹是非常宝贵的，他为啥要连放三枪呢？难道是发现有人偷盗树木，鸣枪警告？绝对不可能！这种天气没人敢来冒这个风险，拿自己的性命开玩笑。那么，这三声枪响到底是什么意思呢？想到这里，王来富的心里产生了一种不祥的预感。不好！卫红恐怕出什么事了，这三枪也许是他发出的求救信号。

王来富连忙顺着卫红刚才留在雪地里的脚印，往山上赶去。

身陷绝境

王来富随着脚印在山上找了半天，最后，来到了一个山崖边，脚印不见了。王来富朝山沟里一看，不由得大吃一惊，只见卫红怀里抱着枪，一动不动地躺在沟底的雪堆里。他急忙连滚带爬地滑了下去，来到卫红的身边。

只见卫红被冻得脸色发紫，王来富叫了半天他也不醒，于是，王来富连忙把他往身上一背，深一脚、浅一脚，连走带爬地往回赶。

王来富花了九牛二虎之力，直到天都快黑了，才把卫红背回了山棚。这时，王来富已经累得都快瘫倒了，可他顾不上喘口气，马上把卫红放在床上，给他脱去外面的湿衣服，捂上棉被，拨旺火堆，又把自己剩下的那半碗饭熬成了稀粥，一口一口地给卫红灌下去。

灌了半碗，卫红慢慢地苏醒过来了。

王来富这才松了口气，连忙轻声问道："卫红，到底出了什么事，你怎么会伤成这个样子？"

卫红靠在床上有气无力，断断续续地讲了事情的经过。

原来，卫红出去打猎，在山上转了半天，什么动物都没有看到。前几天巡山护林时，四处听见野鸡叫，到处看到野兔跑，可是，现在天寒地冻，滴水成冰，山上的动物都不知躲到哪里去了。

卫红又冷又饿，非常失望，正要准备回去的时候，突然，听见前方传来一阵"呼哧呼哧"的声音，他发现不远处的树林里，有一团黑乎乎的东西。他悄悄地靠上前去，仔细一看，原来是一头大野猪，足足有两百多斤重，浑身的鬃毛又粗又硬，两颗獠牙又尖又长，正埋头在拱土刨食。这真是：踏破铁鞋无觅处，得来全不费功夫。

卫红心里既紧张又激动，连忙举起枪，瞄准野猪的头开了一枪。但是，由于心慌手抖，这一枪打偏了，没有打中野猪的脑袋，只伤着它的耳朵。受了伤的野猪咆哮如雷，张开大口，露出两颗锋利的獠牙，"轰"地一声就朝他冲了过来。他一看情况危急，刚想要转身跑，可是，已经来不及了，转眼之间，野猪就到了跟前，他连忙身子一闪，避开了尖刀般的獠牙，可是人却被撞倒，滚进了山沟里……

当卫红从昏迷中醒过来后，发现自己爬不起来了，于是，就朝天连开三枪，发出求救的信号。后来，没等王来富赶到，他已经被冻僵了，渐渐地失去了知觉……

这次历险，卫红现在想起来心还嘣嘣跳。王来富感叹地说：“你真是福大命大呀，受了枪伤的野猪是最厉害的，如果你让它拱到一下的话，那可就没命了啊！”

卫红情不自禁感激地说：“幸亏你赶来救了我，要不然我冻也要冻死了，现在想起来都后怕呀！”

“卫红，都怪我不好，”王来富十分抱歉地说，“要不是我半路上摔跤把干粮掉进山涧，你也不用冒这样的风险去打猎，是我对不起你。”

“唉，事情都到了这一步，你还提这些干什么……”说着说着，卫红慢慢地闭上了眼睛，昏昏沉沉地睡着了。

这时，王来富才感到又累又饿，肚子里咕咕直叫，他望着碗里剩下的那点粥真想喝，可是，仔细一想又忍住了：现在就剩下这点吃的东西了，明天自己无论如何也得下山去，还是留着明天早上吃吧，要不然肚子里空空的，怎么走得动山路。于是，他紧了紧裤带，捂着肚子躺下睡了。

第二天早上，王来富迷迷糊糊地醒来，睁开眼睛一看，外面的雪已经停了，地上积起厚厚的一层，他连忙爬了起来。可谁知一站起身来就觉得眼冒金星，一阵头晕，他连忙扶住床沿，慢慢地挪到火堆旁，添柴点火，把碗里的粥倒进锅里，热了热正要吃，这时，听到躺在床上的卫红发出了一声呻吟。王来富抬头一看，卫红醒了，连忙关心地问：“卫红，你好点了吗？”

卫红说：“我头痛得厉害，浑身一点力气都没有。”

王来富伸手一摸，他的额头烫得很，仔细一看，嘴角都烧起了泡，于是忙扶他在床上坐起来。王来富把锅里的粥全都盛进碗里，捧到他手里说："卫红，你慢慢喝吧，吃点东西下去人就会舒服一点。雪已经不下了，我现在马上赶下山去，叫村里派卫生员上山来给你看病。"

卫红点点头，说："你路上可千万要当心哪！"

"你放心吧，我走了。"说完，王来富慢慢地站起身来，往外走去。可是，刚走到门口，突然，两眼一阵发黑，头脑里"嗡"的一声，就倒在了门口厚厚的雪地里。

卫红连忙放下碗，挣扎着从床上爬起来，使出全身力气，总算把王来富弄回到棚里，抱到了床上。卫红知道他一定是饿成这个样子的，便端起粥碗，一口一口地给他喂粥。

不一会儿，王来富慢慢地醒了过来。他一看眼前的情景，不由得心头一热，一时不知该说什么好。自从自己被打成黑五类分子，不是游街批斗，就是挂牌扫地，整天低头哈腰，处处看人脸色，还从来没有人这样对待他。想到这里，他鼻子发酸，眼圈一红，忍不住流下了两行眼泪。

卫红一看，奇怪地问："你这是怎么了？"

"没、没什么。卫红，这点粥还是你喝了吧，你身体受了伤，又发着高烧……"

"不，还是你喝，你不吃点东西不行，饿着肚子怎么能下得了山？"

王来富一听摇了摇头，轻轻地把碗推开了。他心里很清楚：自己就是把这点粥全都喝了，也无论如何下不了山，说不定走到半路上，一倒下就再也起不来了。

尽管王来富什么话都没有讲，可卫红的心里已经全都明白了。他呆呆地愣了一会儿，突然"哇"地哭了起来。

"卫红，你别哭，千万要挺住！有道是'天无绝人之路'，办法总是会有的。来，你快把粥喝了，躺下好好休息。”

经过再三劝说，卫红才喝了粥躺下睡了。王来富无力地靠在床上，抬头望着窗外，心里在默默地祈祷，他真希望现在有人上山来偷盗树木，这样也好顺便让他下山去报个信。可是，竖起耳朵听了半天，外面一点动静都没有。

正当王来富感到绝望的时候，突然，他两眼一亮，不由得喊了一声：“啊，我们有救啦！”

势不两立

王来富到底发现了什么东西？原来，他看到了摆在窗台上的那尊毛主席塑像。

卫红被叫喊声惊醒了，他睁开眼睛问：“你刚才喊什么？”

“我……”王来富刚要开口，话到嘴边又缩了回去。他心想：这事可不是闹着玩的，毛主席的像，不管是什么人，只要敢碰一下，轻则批斗游街，重则枪毙杀头。

想到这里，他用手往窗台指了指：“卫红，你看，那是什么？”

卫红抬头一看，窗台上除了毛主席像，什么东西都没有。他奇怪地问：“你叫我看什么？那里只有毛主席像。”

“对，那……那是面团做的。”

卫红一听，慢慢地坐起身子，两眼死死地盯着王来富，一字一顿地问道：“你这话到底是什么意思？”

卫红的声音虽然很轻，王来富听了却胆颤心惊，吓得语无伦次，结结巴巴地回答说：“这……我……没、没什么意思。”

"哼，别以为我不知道你心里想干什么？你简直是狗胆包天，罪该万死！"

王来富一听这话，就钻进了被窝里面，再也不敢吭声了。卫红浑身发烧，非常难受，也没有力气说话了，慢慢地又躺下闭上了眼睛。

两人默默地躺在床上，草棚里一片寂静。随着时间慢慢地过去，饥饿一阵阵地向他们袭来，最后，两个人都昏昏沉沉地睡着了。

转眼之间一天又过去了。

天又渐渐地亮了。这时候，卫红被饥饿折磨得醒了过来，他微微地睁开眼睛，只觉得眼前一片模糊，什么也看不清楚，过了好一会，眼前的一切才慢慢地清晰起来。

突然，他猛地吃了一惊，因为发现摆在窗台上的毛主席像身上缺了一块。他连忙挣扎着爬了起来，过去仔细一看，只见上面留有明显的牙痕。顿时，他心里全明白了，气得浑身冒火，也不知哪来的力气，一把将王来富从床上拖了起来。

王来富懵懵懂懂地睁开眼睛，问："卫红，你、你干什么？"

"哼，你别装糊涂了！你给我老实交代，昨天夜里你干了什么坏事？"

"我、我不明白你到底说什么？"

卫红一把将他推到窗台前，指着毛主席像问他："你说，这到底是怎么回事？"

王来富定睛一看，顿时目瞪口呆。他转过身来，结结巴巴地说："这、这不是我……我确实不知道……"

卫红两眼狠狠地盯着他说："这里就只有我们两个人，不是你是谁？昨天你就已经有了这个念头，肯定就是你干的，你还想抵赖？"

王来富一听这话，急得不知如何是好，他"扑通"跪在地上，对天发誓说："卫红，真的不是我呀！我要是有半句假话，天打雷劈，不得好死！"

"照你这么说起来，不是你，那是我？"

"不，我、我不是这个意思……"

"王来富，你给我听着，党的政策历来是'坦白从宽、抗拒从严'。我看你还是老老实实地交代吧。"

王来富低着头，一声不吭。

卫红火了，一把摘下挂在床头的枪，对着他："你到底说不说？你再不说，我就一枪崩了你！"说着，"咔嚓"一声，把子弹推上了膛。

王来富闻声一惊，猛地抬起头来，面对那黑洞洞的枪口，他两眼发直，脸色发青，浑身发抖，直冒冷汗……最后，他慢慢地低下头，嘴里喃喃道："是我……"

谁知，他话刚一出口，就听"砰"地一声枪响，王来富一下子瘫倒在地上。

相依为命

过了好一会，躺在地上的王来富发现自己竟然好好的，一点事情都没有。他慢慢地睁开眼睛一看，不由得感到奇怪，只见卫红手里端着枪，枪口却对着窗口。王来富抬头仔细一看，发现有一只山耗子被打死在窗台上，顿时恍然大悟，原来，真正的罪魁祸首是该死的山耗子！

王来富长长地松了一口气，心里的石头这才落了地。他仿佛经历了一场生死搏斗，浑身乏力，四肢发软，他慢慢地坐起身来，靠着柱子直喘气。

卫红也站不住了，身子一晃，把枪一扔，靠着柱子一屁股坐在了地上。

刚才他们两人之间还针锋相对，剑拔弩张，现在却紧靠在一起，互相谅解、坦诚相待了。

卫红轻声问，“既然不是你，你为啥要承认？”

王来富回答说：“你这样逼我，我有什么办法呢。”

“唉，我差点冤枉你了。”

“是啊，幸亏这山耗子救了我。”

说到这里，两人不约而同地想起了那只死耗子，于是连忙爬了起来，一个点火堆，一个剥耗子皮，然后把耗子肉架在火上烤了起来。他们实在是饿极了，还没有烤熟，两人就你一口、我一口地吃了起来。不一会儿，两人就把耗子连骨头都吃下去了。

卫红抹了抹嘴巴，感叹地说：“唉，真没想到这耗子肉这么香，这么好吃，我还从来没有吃过这么好吃的东西！”

“你这傻孩子，这都是饿的呀！”王来富说到这里，不由得又想到刚才的情景，他还是心有余悸，感到非常害怕，“唉，这该死的耗子，它可把我们害苦了呀！”

卫红奇怪地问：“怎么了？”

“它把毛主席像咬成这个样子，万一要是被人发现，到时候追查起来，那可怎么办？我们就是浑身长嘴也说不清，跳进黄河也洗不净哪！”

“你怕什么，这是耗子咬的，与我们有什么关系？”

“卫红，你是不怕，可我怕呀，你是你，我是我，我们两人可不一样啊！”

“这你不用担心，到时候，我会帮你作证的，你尽管放心吧。”

“真的？那真是太感谢你了！”王来富这才放宽了心。

这时，锅子里的水烧开了，两人又忙着喝起水来。也许本来是肚子饿过头了不觉得，现在吃了一点东西下去，反倒觉得肚子里更加难受了。他们越喝越想喝，越喝越觉得肚子饿，最后，灌了满满一肚子水，撒了两泡尿，这肚子又空了。

这时候，突然，不知从哪里又钻出来一只山耗子，这耗子大概也饿坏了，旁若无人地在草棚里窜来窜去，到处觅食。卫红一看，悄悄地端起了枪。可是，枪里已经没有子弹了，卫红只好朝它干瞪眼。王来富连忙捡起一根木棍，可是还没等他动手，耗子"吱溜"一下早就跑得无影无踪了。两人默默地坐在那里等了半天，但是，这只狡猾的耗子再也没有出来。

天渐渐地阴下来了，西北风又刮了起来，刺骨的寒风"呼呼呼"地直往草棚里钻。

卫红打了个寒颤，冻得浑身发抖，牙齿"咯咯"作响。王来富连忙把他扶到床上躺下，给他盖上被子，可卫红还是浑身抖个不停，嘴里一个劲地叫冷。王来富把自己的棉被也盖在他上面，然后，又钻进被窝里紧紧地抱着他，用自己的体温给他暖身子。卫红依偎在他的怀里，就这样慢慢地睡着了。

可是，王来富躺在床上却怎么也睡不着。此时此刻，最担心的还是眼下面临的处境，现在已经是弹尽粮绝，人也饿得支撑不住了。他扳起指头算算，离换班的时间还有整整五天，如果等到山下的人上来，两人恐怕早就已经饿死了……

绝处逢生

果然不出所料，等到了第二天清晨，当王来富迷迷糊糊地醒来时，他就感觉自己不对劲了，头重得就像灌了铅似的，抬都抬不起来，眼前就像蒙了一层纱布，看什么东西都是朦朦胧胧的，浑身就像散了架似的，连动一动都感到困难。

这时，他发现躺在身边的卫红更加不行了，叫也叫不应，摇也摇不醒。看他这样子，王来富心里急得不知如何是好。

死神正一步步向他们逼来。面对死亡的威胁，王来富心里想得很多很多：自己孤身一人，已经活了大半辈子，黄土都已经盖到脖子了，就是死了也不足惜，家里也没什么牵挂的。可是，卫红他是个独生子，年纪轻轻，前途无量，他要是死了多可惜呀，他的父母亲会多么伤心啊!

想到这里，王来富咬紧牙关，用尽全力挣扎着爬了起来……

再说卫红在昏迷之中，只觉得自己的身子慢慢地飘了起来，飘呀飘呀，一直飘回到家中。母亲把他紧紧地抱在怀里，一声声地呼喊着他的名字；父亲端来一碗香喷喷、热乎乎的东西，一口一口地喂给他吃。真香! 真好吃啊! 他大口大口地往肚子里咽，渐渐地觉得身上有力气了，慢慢地缓过气来，微微地睁开了眼睛。

这时，他模模糊糊地看到眼前真的有人在给他喂吃的，定睛一看，原来是王来富。只见王来富手里捧着一碗糊汤，正在一口一口地往他嘴里喂。

“卫红，你醒了，来，快喝吧。”

“这……这是什么? 难道你……”

“卫红，刚才我找到了那个耗子窝了，从耗子洞里挖到了一些吃剩的碎末，我熬成了糊汤，你就放心喝吧。”

卫红听了将信将疑，他吃力地抬起头来，睁大眼睛朝窗台看了一眼，只见窗子破了一个大洞，呼呼的山风正拼命往里灌，然而毛主席像还在那里，似乎比过去还要耀眼夺目。卫红这才相信王来富的话，点点头说：“你……你也喝点吧。”

王来富轻轻回答了一句：“我喝过了，这些你……都喝了吧。”说完，把碗塞到卫红的手里，自己身子一歪，就躺下睡了。

卫红捧着碗，把糊汤喝了个底朝天，又用舌头一点一点地把碗舔得干干净净，最后，眼睛一闭，也昏昏沉沉地睡过去了。

这时，天晴了，太阳慢慢地升了起来，阳光照在窗台上，那尊毛主席像发出了耀眼的光亮。

过了几天，雪化了，山下的人上来了。当他们走进草棚一看，惊呆了，只见床上躺着的两个人一动也不动，上前一摸，王来富已经死了，卫红嘴里还剩一口气，于是，赶紧动手进行抢救。

卫红终于被救活了。当他从昏迷中醒来，睁开眼睛一看，发现摆在窗台上的毛主席像不见了，只留下了一摊水渍，顿时，心里全都明白了：那天自己看到窗台上的那座毛主席像，其实是王来富用雪塑的。

他呆呆地望着死在一旁的王来富，不由地回想起那一幕幕难忘的情景，忍不住流下了两行热泪……

（汪黎明）

（题图：张恩卫）

事故里的故事

事故是假的？

刘涛是省电视台的记者。这天，他接到一个热心观众的电话爆料，说登州市的一所小学发生了教室坍塌事故，多人受伤，一名小学生重伤入院。刘涛让他说一下学校名称，对方却并不清楚，说自己是去医院看病时偶然听人说的，详细情况并不了解。

刘涛跟领导汇报后，立刻驱车赶赴登州。因为没有出事学校的详细信息，他到达登州后，先来到教育局了解情况。

教育局工作人员得知他是记者后，非常热情，一位姓张的副局长亲自出面接待，问此行有何贵干。刘涛开门见山，说我听说有一所小学出了坍塌事故，有学生受伤，我想去现场采访一下。张局长闻听一怔，吃惊地问："你是从哪里得来的消息？绝对没有这种事。"

刘涛用眼睛盯着他，问："你确定没有？"

张局长略一犹豫，随即拍着胸脯保证，说肯定没有这种事情，我们教育局从上到下对学生安全非常重视，经常对全市中小学的教室进行拉网式的检查，发现危房都会立即加固、翻修，已经很多年没有发生过坍塌事故。

刘涛见他矢口否认，也在意料之中，为逃避责任，主管部门刻意隐瞒事故并不少见，这样的小官僚他见过的太多了。于是，就话中有话地说："我的消息是很确切的。张局长，会不会有人在发生事故后故意隐瞒，没有上报？这种事情是隐瞒不住的，请你再去落实一下。"他这是给对方一个台阶下。

张局长心神不定地沉吟片刻，说："那……请您稍等，我再打电话问问。"说罢，起身慌慌张张地离开办公室。

过了不长时间，张局长返回，表情一扫刚才的紧张，像吃了定心丸一般轻松、淡定，他对刘涛说："刘记者，我已经询问了全市的所有中小学，他们都保证绝对没有发生教室坍塌事故，你的消息肯定是错了。"

刘涛见他仍是否认，也有些拿不准了，难道这是一个假消息？他思忖片刻，起身告辞，说："我也希望是假的。不过，真假我一定会查清楚的。"

张局长热情地把刘涛送到门外，握手时将一个红包递进刘涛的手心，嘴里说招待不周、欢迎再来。刘涛脸色一变，没事献殷勤，显然心里有鬼，他烫了手似的把红包还给对方，说谢谢，无功不受禄。

张局长也不以为忤，打个哈哈，说只是点车马费，没有别的意思，我敢用我头上的乌纱帽保证，我们市绝没有发生教室坍塌事故。

事故是真的！

从教育局出来，刘涛打电话给那个爆料的观众，询问此事真假。对方说绝对是真的，那个被砸伤的学生还在住院呢，就在市第二医院。

刘涛随后来到第二医院住院部，向值班护士打听是否有个被砸伤的孩子住在医院。护士显得很警惕，上下打量刘涛几眼，问你是谁，孩子家属吗？刘涛见状，担心医护人员也被做了工作，帮助隐瞒事故，就不敢暴露记者身份，说是孩子的亲戚。

“亲戚？”护士眼里一亮，怕刘涛跑了似的一把拽住他的衣袖，高兴地说，“太好了，既然你是孩子的亲戚，那你赶快去帮她交齐手术押金吧。”

刘涛诧异道：“押金还没交齐？孩子的父母呢？”

“她父母都不在，只有一个老太太在这里陪她，只带了五百块钱。”

刘涛问：“孩子在学校被砸伤，难道学校不管她？”

护士摇头说：“这我就不知道了，反正不交齐押金是不能做手术的，你别啰嗦了，快交钱吧！”

刘涛心中火起：学生被砸伤，校方不但隐瞒事件真相，连医药费都不肯出，我一定要揭穿真相，给受伤的孩子讨回公道。

他先去收费处为孩子补齐押金，随后来到孩子病房。

受伤的小女孩大概十二三岁的样子，瘦瘦弱弱，浑身是伤。刘涛进来的时候，她还在昏睡，脸上却兀自挂着泪痕，令人疼惜。一个老太太坐在床边，愁容满面。

刘涛问老太太：“大婶，你是孩子的奶奶吧？孩子是怎么受的伤？”

老太太告诉刘涛，她们是河头镇卧虎岭村人，受伤的女孩子名叫英子，昨天下午在村小学上课时，教室的屋顶突然坍塌，英子本来可以脱险，但她为救另一个孩子，奋不顾身将其护在身下，结果自己被房梁砸中，受了重伤。

事故是真的！

刘涛将她的话都录了下来，又给孩子拍了几张照片。随后离开医院，驱车前往河头镇卧虎岭。

卧虎岭位于群山深处，到达河头镇后，刘涛沿着一条沙路驱车约莫四五公里，公路已到尽头，然后弃车步行，翻山越岭，又跋涉了一个多小时，才到达这个偏僻、贫穷的山村。

村小学就位于村头，那间塌掉屋顶的教室相当扎眼，门旁还挂一木牌，上面歪歪扭扭地写了“卧虎岭小学”几个字。旁边的另外几间房子也是破败不堪，摇摇欲坠。若不是亲眼所见，刘涛实在是难以相信，这样的危房居然会用来做教室，这简直是在拿孩子的生命和健康开玩笑啊！

刘涛取出相机，将断壁残垣、校牌等一一摄入镜头。在他拍照的时候，一个放羊的老头赶着几只山羊路过，停下来好奇地看着他。

刘涛向他打听：“大爷，学校的校长和老师呢？”

老头说这儿没有校长，只有一个老师。而老师昨天被砸伤，送医院了。

原来受伤的不止孩子，还有老师。

事故确定无疑，的确是发生在这所小学。

是真还是假？

返回登州后，刘涛再次来到教育局。

张局长只看了两张照片，就脸色大变，惊慌失措地道：“刘记者，我真的不知道这件事，你先别着急，我再去落实一下。”

“还用落实吗？”刘涛一一指点着照片，“你看，这是学校！这是倒塌的教室！这是受伤住院的学生！事实摆在面前，你还有必要再隐瞒吗？

我这儿还有录音，你要不要也听听？”

张局长额上冒出冷汗：“刘记者，我对天发誓，我没有隐瞒。这事我是真的不知情。”他边说边抓起电话，拨了一个号码。

电话通了。张局长气急败坏地问：“宋校长，你怎么回事？我这里有个记者，说你们那边有间教室塌了，砸伤了一个学生。你告诉我，到底有没有这回事？”

对方回答：“没有啊，我们的教室都好好的呀。”

刘涛见对方还在扯谎，忍不住大声对着电话说：“你就别睁眼说瞎话了，现场我都看了。我提醒你一下，学校的名字叫卧虎岭小学。”

电话那边显然是吃了一惊，停了一下才说：“这就更不可能了！现在根本就没有卧虎岭小学这所学校，因为它在五年前就撤销了，我们镇的所有中小学生现在都是在镇中心学校上学。不信的话，我们随时欢迎你来调查。”

没有卧虎岭小学？

刘涛愣在那里：对方好像不是在说谎话，可如果学校撤消了，自己明明刚去过卧虎岭小学呀，孩子也的确是在里面被砸伤的，这到底是怎么一回事？

张局长放下了心，长舒了一口气，道：“你看，刘记者，我没隐瞒吧？看来里面有点误会。”

刘涛呆呆地看着照片，实在想不明白问题出在哪里。

张局长怀疑地问：“你是不是搞错了？照片上的那几间教室五年前就不用了，不会是早就塌了吧？”

刘涛肯定地说：“不是，教室黑板上还写着算术题，笔迹绝对是新写的。而且，那个受伤的孩子现在就躺在医院里，老师也受了伤。你要不信，咱们现在就一起过去看看。”

张局长也是疑惑万分，起身说：“行，我和你走一趟，看看到底是真还是假。”

事故里的故事

两人走进孩子病房时，受伤的孩子已经清醒过来。

张局长仔细看了看她的伤，不相信地问：“小姑娘，不许撒谎，你真是在学校里被砸伤的？”

孩子微微点头。

“在卧虎岭小学？”

孩子又点头。

“这怎么可能呢？那所小学明明已撤消了呀，难道是穿越回去了吗？”张局长百思不得其解，心想这孩子大概是被砸糊涂了，还是问一下她老师吧，就连声问道，“你的老师呢？他叫什么名字？他不是也受伤了吗？住在哪里？”

小姑娘被他的样子吓坏了，嘴唇哆嗦着说不出话来。旁边的老太太上前一步，挡在张局长身前，不满地说：“你别吓着孩子，这个孩子就是老师。”

什么？此言一出，刘涛和张局长面面相觑，都愣在那里。

“她是老师？”张局长质疑道，“她才多大呀？有教师资格吗？你们以为老师是随随便便就能当的吗？”

老太太叹了一口气，说：“这不怪英子，要怪，只能怪……怪我们山里太穷啊。”

接下来，老太太就说了事情的原委。

卧虎岭地处偏僻，出山需要翻山越岭走十几里山路。以前，村里有小学的时候，女孩子一般读完小学就辍学了，除了嫌出山读书麻烦，家长们也认为女孩子迟早要嫁人，读书没什么大用。等到村小学撤消，需要到镇上读书后，许多家长干脆就不让自家的丫头上学了。

跟她们比，英子算是幸运的，一直读完了小学。她下面还有个妹妹，却没有机会上学。英子知道没文化的可怕，辍学后，劳动之余，经常教妹妹认字、做算术。村里别的没机会上学的孩子见了后就很羡慕，也跑来跟英子学，后来因为人数太多，英子都没地方教她们了。村长听说后，觉着这是好事，就让人把原先村小学那几间荒废的教室收拾了一下，让孩子们有个学文化的地方。

英子当上了老师，虽然是编外的学校、编外的老师，她却很有成就感，还兴奋地写了一块招牌挂在门口：卧虎岭小学。

老太太说，村里也知道那几间房子有些危险，一直在筹钱维修，可惜没等筹够钱，就出事了。

张局长听完事情经过，气得驴推磨一样转了两圈，呵斥道："没有文化真可怕！你们以为学校是随随便便就能办的？真是胆大包天！你们有什么资格建学校、当老师？现在出事了，差点出了人命，这就是违法犯罪，村长、还有这小老师，是要坐牢的！"

老太太不服地说道："你还真能胡扯，村长和英子都是好心，办的也是好事，犯什么罪啊？"

张局长道："即便是好心、好事，那也不能在危房里上课，出事了，就有责任。"

老太太说："危房？你去看看，村里有哪栋房子不是危房？这几间房子就是不做教室，里面也天天有人在下棋打牌，谁摊上了这事谁倒霉呗。”

张局长摇头道：“算了，我跟你也说不清楚，你就别再为你孙女狡辩了。”

老太太却道：“英子可不是我孙女。我是在说良心话。”

刘涛和张局长一怔，都没想到老太太并不是孩子的奶奶。

老太太说：“英子的父母在外打工回不来，她奶奶身体不好，我就替她来照顾英子。我跟你们说，我家娃娃也在跟着英子学文化，也受了伤，但我不怪村长，更不怪英子。村里也没有一个人怪他们，相反，英子是因为救人才受伤的，她是我们眼里的英雄。”

张局长还要再说，老太太盯了他一眼，问：“你是管学校的干部吧？你又不让办学校，又不准当老师，你要是有办法，那就给我们村派个有资格的老师，再给孩子们盖个结实的大教室吧。”

“这……”张局长愣住了，他看看老太太，又看看病床上的“老师”，不知该如何回答。

（王月生）

（题图：张恩卫）

领导真好当

有道是：一方诸侯是乡长。权力大，可责任也重，弄不好就翻船。角湾乡依山临海，算是个富庶之乡，但接连好多年，只要让谁去那当乡长，谁的官运就到了头，干不到一年半载，就肯定被老百姓给轰下台。角湾乡的乡长，难当！事情就出在“吃人”的角湾上。

记得赵乡长在角湾乡当乡长的这一年，一个孩子在角湾游泳时突遇风浪，被淹死了。乡亲们将孩子的尸体抬到乡政府，找赵乡长说理。他们说：“角湾淹死人的事年年发生，我们年年要求乡政府想办法解决这个问题，可你们一直没解决，你们有责任！”赵乡长有些来气：“造成事故的是风浪，我怎么解决？难道我有能力让角湾不起风、不掀浪？笑话！”

赵乡长不理这碴。但才过了不到一个月，又有一个小学生在角湾出事了。这一下，乡亲们的怨气爆发了，他们联名告到了县里，告赵乡长不作为，他们不要这样的人当乡长。见民愤这么大，县里也没办法，只得将赵乡长调走了。

不久，钱乡长走马上任，他从前任那里吸取了教训，上任第一天，就下了一道禁令：不准孩子们到角湾游泳，违者罚款。禁令颁布的第二天，一群乡民们出现在乡政府门口，他们说："海边的儿女，长大了注定要下海捕鱼，孩子们不学会游泳怎么行？角湾乡临海的地方不是悬崖就是峭壁，只有这湾尖儿上有个沙滩，适合学游泳。你不让孩子们到角湾游，那么，到哪里游？"

钱乡长见乡亲们不答应，只得换招儿。那天下午，他找来了自己的小舅子，说："我有一个好差事给你，以后角湾就归你承包了。"小舅子一听，眉开眼笑。之后他将角湾围了起来，将里面开辟成一个天然游泳场，请了专业的救援人员，孩子们到角湾游泳，得买票。

钱乡长以为这样就把问题给解决了，哪知道乡亲们又联名告到了县里："角湾是我们大家的角湾，怎么倒被钱乡长的小舅子一个人给霸占了？我们去我们的角湾游泳，还要掏钱给他，这是哪里来的道理？"结果，钱乡长被撤职了。

接着来的乡长姓孙，他脑子活，是个智多星。孙乡长看到钱乡长的下场，直冷笑："问题的症结是角湾死人的事呢，你这事儿没解决，还想着敛财，哪有不下台的道理？瞧我的吧。"

孙乡长让人在湾边竖了几块牌子，上面写着：鲨鱼出没，谨慎下水。来游泳的孩子看到牌子，骇住了，都不敢下水。可是几个老渔民看了很生气，他们将牌子拔了，说："角湾从来不会有鲨鱼，这个乡长更不是东西呢，愚弄我们！"结果，孙乡长是几个乡长里任期最短的一个，只当了28天乡长，就卷铺盖走人了。

李乡长是战战兢兢地来角湾乡上任的，他知道，要想自己的命运不像前几任一样，就得干点实事。所以，他一上任就到角湾实地考察，还到老百姓家里走访。他发现，海边的孩子，多少会点水，风浪再大，孩子们也能在风浪里挣，如果危急时有个救生圈扔给遭遇风浪的孩子，他们大多都有能力保住性命。

找到了问题的症结，李乡长便从乡里拨出经费，买了30个救生圈，安放在角湾的沙滩上。但问题来了，这些救生圈要是被人偷走咋办，乡里不可能天天买救生圈吧？李乡长想到了一个办法，让一个人看守这些救生圈，同时，这人也兼任救生员的职责，看见有人溺水了，就扔救生圈救人。

这样真的解决了救人的问题，也解决了救生圈不丢失的问题。但第二个问题又来了，救生员白天可以看住那些救生圈，可晚上怎么办？晚上没人看守，还是会有人偷的。

李乡长于是又想出了一个办法，让人在沙滩上用水泥浇了30个墩子，让救生员到了晚上就用链子将救生圈锁在墩子上，反正晚上没人游泳，不需要用救生圈，这一锁上就丢不了。

谁知事情并不如愿，一连多日，角湾没有风浪，这个救生员就大意了，这天白天也没将锁在水泥墩上的救生圈打开。恰巧这天就起旋风了，而且风浪来得又大又急，一个孩子被卷走了，直在海里沉浮。大家都喊："救生员！救生圈！"救生员这才慌忙去水泥墩上开锁，可一串绳上30把钥匙呢，情急之下他不记得哪把钥匙开哪把锁了，手忙脚乱地一把一把地试，等终于有一把钥匙打开了锁。救生员拿上救生圈，可溺水的孩子早没影儿了。

接连两任乡长的任期内没死人，李乡长干了实事，倒死人了。不用说，李乡长被撤职了。临走时，李乡长痛心疾首："我都是被那该死的救生员给害的啊！”

一时间，再也没人敢到角湾乡来当乡长了，谁来谁倒霉呀！县领导也开始头痛起来，正不知道该让谁去接任时，一个人毛遂自荐来了，那是角湾乡邻乡的周乡长。县领导很吃惊："你在别的乡干得好好的，愿意去角湾乡？”

“愿意。”周乡长笑吟吟地回答。

“可你就不怕自己的结局像赵、钱、孙、李他们一样？”

周乡长笑了："天底下没有比当乡长再容易的事了。这么容易的事我还干不了？放心吧。”

周乡长轻轻松松地来上任了，他做的第一件事，就是将锁救生圈的铁链子都扔了。几个副职干部很担心，问他："救生圈不锁起来，你就不怕被乡亲们偷了？”周乡长很生气："角湾经常淹死人，这已经是乡亲们心中永远的痛了，他们会偷救命的救生圈？你们也太侮辱乡亲们的素质了！”

这话一传出去，被解了锁的救生圈，真的一个也没丢过。

一天，周乡长召开乡干部会议，他在会上说："我们乡干部要起带头作用，轮流到沙滩上去值班，代替救生员，把当天的天气、风力写在黑板上，特别有大风浪时，得将所有游泳的人都赶上岸来。”乡干部们领会精神，迅速行动。

周乡长做的第三件事是，在沙滩上盖了个电话亭，又开了个小诊所。因为他了解过，来游泳的人都是光着上身、穿着裤衩来的，大家都不会带手机，通讯不方便，又没有医生在场，一旦出事，就会延误抢救。

电话亭一盖，小诊所一开，来游泳的人更多了。角湾里的人一多，小商小贩就跟着来了。在这一点上周乡长可不含糊，流动商贩一个也不许进沙滩，要做生意，得在沙滩上开店铺。一时间申请的人很多，乡里精挑细选，专挑那些水性好的人才能在沙滩上开店铺。这些店铺什么费用都不用上缴，只一条，周乡长将湾里的水域划了块，一个店铺的老板负责一片水域，哪片水域出了淹死人的事故，哪个店铺关张走人。

沙滩上的店铺生意好啊，谁舍得走？老板忙不过来，只得自己掏钱请专业救生员帮自己看好自己负责的水域。

角湾再也没出过淹死人的事了，周乡长还不罢休，要求各学校都得开游泳课。按他的话说："海边的儿女不学会扑腾水还算什么海边的儿女？得系统地教孩子们，教他们怎么救人和自救，怎么与风浪搏斗。我们要定期举行游泳比赛，风浪越大，越比。"

渐渐地，旅游的人开始频繁地往角湾跑，许多旅游局将角湾列入了新的旅游景点。"沙滩日光浴，体会旋转的海风，吃人湾里斗风浪"，听这噱头就能吸引一大批游客。才两年的工夫，角湾的商家店铺一家一家地多起来，快成个小集镇了，角湾天天人声鼎沸，热闹非凡，老百姓的日子也水涨船高。奇怪的是，现在来角湾游泳的人起码是过去的几十倍、上百倍，可是，再也没发生过一起淹死人的事情。

周乡长现在已经是周副县长了，大家总结了历任乡长在角湾待不下去的历史，都觉得他在当官方面有一套。许多想奔仕途的人向他讨教经验，他总是轻松地笑着："我说过，天底下再没有比当乡长更容易干的事了。第一点，心中有老百姓；第二点，相信老百姓。有这两点就行了，很简单的。"这确实是太简单了，但这么简单的事，赵、钱、孙、李历任乡长，怎么就干不好呢？

（方冠晴）

（题图：魏忠善）

追查地沟油

闫明是食品卫生监督局局长，这天，他刚带人端了一个地沟油加工窝点，紧接着，又碰上了新问题：原来，据那个加工窝点的老板交代，他们的成品油全都卖到了清溪村。清溪村是一个大型的食用油加工基地，村上有几十家生产厂家。那老板还说，每一次送货都是选在夜里，他们按电话指示，悄悄把油车开到村外的小山坡上，接货的每次都是新面孔，所以这些油到底卖给了谁，连他自己也搞不清楚……闫明听了，心想：当务之急是立即追查到这些油的下落！

闫明这边带队刚出发，清溪村的老村长就接到了一个电话，打电话的人故意捏着嗓子说："老村长，还记得你们村上的闫明吗？现在他为了自己升官发财，要带队去清溪村查地沟油！本来大伙不做亏心事也不怕他查，但他这一查以后，外面的客户会怎么想？我看不惯这种人，所以给你提个醒，为了大伙的生意，你去和他聊聊，我想他会给你这个面子的！"

说到这里，那人就急忙把电话挂了，老村长不禁陷入沉思：打电话的人会是谁呢？这闫明是否真如电话中所说……

原来，闫明也是清溪人，打小时父母双亡，一直都是村上的乡亲们资助他上学。最近一段时间，掺入了地沟油的伪劣油大量上市，搞得大伙生意都不好，这闫明假如真的带队到村上一查，这往后……老村长不敢多想，急忙打电话给闫明，电话一接通，闫明就表明了态度：查一查，还清溪一个清白，岂不比什么都好？

闫明一行人来到清溪村时，村里的乡亲们齐刷刷地候在村口，他们一拥而上，指手划脚，七嘴八舌，说什么的都有："果真是闫大局长哟，大伙都被地沟油害得没法做生意了，还指望您给我们撑腰呢，这倒好，领着人来查我们了，您可真是知恩图报的大好人呀！"

大伙你一言我一语，全都气势汹汹，老村长势单力薄，阻拦不了，闫明看这阵势，心里一下明白了：乡亲们一定是受了谁的暗中挑拨，要不不会这么准时、这么齐整地都来村口发难！这时，有人在暗处忽然喊了一嗓子："要是查不到，闫局长要在电视台公开道歉！"此话一出，大伙就全都附和。闫明站到一个石礅上，想搜寻说这话的人，只见人群中有颗油光锃亮的头，一闪，随即就又没了踪影。

村口群情激愤，闫明身边的工作人员都替局长担心：这清溪村显然有了充足的准备，若真是查不到什么，堂堂一个局长，到电视台公开道歉，这会有多大的负面影响！谁知闫明神色坦然，说："大伙放心，今天无论如何，我都会给出一个满意的交代！"

全村几十家企业全都大开厂门，挨个迎接检查。闫明一直暗自留意着那个油光锃亮的脑袋，却一直没有看到，这让他暗暗想起了多年前的一个人，躲在暗处的人，是他吗？闫明心中暗想：较量刚刚开始，别急，一定要沉住气！

转眼日已过午，整个村上只有闫大鹏一家还没有检查过，村上的小老板们都露出了轻松的笑容，并时不时地瞅闫明，意思是说："看你小子怎么收场！"

老村长急得直搓手，就剩闫大鹏一家了，今天查出地沟油的可能性几乎是零，他寻思着如何能替闫明打圆场，可闫明脸上仍是一副波澜不惊的样子。

闫大鹏家里大门紧锁，有人忍不住悄声说："刚才还见这小子呢，这会儿跑哪去了？"闫明大声说："既然不在，我们就回吧，到了村委会我自会给大家一个交代！"说完，他就率先离去，随行的执法人员也都忧心忡忡地跟在他身后。闫明走了十多米时，他突然停住，猛一回头，果不其然，闫大鹏家的二楼上正探出一颗油光锃亮的头，向这边张望着呢！那光脑袋发现闫明回头，想再缩回已是太晚，闫明高喊了一声："闫大鹏！"那人无奈地应了一句："这就下来，这就下来……"

闫大鹏开了院门，闫明这才近距离看见了这油光锃亮的脑袋，只见闫大鹏一双小眼滴溜溜地乱转，说是老婆刚才犯了急性胰腺炎，才送去医院，他是回家取东西的。

听了闫大鹏的话，人群中有人嘀咕道："你清早打电话时也没说你老婆犯病，躲啥？"其实，在场的那些小老板心里都明白，今天一大早，大伙都接到过闫大鹏的电话，电话里他一再鼓动不能让质检人员坏了清溪村的名声，可临到关头，自己却躲躲藏藏的。

大伙你一言我一语，老村长一下子明白了，一清早捏着嗓子给自己打电话的也一定是这小子，顿时气得浑身哆嗦，而此时闫明却是一脸平静，他说："闫大鹏，什么也别说，接受检查！"闫大鹏脸上红一阵白一阵，僵住了，一切都无需多说，只要查出罪证，什么都水落石出了……

就在这时，闫大鹏的手机突然响了起来，顷刻间，他的脸上立刻露出了得意之色，电话接通后，闫大鹏大声说起话来："什么？要马上做手术？好，我一刻钟后就到！"说完，闫大鹏挂了电话，走到老村长面前，说："老村长，我只能给他们十分钟时间，要不我老婆的手术耽误了，那可是人命关天的事；再者，要是我不在家，哪个不怀好意的人把地沟油加入我的油罐，我也说不清呀！"说着，闫大鹏狡黠地笑着。老村长明知闫大鹏说的是谎言，但也不知如何应答，看着闫明，等他拿主意。

闫明沉吟着，他知道，闫大鹏的厂房里一溜四十多个油罐，要在短短十分钟的时间里找出哪一罐里加兑了地沟油，这无疑比登天还难！

闫大鹏此时一脸的得意：从得知加工地沟油的窝点被端后，他就在第一时间想尽办法阻止检查，可想了那么多法子，还是不行，这最紧要关头，多亏自己留了一手——一旦检查人员上门，自己就在裤袋里暗暗拨打老婆的号码，老婆一旦接到提示，就按照事先编好的谎言帮他离开。

如今这么多油罐，咋办？这边闫大鹏暗自得意，那边闫明却犯起了愁，难道就让这些地沟油"流"到餐桌上吗？突然，闫明想出了一个主意，他让所有的工作人员到油罐里快速取了油样，然后在众人惊诧的眼光中，闫明像一个品酒师一般，走到一排量杯前，端起一个量杯，将少许油倒入嘴里．然后品咂一下，咽进肚里；紧接着，放下一个量杯，再端起一个……

众人大惊，老村长更是大叫起来："闫明，你小子疯了，那可是油呀！"

闫明微笑不语，此时，一口口滑腻腻的液体夹带着浓重的豆腥味，正在他喉管和食道内浸润、翻腾，他强忍住要想呕吐的感觉，继续品咂，终于在放下第六个量杯时，闫明的脸上露出了笑容，他说："就是它了！"

众人听了，脸上都露出了难以置信的表情，特别是闫大鹏，更是惊得嘴巴半天也没有合上。

很快，化验结果就出现在大伙面前：这罐食用油里添加了百分之五十的地沟油！闫大鹏的所有谎言全部败露，他只好老实交代了自己如何秘密购进地沟油，然后添加到食用油里，并冒用村里的品牌，大量上市……

大伙十分气愤，同时也惊叹闫明辨别地沟油的本事，有人问："闫局长，你这辨别地沟油的绝技是哪里学的？"

闫明淡淡一笑，说起了一段往事：那是闫明十八岁时，高考之后的一个暑假。为了多筹些学费，闫明跟着一帮子邻村的伙伴在镇上当装卸工。一次，他们去帮闫大鹏卸豆子。那是闫明干装卸工以来最大的一车，满满四十吨货，一百八十斤一包，卸到半车时，闫明的体力实在无法支撑了，大伙便让他到一旁歇着。这时，豆油刚刚挤榨到缸里，热腾腾地冒着气，闫明饥饿难耐，口干舌燥。那油冒着豆香，闻着不由就动了心，他看看四下无人，便拿起了漂在油上的木舀子……谁知闫明刚喝了一口，闫大鹏在外面喝完酒回来了，一身酒气地走到闫明身边，他伸手舀了满满的一舀子，递给闫明，然后指着外面卸着货的几个伙伴，一字一顿地对闫明说："你看见了吗？外面五个加上你六个人，共三百块装卸费，喏，把这油喝了，钱就给你们；要是喝不了，对不起，这三百块钱就作为你偷油的罚款！"闫明端着满满一舀子油，看看外面的伙伴们，一咬牙，就把那一舀子油全部喝进了肚里。后来是这五个装卸工把闫明送进了医院，洗了三次胃，把三百块钱的装卸费全花了还没够，但就是这一次，让闫明真正记住了豆油的滋味……

说到这里，闫明微微叹了口气，说："这么多年来，我一直是一点豆油都不吃，但今天，为了能让这闫大鹏输得心服口服，我就破例喝了这么一回。你们要知道，我从前喝过的可是真正的纯豆油，所以现在豆油纯不纯，我一品就能知道。”

大伙听着，都禁不住笑开了，唯有老村长，伸过来一只大手，在闫明的头上无比爱怜地抚了又抚……

（王相军）

（题图：张恩卫）

变 迁

真诚合作

这几天，黄家湾离任的大队党支部书记黄裕忠老汉突然间发起愁来。一连几天吃不下饭，睡不着觉，愁眉苦脸，唉声叹气，似有天大的忧愁和满肚子的难言之隐。女儿巧玲多次打问，老汉总是摇摇头不吭声，末了问女婿志远什么时候从县城回来，使得巧玲心里像十五只吊桶打水七上八下，不知道爹又要跟志远赌什么气儿。在这个家庭里，最难做人的是巧玲。巧玲妈死得早，志远又是那些年倒插门来的地主儿子，农村政策刚刚放宽的时候，志远不再像过去那样守在土地上，最先在村里接起了副业。先是养貂，在门前空场上圈起个小院子，盖起了貂棚子，整天上山打野物，买来死猫烂狗肉，把鸡蛋和着豆浆喂那黑乎乎的小东西。

黄裕忠老汉咋也看不顺眼，对着志远直吼叫："这叫羞先人！当农民不在土坷拉里刨，干这种歪门邪道，不怕人笑话！"志远说："爹，这是旧观念。发展多种经营，中央文件里明确支持哩！"黄裕忠老汉说："狗屁！我过的桥比你走的路都多，用得着你教训我？早早给我把摊子收了，安安宁宁种庄稼！"没想到到了年底，志远养貂赚了大钱，被选为劳动致富模范，在公社受到表扬。黄裕忠老汉没再说什么，心里总还是不服气，见了志远仍没个好脸色。

又过了一年多时间，志远把养的貂全部卖掉，跟几个人合伙做起了生意。他把当地盛产的洋芋收起来拉到山外，从山外拉回这里不能种植的蓬莱、大葱等，摆在街镇上出售，又赚了不少的钱。

黄裕忠老汉再一次沉不住气了，把志远堵在大门外又是一顿吼叫："把你坑人挣下的钱扔到外边去，咱们家不要！"志远说："咱又不是偷了人抢了人，我买他卖，我卖他买，两厢情愿，咋叫坑人呢？"黄裕忠老汉说："投机倒把比偷人抢人强不了多少！多少人过去没招这个祸？"志远说："那是过去，现在政府不但不挡，还号召大家都来搞活流通呢！""政府不挡？到挡的时候你就迟了。来个运动你咋得了哇？"黄裕忠老汉恨不得把心掏出来似的说。志远说："中央已经说过不再搞运动了，你总是运动运动。"黄裕忠老汉说："你懂个屁，不搞运动就没王法了！共产党的事我比你懂得多，说不搞了是一句话，说搞还是一句话，由得了你？"

谁知黄裕忠老汉这一次又错了，志远做生意非但没被追查，后来还上了广播，县上开大会披红戴花，捧回来一个脸盆大的玻璃镜框子奖状。志远把它高高地挂在堂屋正中间，黄裕忠老汉怔怔地看了大半天，末了一声未吭回到房间，蒙着头睡了好几天。从此以后，黄裕忠老汉再也不管志远的事了，志远干什么，怎么干，干好干坏，一概不闻不问。只几年工夫，黄裕忠老汉似乎一下子苍老了许多，一年到头什么事也不干，从早到晚连话也懒得说，倒叫巧玲心里很不安。

巧玲是个特殊的角色。她既要让志远不受气，又要让爹心里舒坦，实在难哪！几天前，志远说是要办个机砖场，去县城联系购买制砖机。现在爹又接连打问志远什么时候回来，该不是又要闹事？

这天傍晚，志远回来了。黄裕忠老汉在大门口就迎上前去，问："制砖机买到手么？"

志远顿觉奇怪地说："制砖机……唔，事情没办成。"

黄裕忠老汉说："你不是筹划得好好的么，咋弄不成了？"志远尽管一时尚未弄清岳父打问的缘由，但还是一五一十把去县城的情况对黄裕忠老汉说了。

黄家湾地处秦岭米粮川上端，紧靠着木材丰富的金鸡岭。这里的人们历来有烧砖瓦开窨场的习惯，但都是手工做坯，速度慢工效低。前不久志远考察了县城砖瓦市场行情，随着国家经济建设的加快，基建项目上得很多，机砖供不应求，便打算在黄家湾搞一个机砖场，发挥紧靠金鸡岭主要原料木材便宜的优势，预计准能赚大钱。不料县城制砖机却很紧张，县农机公司总共购进来十台，县政府决定不公开销售，投资一半扶持困难户，有钱也买不到。

黄裕忠老汉听志远说完，沉吟了片刻又问："县政府说的困难户有啥标准？"

志远说："咳，有啥标准嘛！村上开个证明，到乡上盖个章子。证明由你写，你说有多穷就有多穷，谁查问这个？咱们有那个光荣牌牌，谁都知道是个致富状元，想哄人也哄不过去。"

黄裕忠老汉又问："你看尚家怎样？够得上标准？"

志远说："尚家当然没问题，但是另外那一半钱他们也拿不起。再说，他们家哪有办这么大事的人？"

黄裕忠老汉说："那咱们帮他行不行？"

"帮他们？"志远脑袋瓜转了转，忽然高兴地说，"那怎么不行？咱们跟他们家合伙办！"

"咋样合伙？""让他们家申请那一半投资款和买制砖机，咱们出另外一半钱。办场的事由我，尚家弟兄仨只管干活，赚下钱二一添作五，平半分。""你说这样行不？""没问题。爹在乡上人熟，你去跑上一回，保险一炮两响！""那好，咱就这样办！"

黄裕忠老汉跟志远说的尚家，是黄家湾最大的一家困难户。尚家总共四口人，一个年近六十的母亲带着三个憨儿子过日子。大儿子尚世仓，三十八岁；二儿子尚世良是个哑巴，三十六岁；三儿子尚世弟，也已过了三十岁。三个人虽不是那种吃喝拉撒也不知道的全傻子，但也是只有一身憨力气而缺乏心眼的笨汉子，加上家里穷得一塌糊涂，至今都还是一对半光棍儿。土地到户后，尚家一家大小除了一天两顿有几碗包谷糊哄饱肚子外，经济收入彻底断了来路。

尚老婆的丈夫尚志明和黄裕忠老汉是从小一起长大的好朋友，解放前又一起在地主家当长工。尚志明死的那年，正是遭饥荒的三年困难时期，眼看着一家人饿得没了人形，咽气了一个晚上眼珠子仍瞪得铜铃般大。黄裕忠老汉那时候已是黄家湾的主事人，眼泪巴巴地倚在尚志明的尸体边，说："兄弟，你就放心去吧。只要有我在，就有他娘儿们活得了。"尚志明的眼睛这才奇迹般合成一条缝，并且滚下两颗黄豆大的泪珠子。从那以后，尚家一直是全大队救济和照顾的对象。除了国家和集体的救助，黄裕忠老汉隔三差五送粮送钱，只要他黄家灶洞里烧火，尚家烟筒里就得冒烟。

对着黄裕忠老汉的关怀和照顾，尚老婆实在是打心眼里感激不尽。那时候黄裕忠老汉老伴死后守着独生女儿巧玲未娶，尚老婆也正当四十岁上下。一天晚上，黄裕忠老汉从大队开会回来已是半夜时分，跟往常一样推开虚掩着的门，上了炕脱裤子就睡，也没有擦火柴点灯。光腿伸进被窝，才发现被窝里还有个人。没等他发出声响，尚家寡妇一下子扑进了他的怀里，颤声说："他叔，就让俺给你暖一回脚吧！俺再想不出啥法子报答你……"

黄裕忠老汉没有吭声，身子像火一般燥热。他记不得自己脱的衣服还是尚家寡妇替他脱的衣服，便就糊里糊涂跟这女人做了一处。

事毕之后，他清醒了，自己照自己的脸上狠抽了几个嘴巴子，懊悔万分地说："我咋对得起老尚兄弟，我咋对得起老尚兄弟……"尚家寡妇看到这种情形，很伤心地哭了，说："你放心，俺决不坏你的名声。你啥时要俺，俺来；你不要，俺就不来。"

黄裕忠老汉和尚家寡妇这段秘密始终不为人所知。很多年里，黄裕忠老汉时刻关心和照顾全村头号困难户，被人们看作是一个党员干部深厚的阶级感情，赢得了极高的赞誉。

农村经济开放搞活之后，尚家日子仍然是艰难如故不如人的情形。

几天前，黄裕忠老汉听志远说想办个机砖场，到县里购买制砖机，便想着机砖场一定需要笨劳力，让志远把尚家弟兄仨收揽上，挣几个零花钱，但是，又觉得不好向志远张口，更怕话说出去搁不住而伤脸面。他和尚老婆的事虽说村里人没有察觉，但是从女儿巧玲的神色中意识到早就露了马脚。巧玲能不对志远说？小两口不过是睁一只眼闭一只眼罢了。没想到，这会儿在志远跟前，问题竟毫不费神地解决了。黄裕忠老汉真是一肚子的高兴，当即让志远借着尚家的口气写了份“开办机砖场投资申请书”。第二天大早去了尚家，把好消息告诉了尚老婆，顺便让老大尚世仓把他那一家之主象征的私章盖了上去，随后就去了村委会和乡政府，办好了一切应当办的手续，交给了志远。

中途生变

志远第二次进县城，真是一帆风顺，制砖机和新有的配套机械全买到手，当天托运回黄家湾。

这天一大早，机砖场正式开工生产，前来看稀奇瞧热闹的人真不少。常年四季窝在山沟里的人们，很难相信手工都不容易干好的活儿，竟能用机器造出来，更难相信笨得出奇的尚家弟兄，也能成为机械化砖场的工人。

机砖场场址就选择在黄裕忠老汉家门前那块上好的承包地里。志远在一大群大人小孩的目光注视下，手拿扳手，这儿拧拧，那儿敲敲，把机器的各个部位最后检查了一遍，然后很利索地在砖机棚下推上了电闸。制砖机当即转动起来，一块块大小匀称、棱角分明的砖坯从另一边送出来，光溜溜，齐整整，不知要比手工砖坯好多少倍，快多少倍。

人们不由得“啧啧”地赞叹不已：“呀！这一天能做几千！”

“上千？上万哩！”

“这不跟造票子一样，准发大财！”

“他娘的，咱咋就想不到干这事呢！”

尚家弟兄被志远按照各自的能耐安排在不同的工序上。老大尚世仓挖土、引水、和泥，满脸的汗珠子，满身的土星子；老二尚世良接砖坯：一盘五块，制砖机毫不停歇地推出，他便要一刻不停地来回奔跑，来不得半点懈怠；老三尚世弟上料，一锨锨和得软硬合适的泥土，从地上铲起来，送到进料口，制砖机一口就把它吞了下去。稍微动作慢一点，那边便出来几块废坯，站在一边看着的志远当即就斥责。

机器一个劲地转动着，尚家三兄弟便一个劲地忙活着。有条不紊的流水作业，把三个人牢牢地嵌在缺一不可的岗位上，远比“大锅饭”时的那种一窝蜂似的劳动紧张得多，劳累得多。唯独志远，口叼香烟，手背身后，转来转去，掌握着机械转动的命脉，就是轻松自在。

机砖场开工三个月，坯架就一排排地摆满了砖场，少说也有五十万块。这天晌午，志远跟岳父商量，先停工几天，让他进城去寻买主订合同，领一部分预付订金回来收窑柴，否则等砖坯做好后再收窑柴就赶不上趟了。黄裕忠老汉让志远放心地去城里办事，家里和机砖场由他照看。于是，志远当天下午便提着个黑皮包进了城。

五天后，志远提着黑皮包又回来了，累得都快散了架。家里没有人，黄裕忠老汉和巧玲上坡挖红薯去了。志远把黑皮包朝箱子里一扔，蒙起被子呼呼睡了过去，巧玲唤志远吃饭的时候，天色将晚。志远起来后正在屋里洗脸，就听见尚家老三尚世弟在大门口问黄裕忠老汉：“支书叔，我志远哥回来么？”“嗯，回来了。”“钱领到手么？”“我还没问，你志远哥还没吃饭哩。”

这时志远从房里走出来，见是尚老三，脑子忽地一转，随即又忧愁着脸，一副闷闷不乐的样子。尚世弟问：“志远哥，咋跑了这么多日子，出啥事了？”

志远“唉”了一声，说：“事情难办了！”

黄裕忠老汉忍不住插言问道："怎么，砖不好出手？"志远耷拉下脑袋，说："中央发了文件，要压缩基建投资。县上各单位正盖的楼停了，上边卡住不给钱。"

尚世弟问："那啥时候再给？"

志远说："说不上来，也许一年两年，三年五年，也许永远不给了。反正今年没指望，连县政府办公楼都停了，别的更不用说。"黄裕忠老汉问："一点儿都卖不出去了？"

志远说："我把腿都快跑断了，求爷爷告奶奶，酒瓶子点心送了不少，才卖出去十万块，领了五百元钱的预订款。连这几个月的花销都不够。"

"那咋得了哇？"一老一小立时脸上失了颜色，愁得双手抱住了脑袋。

尚世弟心里一下子凉了半截子。他早就估摸着做了多少坯，能烧多少砖，卖多少钱，除了柴钱他们能分多少。思谋着有了钱先盖两间新房，趁他年龄不算太大先给自个儿找个媳妇。谁料想狗咬猪尿泡——空高兴一场！听志远说的那种形势，不是一年半载就可以好转，那些泥巴块风吹日晒雨淋，过不了多长时间就成了一堆烂泥。难道俺弟兄仨黑水汗流几个月就白干了不成？

尚世弟反来正去想了好大一阵子，最后吭吭哧哧说出了连志远也意想不到的话来："志远哥，我们弟兄几个是跟着你干哩，你说朝东，我们不敢朝西。现在砖卖不出去，你说咋办？我们是挣钱呢，年底分砖块子我可不要！"

"咋的话？"心里正愁成疙瘩的黄裕忠听了尚世弟的话，禁不住愣怔了一下，随即便脸红脖子粗地骂道，"好你个没良心的东西！那你想咋办？"

"我想……"尚世弟自知有点理亏，说话吞吞吐吐，"干脆，我们干一天你给多少钱。年底按天数算，其余挣多挣少全归你。”

志远气道：“这就是说，卖不出去的砖块子是我的，还要再掏腰包给你付工钱？”尚世弟脸红着不答言，眼睛也不朝谁脸上瞅，脑袋低下去埋在大腿中间，说不上是可憎，还是可怜。

志远问：“那你说让我一天给你们多少？国家副业工每月工资三十七元八角五，你们要多少？”尚世弟算计了一下，说：“这活路比公家活路重，一天一人总给个一块五吧？多了我们也不想要。”

志远一下狠心，说：“那好吧，我一天给你们每人两块，咋样？剩下的是骨头是肉咱捡着，唉……咱这干的叫啥事情嘛！”“行得。往后你把砖无论卖多少钱，我们不说啥。”尚世弟很乐意地应承着，心想这一下占了个大便宜。

志远说：“这话可是你说的，咱们一言为定！再过三五年，说不定砖又俏了卖个大价钱，你可别眼红。”

尚世弟说：“你只要把我们的工钱全给了，你就是抱个金娃娃，我们也不找你。”

“再找，再找把你狗日的腿杆子敲断！你们家那事，我再管就是地上爬的！”半天没说话的黄裕忠老汉，此时气呼呼地站起身，像赶狗似的把尚世弟朝门外撵。

尚世弟还真怕老支书动手，贴着墙根战战兢兢地退到大门口，猛转身撒腿跑走了。

晚上，志远和巧玲关起房门上了床。巧玲问：“你答应尚家弟兄一人一天两块，拿啥给呢？到时候卖婆娘，我可值不得几个钱。”不料志远嬉皮笑脸着说：“嘿，除了皇上他女儿，下来就是我娃他妈值钱，给多少都不卖！”

巧玲说："说正经的，你心里到底踏实不踏实？"志远起身从箱子里取出黑皮包，撕开拉链，"哗"地倒出一大堆票子，说："只要把砖烧好了，钱就是咱的！"

"啊？"巧玲不由得惊叫起来，"多少？""先按五十万跟人家订的合同，这是一半预订金，一万五。砖交过手，再领那一半。""都能卖出去？""抢着要呢！再有这二三十个砖场也不愁卖。""那你刚才咋哄人哩？"

志远轻蔑地说："你没看尚老三那贼模样儿，穷筋暴得多高？刚开始我只是跟他说玩话，他就翻脸不认人。我也就就汤下面，提了他个鳖！""你把爹也蒙在了鼓里？""悄悄的，爹要是知道了实情，咱这样也弄不成了。""迟早总会晓得。""不咋，刚才把话说死了。再说，钱多了还怕扎手？""看你鬼的！"

各怀鬼胎

按照志远的吩咐，黄裕忠老汉承担起收窑柴的任务。山沟里人一时还难以找到更多的赚钱门路，便都依靠卖柴解决日常生活中的零用钱。志远开办的机砖场大量收窑柴的消息传出后，大批的柴捆子便就络绎不绝地扛下山来。

大把大把的票子从巧玲手里拿出来，又从黄裕忠老汉手里散出去，约莫花了五六千元。黄裕忠老汉不由得奇怪地问女儿："不是只领回五百元么，哪儿来的这么多钱？"

巧玲诡秘地笑了笑，说："你别管，有志远想办法。"

这天，黄裕忠老汉正在柴场忙乎，突然从机砖场上传来吵嚷声："这净是糟蹋人，哪叫干活哩？挖土和泥跟不上，上料填不满，出来的砖坯五块就有三四块废品。机器空转还要交电费，这是生产队，都来磨洋工？”志远低一声高一声，火气儿大得很。“人又不是机器，只管不停，咋受得了？”尚世弟声音也不小，说话舌根子都带着劲。

“一晌歇一回，刚才才歇了不到一个小时，咋叫没停？”“又困了嘛，想抽袋烟，尿泡尿哩。”“你想咋的就说想咋的，别这样打混混！”“咱不想咋的，只要一天对得起两块钱就行了。”“你嫌两块钱少了就走，咱掏这价钱，到哪儿都能雇来人！”“走？走不成着呢！这机砖场有我们一半的投资款，没有我们家，你连机器也买不来。”“你……”志远一下子噎得泛不上话来。

机砖场上没了吵声，机器也停了。

黄裕忠老汉赶忙放下手里的秤走了过来，只见尚家弟兄一人待一处，有的仰天躺着，有的两手抱肩坐着，一副罢工的神气。志远铁青着脸，气呼呼站在旁边没有一点儿办法。

黄裕忠老汉真是来了气儿，顺手捡起锨把子，先往尚世弟跟前走。尚世弟一看，着了慌拔脚就跑。尚世仓、尚世良赶忙起身拿工具。黄裕忠老汉怒不可遏，骂道："狗日的东西，你当我不敢捶你们？土地到户儿年了，谁给你们寻过挣钱路？精壮壮的三个小伙子，屁大的本事都没有，一年到头都能把头睡扁。好容易给你们寻下这活儿，你们就这样给我混？志远说一天给你们一人两块钱，卖不下钱你还溜我老汉房上瓦不成？就是你老子在世，我该捶你还要捶你！现在碌碡拉到半坡上，谁不给我好好干，看我轻饶了谁！”

尚家弟兄呆呆地听黄裕忠老汉骂着，大气儿不敢吭一声。志远这才说："爹，你别生气，咱给他们好好说。"随即把尚家弟兄唤至近前，又说："我和老三原先说一人一天两块钱，并不是从早上睡到晚上也给你两块。生产队时还搞过定额管理呢，咱也要搞定额。从今天开始，每天要出五千块砖坯，每人两块照付。砖坯做不够，咱按比例往下扣，多了给你们加，码起来算数。我还是过去的话，不管我赚了赔了，该给你们的工钱一分不少！”

“就这样办！”黄裕忠老汉接口说，“好歹把今年搞下来，明年你们弟兄几个哪怕亮精屁股，不关我的事！”

在黄裕忠老汉的干预下，志远才把尚家弟兄们消极怠工问题妥善地解决好。同时实行了定额工资，机砖场的工效依然不减地进行着。

土地开始上冻之后，机砖场停止了做坯，便开始点火烧窑。志远早就请人修复了原来大队的旧砖窑，他曾在大队砖场干过，对烧窑的技术是熟套子。装窑、看火、扛柴、闷水，然后出窑、码砖，一茬接一茬。黄、尚两家除了小孩，倾巢而动。巧玲被作为尚家一样的男壮劳力上了阵。两家合灶吃饭，尚老婆专门负责烧水做饭。黄裕忠老汉则什么都干，哪儿忙了帮哪儿。

志远早把那见火就是洞的料子衣服脱下身，换上厚厚的劳动布工作服，一天二十四小时不离窑场。他头上戴顶烂草帽，满脸抹得乌黑，不停地攀上转下，不停地观察窑情，指挥火大火小，朝里朝外，俨然一个道道地地的烧窑师傅。

烧窑师傅是窑场的中心，技术的高低直接关系到每窑两三千元的收入或损失，志远对谁也不放心，谁也不能代替他。他实在困乏了，钻进柴场的庵棚里眯乎一阵子，稍微缓过精神就又爬起来。

尚家弟兄也看出眼前的阵势跟先前大不一样，一个个屁股上都长了眼睛，一点儿也不敢偷懒。志远说：“只要咱们一窑都不烧坏，给你们弟兄仨每人奖两百元！”两百元顶得住做砖坯多干三个月，尚家弟兄更来了劲。

一窑接着一窑，砖场的坯子越来越少，公路边上的砖摞子越摆越长。黄裕忠老汉此时才真正看到了志远的能耐和作用，没有他，这事连想都不敢想。

过了腊月，柴烧完，砖烧好，总共六十多万块整整齐齐摆放在那里，像一道长长厚厚的城墙。停窑后志远只在家休息了一夜，第二天一早换了身干净衣服就去了县城。当天下午，领着五辆“东风”大卡车回来，随后便没黑没明地朝县上送。呼呼隆隆十多天，志远随最后一辆运砖的汽车又去了县城。

三天后，志远喜滋滋地回来了，怀里抱着装钱的黑皮包。

黄裕忠老汉迎到大门口，迫不及待地问：“都卖了？”“卖了。”“钱领到手了？”“领到手了。”“多少？”

志远犹豫了一下，举起三根手指。

“三万块？”“除了柴钱和其他费用，净赚一万五！”“国家税上了？”“上了。”“原先预付的定金还了？”“还了。”“还有电费要交呢”“那用不了几个钱。”“哎咳咳……”黄裕忠老汉高兴得竟一屁股跌坐在门槛上，全身像瘫了似的站不起身来……

晚上，尚家弟兄一齐跑来算账。志远让巧玲炒几个菜，温一壶酒，摆在桌子上。黄裕忠老汉被推至上席，其他人依秩而坐。志远给每人面前的杯子斟满酒，然后端起来，说：“今年咱们机砖场多亏大家齐心协力，总算没赔，赚了，咱先喝杯庆功酒！”

一齐举杯，一饮而尽。志远又一一斟满，连饮三杯之后，才又说：“你们弟兄的工钱咱就不查出勤账了，从三月开工到腊月底，满打满算按十个月，耽搁的，回家种地收庄稼和天阴下雨都不扣除。每人六百元，外加烧窑奖励二百，三个人总共两千四。另外，这儿再给三百元，是我孝敬尚大婶的，给她老人家扯身新衣服，好好过个年。”说完，从兜里拎出一捆扎得整整齐齐的票子，放在尚世弟面前，说：“两千七百元，你当面点清。”

尚世弟一把抓过去揣进怀里，说：“不用点数，志远哥还能坑我们？！”弟兄仨早就高兴得不知了东西南北。

黄裕忠老汉也十分高兴，一脸的喜色叮嘱说：“拿好，回去给你妈，筹划着办点正经事。”

惊梦生疑

黄裕忠老汉担了几个月的心终于放下了。尚家弟兄走后，黄裕忠老汉因为高兴要多喝几杯，志远便陪着岳父开怀畅饮。少时，两瓶“西凤”便见了底儿。酒足饭饱，黄裕忠老汉在女儿搀扶下回到自己房间，躺下去不久便呼呼进入梦乡……

突然，他被眼前的情景吓呆了：

大队办公室院子里，鬼火似的电灯挂在屋檐下。全村男女老小席地而坐，正在召开批判大会。像当年那些四类分子似的站在台子前边的，竟是脸色死一般灰白的志远。

“老实交代，钱是从哪儿来的？”“跟你生身老子一样，剥削阶级本性不改！”接连不断的喝斥和质问，直吓得志远耷拉着脑袋瑟瑟发抖。

他似乎就坐在主席台上，旁边的现任支书主持着大会。顿时，他全身的血直往上冲，一定要保护志远不受人欺侮，他全然不顾一切地喊：“你们不能平白无故整治志远，他是我的儿子！”

有人当即驳斥说：“不，他是地主的儿子！狗走千里吃屎，狼走千里吃人。他脱离地主家庭是假，继承剥削阶级衣钵是真！”

他无法驳斥这种过去常挂在嘴边上的理论，只好声嘶力竭般喊道：“你们别冤枉人哪，要凭事实说话呀！”

“有，有事实。”尚家老三应声从人群中站起来，大步跨到台前，凶神恶煞般指着志远，说，“你和我们两家合办机砖场，你到底捞了多少？给了我们多少？”志远身子抖了抖，没有回答。

尚世弟转过脸，面朝大伙儿，说：“乡亲们哪，我们弟兄实际上是他雇的长工。我们出力流汗，他轻松自在；我们做牛做马，他吆三喝四指手划脚。就这，我们三人拿了两千七，他挣了一万二千多块！大家说，这不是剥削是啥？我们要向地主阶级的孝子贤孙讨还血汗！”尚世弟说着，疯了似的扑向志远，举起拳头狠狠地朝志远砸去。

他只觉眼前一黑，一下子失去了知觉……

黄裕忠老汉醒了，大半天还处在惊恐之中。一时间，他弄不清到底是梦还是现实，摸摸脑门，汗淋淋的；摸摸身上，被子被蹬在一边。悄无声息的夜晚，突然传来几声狗咬鸡啼，他才渐渐意识到：刚才是一场恶梦。

黄裕忠老汉完全清醒了，心里反倒更加不安起来。梦境里尚世弟说的话不无道理，跟尚家合办机砖场，这样分配收入确实有点不合理。但是，这又是尚世弟心甘情愿的。不过回想起来，志远要是不说砖卖不出去，尚世弟会提出要工钱？看起来鬼就鬼在这里，志远这狗东西是在编着圈儿让尚世弟那个笨蛋钻呢！

黄裕忠老汉睡不着了。拉扯尚家合办机砖场是他出的主意，村党支部以至乡党委都夸他老党员扶贫帮困有成绩。将来要是让人知道这其中有鬼，晓得的说是志远干的，不晓得的还以为是他老家伙财迷心窍，打着扶贫帮困的招牌，自个儿挣昧心钱呢！往后该咋样见人呢？一季度开一次的党员组织会咋好意思参加呢？不行，要找志远把话说清。黄裕忠老汉爬起身，摸摸索索下了炕，打开房门，来到女儿房间外。

女儿房里灯熄了，还有说话声。只听见巧玲说："要这么多钱干啥？房子刚盖了几年，又不置地，放在家里都叫人熬煎。"志远说："看你，真是个山里佬。不会打扮你，打扮娃，叫咱爹想吃啥买啥，想到哪儿逛就去哪儿逛。再把咱爹那棺材板换成三寸厚的柏木板，雕龙画凤做得好好的。爹一辈子守了你这一个宝贝女儿，现在该好好享享福了。"

黄裕忠老汉心里一热，真是没白疼志远一场。有这心，有这话，就行了！

"那能要几个钱？连原来存的，快三万块呢！""再买电视机、洗衣机、电冰箱、录放机，不要自行车了，推辆摩托车回来。有空儿再去北京、上海、杭州旅游，逛大景，看热闹。城里人会享受，咱就不会？""看你想得美的！"

接着是一阵亲昵的笑声，黄裕忠老汉急忙上前，用力敲响了房门。屋里声音戛然而止。

骨肉情断

志远打开房门，黄裕忠老汉走了进去。女儿在父亲面前不像儿媳见公公，巧玲没起来，也没穿衣服，搂着儿子小毛毛仍睡在被窝。志远望着岳父阴沉沉的脸，不知道又有什么不高兴，心里直犯嘀咕。

黄裕忠老汉直截了当打开话题，说："你说说，咱们这样跟尚家分钱到底合适不合适？"

志远预料到岳父迟早会要提出这个问题，但没想到会来得这样快，这样急。他不急不慌地说："这事情是这样的，原来一开始我说过净收入二一添作五，谁知道尚世弟精过分了，一点儿风险都不想担。自己提出只要工钱，不管赔赚钱都要问我要钱，我只好依他。"

黄裕忠老汉说："你那回从县上回来不说砖卖不出去，尚世弟能说那话？我现在问你，那时候是不是砖卖不出去？"

岳父一语点破要害，志远一时口吃泛不上话来，只好正面避开了岳父提出的问题，拐个弯儿说："不管当时砖卖出去卖不出去，反正做生意办企业总有个风险。大家都不愿承担风险，都只想着自己只能赚不能赔，这事情谁也干不成。再说咱们现在这种分配办法，是把尚家弟兄作为机砖场的雇工对待的。雇工前几年不允许，现在放开了，中央国务院都有红头文件。别的地方个体户一雇就是成百，搞得好的还当全国人大代表、政协委员，咱这算啥？"

猛地，黄裕忠老汉还真的让唬住了。听志远不像是顶嘴胡说，好像在党员会上也学过这类材料。可惜他如今开会不是蹲墙角就是打瞌睡，学习文件这个耳朵进那个耳朵出，全不当回事。不过他想，共产党开门第一板斧就是斗地主分田地，打倒剥削，帮助穷人闹翻身，难道解放四十年又变了？再说，咱和尚家合办机砖场，一家一半钱投资，尽管尚家的钱是国家的，但却是以尚家名义申请的救济款，咱把人家变成雇工，咱当老板，人家拿两千七，咱一万二，总不成个规矩吧？党中央是共产党的党中央，国务院是共产党领导下的国务院，即便再糊涂也不容许这种坑人的事儿合法化！黄裕忠老汉不想再和志远打嘴皮子官司，用当年在社员大会上讲话的那种不容置疑的口气说："我不管他文件不文件，也不管别人咋样干，咱跟尚家合办机砖场的收入你要给我重分！"志远问：

"咋样重分?"

黄裕忠老汉说:"还按先前说的,刨去各项支出,一家一半。"

志远断然拒绝说:"这样分不成!当初没立合同,而后来这种分法是两眼对两眼定死了的。就是官司打到法院,尚家也占不上理!"

黄裕忠老汉不由得愣住了,事情真还是这样。即使打官司,尚家三个笨蛋没有一个是志远的对手,自己又不能帮着尚家说话。他只能依靠自己在家庭里的权威,强迫志远非按照他所认定的原则行事不可。于是,便倔强而又蛮不讲理地说:"法院不去,钱给我重分!"

一直默不作声的巧玲此时插了言:"爹真是越老越糊涂了,胳膊肘朝外擊!"

"当我不知道,你们两口子一起糊弄我,没一个好东西!"黄裕忠老汉早就对女儿一肚子气儿,顿时高喉咙大嗓子地吼叫起来。

"我们咋糊弄你了?我们咋糊弄你了?"巧玲受不了爹这种重话,扯着哭声说,"是没给你吃,还是没给你穿?我又没跟着志远回甘岔河,你这样冤枉人……哎呀呀……"

志远的火儿一下子顶上了脑门,迅速从箱子里取出装钱的黑皮包,"啪"地扔到黄裕忠老汉面前,变脸失色地说:"我知道你的心在尚老婆身上,你明说好了,把它拿去全给尚家!"

"你……"黄裕忠老汉想不到志远竟当面用这种话呛他,顿时面红耳赤气急败坏,慌乱中不择轻重,恶狠狠地骂道:"你跟你亲生老子一个眉眼,不剥削人就活不下去!"骂完,狼狈地退出门去,回了自己房间。

志远一下子呆了,旋即两行热泪顺着脸颊无声地流了下来……

这个出身地主家庭的小伙子,自小在学校里就是个品学兼优的好学生。但是,随着年龄的增长,政治歧视的阴影越来越浓重地笼罩了他。

初中毕业，他理所当然地未被推荐上高中，回到家当了继续被歧视的山民。父亲那顶铁打的地主帽子眼看着就要被他继承下来，连做一个普普通通的平头老百姓也不可能。他痛苦、害怕，整天提心吊胆过日子。在那通行娃娃亲的高山岭上，他二十五岁了却无媒人登门。

正当他要打一辈子光棍的时候，有人向他提说了这门亲事。他听说是贫农，又听说父亲是大队党支部书记，便什么也不管，什么也不再问，一口答应了下来。年过半百的父亲咬着牙让他长子出门招赘成婚，来到黄家湾。

巧玲论长相模样儿，论文化知识，跟他实在不般配。但是他不嫌弃，他没有权利和资格嫌弃。这一切只是为了一个目的，不再背那张地主皮！他在黄家湾默默地夹着尾巴做人，靠岳父那把大红伞，平安地度过胆颤心惊的好多年。

党中央英明，邓副主席亲，终于解放了他这种毫无罪过的人。此后，很多搀杂着政治因素的婚姻破裂了，闹得天翻地覆。有的女人离了婚，有的倒插门的领着婆娘娃回了原籍，不再做寄人篱下的上门女婿。但是他没有，凭着良心仍留在黄家湾，仍一心一意地爱着巧玲，仍孝敬着失去权势的岳父。岳父过去到现在，从没有把他当地主儿子看，没有揭过他心灵上的疮疤，像母鸡保护小鸡似的保护着他。可是今天，岳父竟这样指着鼻子骂，骂得这样难听，这样刻薄，这样让他忍受不了！

志远的心像煮沸的开水激烈地翻腾，他看看痴呆呆望着他的妻子，看看熟睡中的一对儿女，犹豫不决……最终，他还是下了决心，走，何必受这窝囊气！他很快穿上大衣，在脖子上包了条大围巾，又去寻找棉鞋。

“你要咋的？”巧玲惊恐万分，一把扯住志远，衣服顾不得穿，被光溜溜拖下地。

志远使劲甩开巧玲，巧玲又扑了上去，紧紧抱住志远的腿不放。两个孩子被吵醒了，一齐哇哇直哭。志远似乎全然不顾这些，用力扯开巧玲，大步跨出门去。巧玲爬起来赶至门外，赤身裸体不好再追上去，只好撕心裂肺般哭喊道："娃他爹，你可走不得呀，扔下我跟娃咋得了哇……"

静静的夜空中，哭喊声凄厉而哀痛……

天快亮时，一夜没睡的巧玲终于拿定了主意，赶志远去。志远一定是回甘岔河去了，眼看要过年，不会到别的地方去。至于爹，让他在家尝尝苦滋味，机砖场的钱他爱咋分就咋分。等过了年，爹心里想着对不住志远，不再寻是非了，我们再回来。

巧玲起了床，简单收拾了个包袱，唤醒女儿，抱起儿子。临走出房门，看见志远扔在地上的黑皮包。巧玲拾起来一看，推开黄裕忠老汉的房门，扬手扔到炕上去，火气十足地说："我们都走了，这钱，你想咋办咋办！你嫌志远是地主，我不嫌。你当你的老积极、老贫农、老党员，我当我的地主媳妇去！"说完，一手拖着女儿，一手抱着儿子，头也不回地走了。

尾声

黄裕忠老汉一连在炕头窝了七天七夜，直到除夕之夜"噼里啪啦"好一阵辞旧迎新的炮竹响过，他才意识到，要过年了！

七天来，他不知道什么时候天黑，什么时候天明。实在觉得饿了，在炕边火炉上烤几块干馍片，喝一碗白开水。末了，又睡。越睡，身子越困；越困，脑袋越昏；脑袋越昏，又越想睡，似乎睡着了那烦恼就会消失。

大年初一，是个冬日以来少有的艳阳天。向阳坡上一嘟噜一嘟噜的迎春花开得黄灿灿的，桃、李、杏树上的花骨朵鼓得滚圆。阴坡顶上的残雪消融得只剩下一道道细细的白线，河里的冰块随着哗哗的流水散开来，撞得咔咔嚓嚓响。

黄裕忠老汉拖着沉重的身子下了炕，走出门，站在屋场上怔怔地望着眼前的一切，心头愈加郁闷。他想，此刻他那曾经树叶掉下来都怕砸着头的亲家公，大概正抱着孙子、孙女儿，悠哉悠哉地过新年呢！儿子回去了，媳妇也回去了，孙子们都回去了。天伦之乐，热热火火，解放前的伪保长一定乐得喝凉水都觉得甜呢！

黄裕忠老汉长长地叹口气，自言自语道："唉，黄裕忠啊黄裕忠，不是说啥都不管啦，咋又管上了呢？这才叫自作自受哩！"但是没过一刻儿，他又在心里说，"不行，我还是个刚解放就入了党的老党员呢！"

犹豫、彷徨，彷徨、犹豫。正当黄裕忠老汉十分矛盾的时候，尚家弟兄仨一前一后朝屋场上走来。三个人都穿着新崭崭的衣服，嘴里叼着从未叼过的香烟，笑容满面地走到了黄裕忠老汉跟前。

"支书叔，我妈叫我们给你拜年来了！"尚世弟一声吆喝。弟兄仨按照古老的传统习俗，一齐跪倒在地恭恭敬敬地磕了一个头。

"都起来，都起来，现在哪儿还兴这规矩！"黄裕忠老汉忙上前要扶起尚家弟兄，弟兄仨已都又站了起来。

尚世弟说："我志远哥呢？我妈特意说要我们来好好谢谢我志远哥，不是他，我们到哪儿去挣那么多钱？今晌午我妈做了一桌酒席，请你跟志远哥过去吃饭。我们家好多年都没过过这样的好年了！"

尚世仓说："有肉呢！一拃厚的膘，跟豆腐、粉条一炒，香得很！"

老二尚世良不会说话，只是咧着嘴傻笑。看着尚家三弟兄一副心满意足兴高采烈的模样儿，黄裕忠老汉真是说不出的滋味。

是呵，我们穷怕了，穷够了，现在该长门槛挣点钱了，老汉冲着尚家三兄弟说道："挣着钱光想着吃，今后好好学着点，长点脑子，别再给你支书叔丢脸就成！"说罢，摔手进了里屋。

尚家三兄弟被老汉说愣了，三根桩子似的立在那儿。

"劈哩啪啦！"过年的鞭炮放得冲天价响。

（沙苑子）

（题图：张恩卫）

三封密电

深夜急电

一九三一年四月的一个周末深夜，长江下游的著名古城南京，这时，正笼罩在一片蒙蒙的江雾之中。全城除了不时传来一阵阵警车的尖叫声外，安静极了。

在市区，一幢四周围墙上布满电网的灰色大楼里，还有不少窗口仍亮着灯光，好像一只只恶狼的眼睛，露着凶光。从这大楼里还漫散出无数无形电波，就像一只大毒蜘蛛拉出的一张巨网，遍布中国大地，只要哪里有一个异常的反应，得到信息的大毒蜘蛛就会迅即张牙舞爪地猛扑过去。这里，就是人们称之为“龙潭虎穴”的国民党特务机关中统局所在地。

大楼的第四层，有一间铺着玫瑰红色地毯的宽敞办公室，这时，在一张巨大办公桌旁边的皮沙发里，坐着一位穿着呢军装的青年军官。只见他身材约在一米七五以上，一张四方脸，两条乌黑的剑眉下有一双深邃明亮的眼睛，在棱角分明的嘴唇上留着短短的小胡子。他一边听着收音机里的流行歌曲，一边品着茶，手里在不停地翻看着各种报纸，时而皱皱眉头，时而从嘴角边露出微微笑意。他就是中统局赫赫有名的机要秘书沈潮。

沈潮是我党的地下工作者。三年前，在党组织的周密安排下，利用他与中统局局长徐心智的同乡关系，打入了中统局核心。三年来，凭着他机敏、果断的办事能力和善于同敌人周旋的本领，赢得了徐心智的宠信，不失时机地掌握了一些重要情报，及时巧妙地转送到瑞金中央苏区，在粉碎敌人围剿中发挥了作用。今天，他趁这个魔窟里难得出现的宁静，悠闲地拿来各种报纸有意无意地浏览着，沉思着。

突然，"橐橐橐"一阵高跟响底皮鞋的声音，从走廊的一头由远而近地传过来。沈潮一听这声音，忙将半个身子埋进沙发里，把二郎腿跷得很高，并且用擦得发亮的尖头皮鞋悠然地合着收音机里的节奏抖动起来。

那"橐橐"声到了门前停住了，接着"吱"一声，奶黄色的大门被轻轻推开，伴随着一股浓烈的异香，传来一个娇滴滴的声音："唷！沈秘书，你真会消遣呀！怎么不上舞厅去，在这儿忠于职守？"

进来的是个漂亮妖媚的年轻女人，她叫李飞飞，是机要报务员，徐心智的外甥女，贴身的心腹。李飞飞扭动着纤细腰肢，卖弄风情地朝沈潮媚笑着，把一封电报递到他的手里，然后既不离开，也不说话，两眼流露出异样的光彩，盯视着沈潮的脸。

沈潮望着李飞飞淡淡一笑，接过电报，用目光迅速地扫了一眼，心里不觉微微一怔，他的脸上仍然满面春风地说："是电报？放下吧。李小姐，什么时候有空，咱俩痛痛快快地跳上一个晚上，好吗？"李飞飞惊喜地问："你有时间陪我跳舞？""当然！不过此刻公事在身……"

李飞飞似乎已听出了沈潮的言下之意，只得依恋地扭动着细细的腰肢，退出了办公室。

沈潮等李飞飞一离开，连忙走过去关上门，回身坐到沙发里，再细看手中电报。这封电报是中统湖北分局发来的，明码上写着"徐心智局座亲译"，具体内容都由密码写成，而且是他从没见过的特殊密码。沈潮手捧电报，顿时感到分量重起来，他的心也直往下沉。

正当沈潮一时不知怎么办时，又听到"橐橐橐"一阵高跟皮鞋的响声，从走廊里由远而近传来。沈潮随手把电报放在茶几上，漫不经心地端起茶杯放到嘴边，轻轻吹着。

进来的又是李飞飞，她嘴里说着："秘书大人，亏得你没走开，又来电啦！"说着又把一封电报递给沈潮。沈潮接过电报，应酬几句，把她打发走以后，关上门，摊开电报一看，又是湖北发来的徐心智亲译电！这下，沈潮心惊了：出了什么事了？十分钟内连发两封密电！他坐不住了。

突然，又响起了"橐橐橐"的高跟皮鞋声。啊，李飞飞又来了！难道她来监视我对密电的处理情况？沈潮顿时警惕起来，他迅速坐到沙发上，用手按住肚子，紧皱起眉头。

李飞飞推门进来，看到沈潮这副样子，快步走近沈潮，用手摸着他的额头，问道："啊！你怎么啦？"沈潮苦笑着说："没什么，胃痛。""要不要喊医生？""不用了，我这胃是老毛病，坐一会就好了。我还得赶紧把两封电报送交局座呢。"

李飞飞奉承了几句，又拿出一封电报递给沈潮，说："喏，那边又来电报了！”

沈潮接过电报，放在前两封电报上面，说了一句:“李小姐，谢谢你，你快回发报室，说不准又有什么电报来呢。”李飞飞向他投去一个媚笑，转身走了。

沈潮再看那第三封电报，还是湖北来的。他心里好似猫抓，在屋里急得团团转，头上冒出汗来。

沈潮接连收到这三封不知内容的密电为什么会急成这样呢？

原来，在中统局有两种密码：一种在局里有关机要人员中使用；一种只有徐心智本人掌握。按照徐心智的叮嘱，凡是沈潮接到后一种电报，不管在什么时候，都要立即交给徐心智本人。三年来，沈潮用巧妙的手段，实际上已掌握了徐心智独自掌管的密码，所以，他对后一种密码也能随时破译。但是，今天接到的这封电报上的密码，他却从来没有见到过。显然，徐心智最近已经把密码全部更换！这怎能不叫沈潮心情沉重而焦虑呢！

但是，更叫沈潮焦虑的是，各地中统特务机关只有遇到特别重大的事情需要汇报和传送特别机密的情报，才使用后一种密码。根据以往的经验，使用后一种密码，大多是关系到我党安危的情报。今天，在不到半个小时之内，从同一特务机关，用同一密码，发给同一个人三封亲译的电报，这样的事情是沈潮进中统局三年来见所未见、闻所未闻的！这三封电报的价值和分量是可想而知的了。

这时办公室里静得出奇，墙上的挂钟在不紧不慢地嘀答着。时间，多么紧张而宝贵的时间在飞快地流逝！

沈潮用手抹了一把额头上沁出的一层细汗，双手解开了紧扣的呢军装的风纪扣，急促地踱了几步，心想：留给我破译密电的时间是有限的，不管怎样，纵然粉身碎骨，我也要尽一切力量把它破译出来!

怎么破译？沈潮十分清楚，只有找徐心智。但徐心智是一个凶狠、狡猾、多谋的特务头子，那份绝密的密码本，他是随时随地放在贴身衣袋里的。取这密码本，无异于虎口拔牙!

“当!”挂在墙上的钟清脆而沉重地敲了一下，他一看时间正好是十点半。

不能再犹豫了，待在办公室里苦想到天亮，也想不出办法，不如直接去见徐心智。他知道这会儿徐心智正和新搭上的情妇在幽会，到那儿再见机行事。为了党的事业，就是虎穴狼窝也要闯一闯。

沈潮驾车来到东雅大旅馆。他不用人指引，就径直来到一间高级套间门前，用目光左右迅速扫视了一下，举起手照过去约定的暗号，“笃笃，笃笃笃!”轻轻叩了五下门。

他等了片刻，门轻轻地启开了一条缝，接着，出现了一个肌白如玉的娇艳的年轻女人，只见她穿着一件袒胸的薄黑丝绒镶金短袖旗袍，乌黑的长波浪散发披在肩头，淡淡的脂粉、淡淡的口红、淡淡的红晕，显得不媚不俗，光彩照人。她就是乔娜。沈潮一眼看出这个女人似乎不同凡响。据说，她是一个家道中落被迫辍学的大学生，几个月前的一次舞会上，被喜猎女色的徐心智一眼看中了。

这时，乔娜看着站在门前的沈潮，把他上下打量了一下，然后用她那使人销魂的柔媚目光盯住了沈潮的脸，含着微笑，轻轻点了下头，算是招呼。

沈潮问道："请问，老板在吗？"

乔娜“嗯”了一声，再嫣然一笑说:“请进。”

沈潮踏进门一看，这是一间十分豪华的房间，地上铺着猩红色地毯，彩绘的天花板上，高悬着一盏挂满璎珞的吊灯，柔和的灯光，使落地长窗上垂着的天蓝色的丝绒窗帘显得越发柔和、恬静。四周的墙壁上点缀着典雅的书画，墙角的两只博古架上放着古玩，这些布置有点半洋半中，不伦不类。

徐心智正舒舒坦坦地埋在沙发里吸雪茄烟。他四十上下，不高不矮，不胖不瘦，穿着便装，一副学者风度。他面前的一只椭圆形茶几上，摆着酒菜。他看见沈潮进来，似乎感到一怔，但仍以很随便的口气问道："怎么，出事了？"

沈潮毕恭毕敬地垂立着，一边拉公文包，一边回答："局座，陈秘书长急要的材料，我已初步调查核实清楚，特请局座过目备用。"

徐心智听了不由得松了口气，不无嘉许地说："你哪，真是认真哦！我晚饭前见到立夫兄啦，他吩咐我们对军统方面的事可不能打草惊蛇，要稳……"说到这儿，他就趁着往烟缸里掐灭烟的当口，把话刹住了。

沈潮会意地点点头。乔娜对他们的谈话，显得毫无兴趣。这时她一扭水蛇腰奉承说："沈秘书不愧是局座的心腹要人，办事顶真，年轻有为，日后前程无量啊！来，让我代局座敬你一杯！"

徐心智见沈潮推辞，就笑着说："不必拘礼了，乔娜也不是外人。敬你一杯，也为咱俩助助兴，干吧！"

待沈潮腼腆地干下一杯酒，徐心智突然心血来潮地说："乔娜，听说沈秘书的酒量也不错啊，怎么样？今晚'花间一壶酒，对饮成三人'，咱们来个一醉方休吧。"

乔娜高兴地一边连连说着好字，一边就一步一扭地走进里面的套间去取酒。

沈潮听到一个"醉"字，心里不由一动：自己正愁没法下手弄到徐心智的密码本，现在他自己倒提出要醉酒，凭着自己的酒量和身体，要灌醉一个半老头和女人，这有何难！但他表面上仍显出一副受宠若惊的神色，推辞说："局座在此，卑职岂敢放肆。"

这时，乔娜手里已拿了三瓶酒走出来，听沈潮还在谦让，便说："沈秘书，别谦让了，入座，入座。"

徐心智也说："哎，你我名为上下级，实乃兄弟，又是浙江同乡，今晚，你凑个兴，陪我和乔娜痛饮几杯吧！来来来，过来坐。"

沈潮这才半推半就地靠椭圆形茶几的另一头坐了下来。乔娜拿来高脚大号杯，"咕嘟咕嘟"替大家倒了一大杯，顿时一股浓郁的酒香味直冲脑门。沈潮喝光了杯里的酒，微微咂了咂嘴，连声称赞："啊！真是好酒！"徐心智"哈哈"笑着，快活地拍了拍沈潮的肩膀："娜，既是好酒，给咱斟满，都斟满！"

于是乔娜"格格"地笑着，给每个人杯里斟满了就干光，干光了又斟满。一会儿，乔娜红扑扑的粉脸更红了；徐心智的醉眼露出了异样的光直盯着乔娜；沈潮自己也弄不明白，感到眼前迷迷糊糊的，有点儿身不由己了。

沈潮一边装着开怀畅饮，与两人周旋着，一边暗暗告诫自己要镇静，不能因酒误了大事；但又感到奇怪：这酒怎么会这样厉害！他心里不禁一惊，抬头往桌上再一看，原来，乔娜今晚拿出的三瓶酒都不是一样的——大家喝的是杂色酒！

这时，乔娜跌跌撞撞地又从里间拿了两瓶酒，嬉笑着斟上了三杯："沈、沈秘书……这回该我替你干一杯啦！祝你追随局座步步高升。"

沈潮抑制住一阵阵恶心，望着那只晃动的酒杯，心里担忧：喝下，恐怕要醉，一醉，三封密电如何破译？不喝，徐心智、乔娜四只眼睛死死地盯着自己，一定会引起徐心智的疑心。这个徐心智的脾气沈潮是一清二楚的，他一感到扫兴会立即把你赶出去。赶出去可坏了大事了！想到这儿，沈潮头一昂，一杯酒下了肚。

这杯酒一下肚，可坏事了。沈潮只觉得头上的吊灯在转，房间里的摆设在摇晃。不能倒下！不能倒下！沈潮心里在告诫自己，然而，大量的烈酒正在肠胃里掀风作浪，他神智不清地倒在了地毯上……

不知过了多久，沈潮昏昏沉沉中听到房间里那只落地大座钟在“当、当、当”一下一下响着。他心里一震，强打精神撑开眼皮，不由得大吃一惊：只见那个喝醉了酒的乔娜，竟奇迹般地步履轻捷地走到徐心智身边，用身子偎着沙发里的醉汉，手伸进对方的口袋，一只又一只地掏摸着。

顿时，沈潮头上像被浇了一盆彻骨的冷水，他立即意识到乔娜不是一般的舞女。他想站起身来，可惜，他浑身无力，不能动弹。他怕被乔娜发觉，就闭上眼睛，准备冷静地躺一躺恢复体力。

乔娜在徐心智身上摸了一会，终于从贴身衣衫里拿到了那本巴掌大小的密码本。她朝沈潮瞥了一眼，才轻轻走进里间。沈潮望着乔娜得意的背影，心里像沸油一样翻滚着。不一会，房里传来了拍照片的嚓嚓声，他多想冲进去啊！然而，手刚撑起来，又酥软地弯了下来。

随着轻捷的脚步声，乔娜走出房来，她迅速将密码本放回到徐心智内衣袋里，然后，又朝沈潮看了一眼，就伸手拿下沈潮挂在墙壁上的公文包……

凭着多年与魔鬼打交道的经验，沈潮已清楚面前的这个女特务要干什么了。他以巨大的毅力，强行控制住酒力，拔出腰间的手枪，猛地从地上一跃而起，用枪抵住乔娜，低喝一声：“不准动！”

乔娜身体一颤，公文包“扑”落在地上，但她却若无其事地扭过身子，媚态百出地说：“唷，沈秘书真会开玩笑，吓了我一跳。”说着，低头从地上拾起公文包，“我想看看你包里有没有美人的照片。嘻嘻，女人都有爱知道别人隐私的兴趣，沈秘书别来吓唬我了。”

沈潮冷笑道：“乔小姐，中统局的人可不个个是脓包、傻瓜呀！胶卷给我！”

一听胶卷，乔娜惊得一哆嗦，她一扭身就朝里间奔去，身上的一件黑丝绒旗袍也滑落到了地上，露出了只穿着像蝉翼般透明的紧身丝衫。忽然，她回过身，嘴里说着：“沈秘书，你何必这么顶真呢？你难道不喜欢我？”就向沈潮身上扑过来。

“乔小姐，放尊重些！否则，我要招呼外面的弟兄了！”沈潮的这一手是乔娜没料到的，她只好穿起旗袍，在沈潮枪口的威逼下，交出胶卷，交代了军统局使用美人计的意图。

沈潮待乔娜交代完毕，随手撕开床单，把她结结实实捆起来绑在床脚上，然后带上房门走出来，一看徐心智仍醉得像只死猪，立即动作极其敏捷地从徐心智内衣口袋里掏出密码本。他把那三封密电破译出来后一看，顿时惊得脸色煞白，“啊”一声叫出来。

两只电话

要知道沈潮为什么惊慌失态，先看三封密电的内容吧。

第一封密电的内容是：共党要人章顺被捕获，其已表示愿效忠党国，如能速解总部，三日之内可将共党在沪某中央机关一举扑灭。

第二封密电：拟用兵舰解章顺来宁。盼示。

第三封密电：因兵舰太慢，拟改用飞机。急盼示。又，据悉：局秘书沈潮系共党所遣，万勿使其知情!

这三封密电，直接威胁到党中央在沪某机关的存亡，这是沈潮从没遇到过的严重事件。沈潮手中捏着三封密电，如同捏着一块烧得通红的烙铁，一阵阵钻心的疼痛直袭心头。

“三日之内可将共党在沪某中央机关一举扑灭”、“拟改用飞机”等密电内容，在沈潮的脑际，飞速地闪来闪去。如果改用飞机，章顺一到，不用三天，这个设在上海的中央机关就有覆灭的危险!时间的紧迫和突如其来的严酷险情，像恶魔一般向沈潮扑来。

沈潮虽然没有见过章顺，但他知道，此人是负责中央某机关特科具体工作的，还亲自主持行动科，这是专门对付国民党的重要部门。因此他熟悉处于上海市的中共中央某机关领导同志的全部秘密住址和许多重要机密。他的叛变必然对党组织的安全带来极其严重的威胁!

沈潮抬腕看了看表，见离天亮只有三个多小时。如果不能迅速将此情报送交上海，后果不堪设想；当然，只要章顺一旦到达南京，他自己也将被逮捕；那么，倘若他立即乘快车去上海的话，叛徒所留下的遗患又怎么消除?这许多问题，像旋风一样朝他扑来，又像千万根钢针猛扎着他的头颅。

可是还没让沈潮考虑如何来处理眼前的突变，躺在沙发里的徐心智忽然翻身坐了起来，睁开了血红的眼睛，惊得沈潮头皮直发麻。幸好，特务头子只胡言乱语了几句，又倒下去“呼呼”睡了。沈潮当机立断，把密码本重又塞到徐心智内衣口袋里，然后，又苦苦思索着对策。

徐心智又翻了几个身，嘴里叽哩咕噜一阵，终于睁开了眼皮，见沈潮立在边上，吃力地招招手说：“醉，我，我也会醉吗?来，给，给我点水，水。”

沈潮只得给对方倒了杯橘子水，等徐心智“咕嘟咕嘟”一口气喝光，走近一步惴惴地说：“局座，出，出大事啦！我喊了您两次都不见您醒过来，我只好把您推醒了。”

徐心智微微一怔，醉眼惺忪地抬起头不解地望着沈潮问道：“出事？”“乔娜是军统方面派来的！”“啊？你怎么会知道？”徐心智听到这儿，酒醒了大半，惊恐地一跃而起。

沈潮就把刚才发生的事情渲染加工地向他汇报一遍。接着就把乔娜偷拍的胶卷递了过去。

徐心智抖抖索索地接过胶卷，取来放大镜，凑在灯光下仔细一瞧，果真是自己随身所带的中统绝密电码，他发怒地转过身来问道：“乔娜在哪里？”

“被我捆起来了，就在里间，听候局座发落。”沈潮说着就引徐心智到了里间。

别看徐心智平日里喜近女色，但他对敢于利用他的这一弱点设置圈套的人，特别憎恨。他走进里屋，恶狠狠地把捆作一团的乔娜拉来跪在自己面前，逼她再把军统局的阴谋详详细细地交代一遍。徐心智听了气得脸色铁青，上去“啪啪”狠狠扇了乔娜两记耳光，然后余怒未息地嚷叫道：“哼！这帮畜生！军统、军统，统到老子头上来了，我要告到老头子那儿去！沈秘书，备车！”

“局座，”沈潮凑近徐心智耳边说，“此事还是私了为妥。”“为什么？”“乔娜毕竟是一个不值钱的货色，局座身居党国显要，声张出去，有碍局座声名。”沈潮停了停，“依我看，不如直接找到军统门上，戳穿美人计，倒显得局座明察秋毫、一身正气。军统见把柄抓在您手里，今后不敢不收敛。”

徐心智略带浮肿的眼皮跳了跳，想了一会，点点头说：“嗯，也是。我这就去找他们算账，这条狐狸精，你连夜详加审讯，天亮以后把笔录给我。”“是！”

沈潮支开徐心智，是他急中生智的一着险棋。他待徐心智的汽车开走后，就把乔娜押上福特轿车，直奔局本部。等车子在局本部大楼前停下来，他把乔娜交给小特务看押，自己整整衣冠，胸有成竹地踏上电梯，来到四楼。他径直来到机要报务室门口，咳了一声，伸手在门上敲了几下，等了片刻，不见李飞飞开门，他又重重敲了几下门，叫道：“李小姐，快开开门，有急电要发出去！”

“唷！是沈秘书，快请进吧！”随着话音，李飞飞拉开门。看到沈潮，一双困倦的丹凤眼立即大放光彩，“深更半夜的，又有什么急事呀？”

“有份急电要发出去。”沈潮一边回答，一边跨进门去。

这个李飞飞，早就爱上仪表堂堂、才华出众、又深受局长器重的沈潮了。平时，不管人前人后，只要见到沈潮就频送秋波。沈潮为了便于开展工作，一直采取若即若离的态度，这下李飞飞却追得更起劲了。

现在见沈潮深夜敲门，喜得她浑身轻得快要飘起来了，她把沈潮按在椅子上坐下，也不管什么急电不急电的，就飞进里面房间。抓出几只大苹果，坐在沈潮对面，拿出小刀就削。

沈潮此时心急如焚，哪有心思尝苹果，他连忙笑笑说：“李小姐，不忙招待，先把电报发了，我再尝你的苹果。”“唷！吃个苹果有什么关系，难道我的苹果是苦的，吃不得？”“哪里，谁不知道李小姐是金陵一钗呀？我能尝到你亲手削的苹果，真算我的福份不浅啊！不过，实在我急事在身，不能耽搁呀！”沈潮边说边从公文包里掏出拟好的电文，“这是局长指示马上拍到武汉去的。”

李飞飞不敢再拖了，她放下手中的苹果，坐到发报机前，抓起耳机，撒娇似的说：“那么，给我戴上才替你发。”

沈潮只得苦笑着替李飞飞戴上耳机。不料李飞飞却就势把头向后一靠，倒在沈潮的怀里。

沈潮忙轻轻推了她一下，说：“李小姐，这样让局座知道多不好，还以为我贻误军情是为了你呢！”

李飞飞虽说轻佻，但毕竟是个忠于中统事业的女特务，一听到贻误军情，顿时清醒过来，连忙直起身子，把手向上一伸说：“电文呢？拿来吧。”

“喏，”沈潮把电文递给李飞飞，“局座还在等我的回电呢。”

李飞飞接过电文，轻声读道：

“来电已悉，请于今晨六时正把货运交江边机场，有人接收。徐心智。”

李飞飞读完电文，忽闪着眼睛问：“咦，怎么，局座没有签字？”沈潮装得很惊讶地说：“不可能，我拟好电稿给局座签了字的呀！”

李飞飞娇嗔地瞥了沈潮一眼，递上电文说：“签了字的？你自己看，在哪儿呀？你呀，也会有粗心的时候！”

沈潮接回电文懊恼地皱着眉说：“这真是越急越忙，越忙越乱。局座也给急得……唉！”

“快去补上吧。”

“补？”沈潮故意摸出手帕擦了擦额角，“这样急的事情，来得及补吗？假如来回奔波耽误了战机，那局座不怪罪我才怪呢！”

李飞飞见沈潮这副着急的模样，一时也想不出解脱的方法，支吾着说：“可，可，坏了规矩，局座的脾气你还不清楚？”

“哎，这也是，都怪我急于发电，没有查对一下。”沈潮站起身靠近李飞说，“你就帮我这一回忙吧！”

“这……”李飞左右为难了。一边是一时陷入窘境的日思夜盼的心上人，而且是第一回这样求自己！另一边却是反复无常的堂堂一局之长，尽管他是自己的舅舅，但是犯了规矩，同样不会宽恕她。

沈潮当然也窥探到了李飞飞的内心矛盾，他阴着脸说：“李小姐，在我想象中的李飞飞本来是个多情而机敏果断的人……”说着戴起手套，一边慢慢地朝门外走去，一边不无遗憾地说，“想不到，才遇上一点小事就慌了手脚，我差一点看错了人！”

李飞飞是个爱虚荣而又自尊心很强的女人，被沈潮一激，急得脸色绯红地说：“别走！你、你当真以为我不、不替你发？”

沈潮听到李飞飞发急的唤声，知道自己这激将法，起了作用，但他只站定了脚，连身体也没有转过来，不冷不热地说：“李小姐，算了吧，我不想让你为我惹祸，还是让我一人去顶罪挨训吧！”

李飞飞以为沈潮真的生气了，赶紧走上前来，用双手从沈潮肩背后面搭上去，脉脉含情地说：“你的脾气比局座还大，就许你一本正经，不容我开个玩笑。给我，为了你，天塌下来我去顶。”

沈潮这才转过身，把电文重新交给李飞飞，说：“其实，也不用你去顶罪。局座查问下来，我会解释的，我怎么会让你替我一个男子汉受冤屈呢？李小姐，请你抓紧时间发出去吧！与其耽误战机不发，还不如让我去领罪，或许到时还可以解释清楚。”

李飞飞“嗯”了一声，爽快地坐到发报机前，手按电键熟练地“嘀嘀嗒嗒”拍起报来。谁知李飞飞的电报还未发完，突然，她手边的一只专线电话响了起来，她暂停发报，随手拎起听筒一听，顿时惊叫起来：

“啊！是、是局座……有的，嗯、嗯……那他……”没等她再说下去，沈潮手中的无声手枪“扑”冒出了烟，那电话筒从李飞飞的手中滑落下来，只见她像捆棉花秆似的慢慢倒在地上。

沈潮因为不知道发向武汉的电报呼号，才强按住内心急火，和李飞飞蘑菇了好一阵，才激起她发报。没料到情况突然发生变化，徐心智打来了电话，如果让敌人从李飞飞那儿得知自己已给武汉发了电报，他的整个计划就会全部落空！因此，他没容李飞飞说话，就断然扣动无声手枪的扳机。

沈潮预感到敌人很快就要猛扑过来，他迅速将李飞飞的尸体从发报机前拖开，接着将尚未发完的电报发完。紧接着连气也顾不得喘一口，就把话筒放到坐盘上，再拉到身边，“嗒啦啦”拨了一个号码。这个号码，是他来到中统局之前，中央一位负责同志亲口告诉他的，规定只有在万不得已的危急情况下才能使用。

“嚯嚯嚯……”窗外响起了一阵尖利的哨子声，沈潮微微一震，他知道这是负责值勤的特务在集合队伍。难道敌人已经发现了情况？他警惕地留心着外面的动静。耳膜里只有传呼声，没人来接！他急得抓耳挠腮，面红耳赤。忽然，电话通了，一个沉着老练的男中音在电话中问道：“谁？”沈潮惊喜地答道：“我是那个卖茶叶的朋友，请五点整在指定地方碰头。”“知道。”电话挂断了。

沈潮松了口气，刚想离开发报室，但是，已经迟了！大院内外传来了一连串的呼叫：“弟兄们，局座指示，沈潮是共党分子，别让他跑了！”

啊！这个狡猾透顶的徐心智来得真快！沈潮镇定了一下情绪，“嗞啦”一声拉开公文包，运用从苏联学到的化装技术，三下两下就把自己化装成了一个老头子，又从李飞飞的办公桌抽屉里找到一支手枪插进怀里，然后，推开发报室门。但是，已经迟了，从走廊尽头已传来急促的脚步声。

眼看冲不出去了，沈潮急忙退回来，把门反锁好，一时急得在发报室里踱来踱去。跳楼吧，他一步跨到窗口朝下一望，下面黑古隆咚的，从这四层楼跳下去，不摔个粉身碎骨，也得跌个七窍流血。这时走廊里的脚步声越来越近了。忽然从窗口吹来一阵风，把窗上的湖蓝色真丝窗幔掀得飘了起来，沈潮见了，忽地有了主意，他用力扯下窗幔，把它撕成好几条，一条一条打起结，推开窗，把丝布条子的一头结到铁窗格上。

“乓乓乓！”敌人已在猛力地敲门了。

沈潮连忙将真丝条子的另一头抛下窗去，像猫一样敏捷地跳上窗口，紧紧攥住条子慢慢滑下去。谁知还没等沈潮的脚落到地上，院子里突然亮起了灯光，敌人像狼嚎一样尖叫起来……

机场接客

沈潮能不能逃出狼窝呢？说故事的还得把这事暂时搁一搁，回过头去先说徐心智是怎么知道沈潮是共产党的。

几个小时前，徐心智气势汹汹地坐车直驶军统局总部兴师问罪。接待他的是一位校级军官。他非常谦恭地把徐心智让进一间幽静的小会客室，请他坐下，奉上香茶，然后满脸堆笑地询问来意。这时的徐心智也许是因为在气头上，也许是因为他见对方的军阶比自己低得多，他傲气十足，开门见山地责问对方指派乔娜的用意。不料对方面对徐心智的责问，一点也不着慌，仍然若无其事地笑笑说：“局座，请勿动肝火，我们都是为了忠于党国，我们之间的事好商量。”他不等徐心智开口，突然换了话题问道：“请问局座，您今夜可曾收到三封要您亲译的绝密电报？”

徐心智被对方这么一问，懵住了。他想：军统、中统互截机密情报是常事，机密电报都是由沈潮经手的，可今晚他来东雅时只字没提呀，难道他……不会，不会。说不定是军统见我抓住了人质，故意用这话来糊弄我。想到这儿，他反问：“你们何以知道有我的亲译密电？”“这点就恕难奉告了。”接着，对方似乎已看穿了徐心智的心思，用一种揶揄的口吻说，“不过，我们关心的是对付我们共同的敌人——共产党。在半年前，从种种蛛丝马迹中，使我们对您那位忠于您的机要秘书沈潮发生了兴趣，乔娜此举与此也不无关系。嘿……”

徐心智哪能受此嘲弄，他差点要跳起来扇对方两记耳光。可是，他毕竟是个老谋深算的特务头子，他强压怒火，拎起旁边的电话打到报务室。他从李飞飞的几个“嗯嗯”声中证实了果然有三封密电。他问李飞飞沈潮在哪儿时，不料只听到李飞飞说了一个“他”字，话筒就“啪”一下挂断，再也听不到任何声音。他终于明白出事了，立即果断地又拨通电话，命令负责值班的特务，集合队伍先把沈潮抓起来。他自己连对方招呼也不打，就急匆匆钻进汽车，向中统局总部大楼飞驰而来。

徐心智一到，巨大的铁门顿时大开，汽车进入院内。他吩咐开亮院内的灯火，特务们尾随在他身边直上四楼。他气喘吁吁地奔到报务室门前，那门已被砸开，冲进去一看，只有一具女尸和随风飘荡在窗外的真丝条带子。气得他一把揪住负责值勤的特务，左右开弓，连连扇了几个耳光，骂了一句“废物”。

可是，他并没有就此颓唐地瘫倒在皮沙发上叹气，因为他清楚，在自己身边出了个共产党的地下工作者，事情传到老头子那里，即使陈立夫有心保荐，也无力解脱他窝藏共党之罪。唯一的办法，只有不惜一切代价把人抓住后杀人灭口。

于是，他迅速地进行了搜捕沈潮的布置。不一会，一辆辆警车、摩托吼叫着从这只“大毒蜘蛛”里冲出，一批批武装的、便衣的特务派往车站、码头和交通卡子。

沈潮是怎么从狼窝里脱身的呢？当他紧攥着窗幔条子，滑到离地面还有一二丈高时，下面的灯突然亮起来，他急忙一松手跳落到地上。幸亏这儿是一条通向贮藏室的甬道，他跃过甬道边的一道矮墙，趁着特务跟着徐心智上楼时的一片混乱，整整衣帽，大摇大摆地混出了大门，而后又敏捷地闪进了一条小巷内。

沈潮一路穿小街，过小巷，当他奔到玄武湖畔时，听到四处响起了警车的阵阵嚎叫声。沈潮知道徐心智开始搜捕自己了，他一边加快脚步，一边警惕地注视着前后左右，直朝约定的地点——中央商场附近的小吃店疾步赶去。

他赶到那儿，正好时交五点。沈潮警惕地朝四周打量着，见没有异常情况，便大步跨进了一家毫不显眼的小吃店。他根据确定的联络方式，看见左边第二张桌子上坐着一个中年汉子，时而低头握着调羹拨弄碗里的小元宵，时而抬头匆匆瞥一眼店门口。沈潮镇静地走过去，在那中年汉子的对面坐下，也要了碗小元宵吃了起来。

沈潮边吃边从长衫口袋里摸出一张折叠好的报纸，往桌上一摊，认真地吃着看着。

那汉子用眼角瞟了一眼报纸，见是张《中央日报》，就开口问道：“老兄，有新消息吗？”

沈潮反问道：“老弟，你想听什么消息？”

“唉！什么都想听，又什么也不想听。”那汉子以玩世不恭的口气似答非答。他从桌旁站起来，伸了个懒腰走了。

沈潮见状按捺不住喜悦的心情：我们的同志！他随手轻轻折起报纸，喝了口元宵汤，尾随那汉子离开了小吃店，来到了一处背人的小巷。

沈潮急切地向那汉子介绍道："同志，我是沈潮！"

"看错人了吧！"那人又用另一特殊暗号继续试探他，"我是商务洋行的职员。"

"对呀！商务洋行的经理还是我大哥哩。"沈潮连忙对上暗号。那汉子立即上前紧握着他的手："沈潮同志，我叫黄松，发生了什么事情，请说吧。"

沈潮往四下再看了一下，凑近黄松说："我党中央机关内出现了一个叛徒，名叫章顺，现已被武汉中统特务机关抓获，将在今天早晨六点钟押解到江边机场。如今已是五点二十分，情况万分危急！为了解除对党中央机关的威胁，我决定暂时利用自己的特殊身份，立即赶到机场亲手干掉章顺，请求得到地方党组织的配合……"接着沈潮简要地谈了自己的具体行动方案和设想，最后要求替他备一辆小车。

"党信任你！记住：我们永远战斗在你的身旁，祝你成功！"黄松说完稍一沉吟，"小车五点四十分准时停在大方巷口右侧的路边。"

沈潮告别了黄松，看了看表，离上大方巷的时间不多了，这时正好来了一辆三轮车，待他上了车，那车夫立即飞也似的朝大方巷蹬去，在离预定地点五十米左右的地方便自动停下来。

沈潮下了车，刚朝前走了十几步，突然，从大方巷的前面飞速扑来一队摩托车队，只听"嘎嘎嘎"一阵响，这队摩托车队全停下来了。沈潮暗暗吃惊：难道敌人知道了我在这儿接头？他不由得放慢了脚步。

摩托车上的特务很快跳下车，把周围一圈包围了起来。待他再想向后退时，后面又有一队摩托车赶到……啊！莫非真的暴露了？不，不可能！黄松同志是南京地下党组织中对敌斗争经验丰富的老同志了，他不会有什么疏忽的，况且，我与他单独接头，在短短的二十几分钟内，敌人也不会发觉得如此之快呀！但是，四周的特务却在摇摇摆摆地走过来。

这时，只见一群特务从前面一幢小楼房里，吆喝着、推搡着一位两鬓花白的老人走过来，沈潮一看，心里“啊”惊呼起来：这老人不是自己未婚妻的叔父冯教授吗？这时他才醒悟到：敌人不但在搜捕自己，也在逮捕自己的亲戚朋友了。好狠毒的徐心智啊！

但是，沈潮重任在身，他只得看着老人怒吼着“我抗议！我要抗议！”被押上了警车。

时间已是五点四十九分，按约定的时间已超过九分钟！这九分钟，是多么至关紧要的九分钟！沈潮正眼睁睁目送着押着冯教授的警车远远驰去时，忽听身旁传来“嘎”一声，一辆乌黑发亮的“奥斯汀”轿车停在眼前，接着一位衣冠楚楚的司机从车里伸出头对沈潮说：“先生，请——商务洋行的黄经理正等您呢！”

沈潮已明白司机话中之话，立即拉开门坐到了后面的座椅上。车子“呼”地开走了。

司机一边开车，一边说：“沈潮同志，黄松刚才要我转告你，敌人已加强了车站、码头等地的警卫和搜查，并且对你的亲属也开始逮捕了，你要做好思想准备。”

沈潮说：“我刚才已经看到了，请转告党，我已做好了一切思想准备。”他顿了一下，看了看表，沉着地对司机说：“已经五点五十三分了，离江边机场还有一段路，同志请再加码！”

一路上，沈潮抓紧时间，把到江边机场后的具体做法告诉了司机。司机听完后会意地点了点头。

江边码头渐渐映入眼帘，沈潮知道离机场已经不远。他掏出一副眼镜，用手帕擦了擦戴上，然后脱下长衫，卸下装，紧了紧武装带，再检查了一下武器。

机场终于在眼前了，这时正好六点还差两分钟。小车刚驶近机场，就听见头顶上传来了飞机的轰鸣声。沈潮探出窗口朝空中望去：一架美式军用飞机，正在徐徐降落。

“到得好准时啊！”沈潮轻声说道。汽车到了警卫森严的机场门口，沈潮向值勤的门岗亮了一下特别通行证，就被放了进去。

飞机刚一着陆，沈潮的车子也驶近了飞机。飞机的舱门一开，沈潮两眼就死死盯着从舱里走出来的人。他的打算是如果飞机上下来的特务认识自己，那就执行第二套方案：不出车门，待章顺下飞机时，把他当场击毙。但这毕竟有些冒险，所以他不到最紧要的关头，决不轻易这么干。

舱门打开了，从舱里钻出一个瘦高个，他两眼滴溜溜地朝四处张望了一下，当发现有一辆小车停在飞机前，就又缩回机舱里。一会儿又从舱里探出脑袋问：“喂！请问这辆车子是不是……”

沈潮忙对司机说：“告诉他，是接武汉来货的。”司机忙亮开嗓门告诉了瘦高个。

那个瘦高个没有吭声，用审视的目光看了看走下车的司机，又把头缩回了舱里。沈潮看这个家伙鬼鬼祟祟的样子，不由感到纳闷。

不一会，终于从机舱里走出两个特务。沈潮一看，都不认识，就从车里走了出来：“请两位把货运上车吧！”

瘦高个见沈潮气度不凡，就卑谦地问："您是——"

沈潮懂他的意思，从上衣口袋里掏出一张证件递了过去，瘦高个一看，是一张国民党中统特务机关的特别证件，就转手交给后面那个一脸横肉的特务。那个特务细细看了之后，双手把证件还给了沈潮，然后对瘦高个努了努嘴，瘦高个就转身上了舷梯，进了机舱。

很快，从机舱里钻出一个中等身材、体格结实的中年人，他用两只惊惧的眼睛迅速扫视了一下四周，然后才一步一步走下舷梯。

沈潮尽管从未与章顺见过面，但从他那练过武术的体格上，便一眼认准了。他用不冷不热的态度，握了一下章顺的手，说："鄙人是中统局新任机要秘书欧阳亭，代表徐局长，迎接章先生，请。"说着，将手一摆。

章顺对两个押送他来的特务瞧了瞧，走进了小车的后座。沈潮见章顺进了车子，就对两个特务招呼说："两位请稍等，局座派来的车子停在机场门口，请便吧！"

司机见沈潮关上车门，立即启动小车"呼"一声朝机场大门直冲而去。

就在沈潮的小轿车刚冲出机场大门后，突然有一群荷枪实弹的军警朝飞机飞奔而来，接着，机场门岗也手忙脚乱地拉开巨大的铁栅栏大门。这时，突然"轰隆隆"一阵响，一队摩托车和警车横冲直撞进了机场，他们来到那两个被搞得晕头转向的特务面前一看，立即大口叫："跑了！跑了！快追！"便掉转车头，朝那辆黑色轿车驰去的方向，死死追去。

这群摩托车队，是奉了徐心智的命令，来追捕沈潮的。那么徐心智怎么这么快就知道沈潮的计划，紧跟着就追来了呢？

原来，武汉中统分局的特务头子，倒是个认真负责的角色。当押送章顺的飞机升入空中，他就命人向局本部又拍了份电报："货已照指示送出，六时到，请接。”当时，由于机要报务室的值班员李飞飞被打死，等到重新叫来报务员接了电报，待徐心智译出来电时，正巧是六点。这下可把他的眼珠子都快急得弹出来了，他虽然还不知道喽罗们抓到的是共产党什么大人物，但可以肯定是沈潮破译电报后，回本部打死李飞飞发报到武汉叫把人押来的，啊！那岂不是……于是，他一方面要报务员急电催武汉详加汇报具体情况，另一方面他从“六时到”这点上断定是飞机，因此，他紧急派出两批特务分头直扑江边机场和军用机场。并且又亲自打电话给两个机场的头头，命令立即派军警封锁机场，不准任何人离开。但是大大出乎这位多谋善断的局长大人的预料，就在他下达封锁令的时候，沈潮赢得了极为宝贵的三分钟时间，抢先冲出了机场！

沈潮见第一步成功，不由得轻轻嘘了口气，伸手从口袋里，掏出一只精美的烟盒，打算美美地抽支烟。哪晓得，就在他拿烟的一刹那，头一抬，猛地从轿车的反光镜中，发现长龙似的摩托车队，正风驰电掣般地追赶上来。啊，敌人追来了！一时间，他的脸色变得严峻、阴沉了。

章顺懂得共产党办事的厉害，一上车，心里就狐疑不安：为什么他们只来一个人接？为什么单独把自己带走？几乎在沈潮发现敌人的同时，他也从反光镜里看到摩托车队追来，知道情况不妙，但他装着什么事也没有似的闭起眼睛，运气用功，准备打沈潮个措手不及。

当章顺运足气，刚把眼睛微微睁开，沈潮手里已握着一把手枪：“章先生，请放明白些！”章顺一见那支硬邦邦的手枪，便装作认输的样子垂下了头。

警车和摩托车的“隆隆”声愈来愈近，沈潮眼里急出了火，恨不得一枪击毙章顺。但他没有扣扳机，他还想从叛徒嘴里得到更重要的东西。当汽车驶到了树林茂密的山脚下时，他用手在司机的座位上敲了两下，司机"嘎"地把车刹住。沈潮迅速把章顺押下车，将他带入树丛深处。司机又驱车朝前飞速而去。

章顺见沈潮并没有立即处死他，也立即揣度到地下党将会怎样处置自己了。他表面上神色惧怕，暗中在想着怎样凭自己的一身武功，把对方打倒。突然，他身子轻捷地急转过来，一下打到沈潮持枪的右手腕上。沈潮虽有准备，但手枪顿时被击脱。章顺像旋风似的把左脚伸在沈潮两腿之间，右手同时突发一拳，猛击沈潮当胸，沈潮当即被击倒在地。章顺露出一丝狞笑，想把沈潮打个半死不活，然后作为晋见之礼。

只听"呼哧"一声，章顺像一只恶狼，腾空向沈潮猛扑过去。沈潮躺在地上见章顺扑来，急忙把两腿缩向腹部，然后朝章顺的小肚子猛力一蹬，章顺惊叫一声倒栽下去。他跟着挺起身来连忙去拾枪，不料章顺几乎在同时一个"鲤鱼打挺"蹿起，抓了块锋利的石头，朝沈潮头上猛砸下来。沈潮要躲，已来不及，他只得扣动扳机，"砰！"章顺应声倒下，抽搐了几下便死了。

然而，沈潮这无可奈何的一枪，却暴露了自己。那摩托车队刚飞驰过去，听到枪响，他们知道中了"金蝉脱壳计"，连忙掉转车头回追过来。他们赶到转弯处的枪响地段，纷纷跳下车，上山搜索。

沈潮发现了追赶的敌人，他猫着腰，忍着伤痛，向前奔跑着。不料有两个狡猾的特务，并没随大队上山，而兜过去躲在暗处，待沈潮一靠近，猛地一跃而起，两人同时举起了手枪……

两个特务抓住了沈潮好不欢喜，为了邀功领赏，他们也不跟正在附近搜索的特务联系，就把沈潮一铐，推进警车向市区疾驰。

落入魔掌的沈潮，已把自己的生死置之度外，但他这时感到揪心痛苦的是自己还没有完成任务，在上海的党中央某机关领导不能及时得到报告，后果仍然十分严重！

急驶的警车在爬了一个长坡后，转了个弯。这时，四月的阳光透过铁栅，从警车后面的小窗口斜射进来。沈潮凭光线斜照的角度判断：已是早上七点左右了。一夜未合眼的沈潮圆睁着双眼紧张地思索着：难道就这么完了？不！不能啊！党中央机关对章顺还一无所知呀！

警车来到一处关卡前，没人开栅栏。“嘎！”警车只得一个急刹车停下。一个特务骂道：“妈的，检查个鸟！”一个当官模样的拦在路口喝道：“凡过往车辆，今天一律检查，快下车！”两个特务火了，从车上跳下来神气活现地叫道：“谁要查？瞎眼了，老子是中统局侦缉队的！”“我们执行城防司令部命令，就得查！”“哼，那就查吧！”特务拉开了警车的门。

然而，特务话音未落，七八支枪已抵住了他们。两个特务顿时傻眼了。那个当官模样的上车和沈潮紧紧握手。沈潮惊喜地发现，原来他是黄松。

刚才，黄松和同志们守候在青亚山接应，可迟迟不见沈潮他们到来，正担忧时，听到远处传来一声枪响，知道不妙。他当机立断，来到离青亚山不远的草潭口设卡检查。现在，载着沈潮和黄松一行的警车已驶进市区。为了怕招人惹眼引起敌人怀疑，他们把车子停了下来。沈潮匆匆将自己装扮成一个中年商人，告辞了黄松，就往下关方向走去……

党中央设在上海的某机关领导一接到沈潮的紧急报告后，连夜火速通知，分头转移。当夜零时，敌人就凭章顺死前的部分口供，在全市进行了一场大规模的搜捕，妄图一口吞掉我党中央机关。但是，沈潮的及时报告，为中央机关的转移赢得了宝贵的时间，终于使我党化险为夷。

（钱国盛　石铜龙　孙柔刚　改写）

（题图：雨　立）

人的价值，在遭受诱惑的那一瞬间已经被决定。

诱惑·万象篇

youhuo wanxiangnpian

成就之星

老皮特是珠宝公司的手工艺人，他做的珠宝首饰几乎遍布全球每一个角落，件件都堪称艺术珍品。不过，毕竟年龄不饶人，近来老皮特明显感到力不从心，所以他向顶头上司威格多递交了退休申请。

过了几天，威格多把老皮特叫到办公室，说公司总经理威廉先生已经同意他退休，不过，请他临走前再接最后一次活。

说着，威格多打开身后的保险箱，小心地从里面拿出一个小红包，慢慢打开。老皮特一看，不禁眼前一亮。小红包里是一块还未经雕琢的钻石原料，现在看起来灰头土脸的一点也不起眼，但多年的职业经验告诉他，这是一块罕见的极品，价值连城。

威格多把钻石原料递给老皮特，轻轻说："这块钻石原料堪称'成就之星'，可以雕琢一大二小三颗钻石，只有您才配雕琢它，请您完成这最后一件杰作。这对您和公司都很重要。"

老皮特点点头，一言不发地走进工作室，把自己反锁在屋里。一连十几天，他除了一天三顿饭，轻易不出房门，就是出来吃饭那一会，也把门锁得死死的。外面的人也不知道他在里面干什么，唯一能听见的就是机器打磨钻石发出的尖叫声，日夜不停。

半年后的一个早晨，工作室的门打开了，老皮特从里面走了出来，他原本花白的头发如今全白了，仿佛一下就老了十几岁。老皮特蹒跚地来到威格多的办公室，轻轻地把一个小红包放在他的办公桌上。

威格多打开一看，哇！三颗美艳无比的钻石，晃得整个屋里都亮堂起来。最好的原料，加上最好的艺人，使这三颗钻石熠熠生辉。

威格多说："太完美了。总经理的意思，请你以这颗大钻石作坠，做一条项链，那两颗小的，可以嵌在链子上。至于这个项链给谁，你到时候自然会知道。"

老皮特点点头，刚要拿回钻石，可是威格多已经抢先一步把手压在了上面。

只见威格多眼里闪出贪婪的目光，低声说："这三颗钻石值多少钱，想必你比我清楚。你也马上就要退休了，为了你全家，我们来做一次交易。"

威格多顿了一下，继续说："我这儿有两颗钻石，颜色、大小都可以与这红布包里的小钻石乱真，你帮我把它们换一下，凭你的名望，没有人会怀疑它的真伪。至于给你的报酬么，我马上可以……"

"嘿！"还没等威格多说完，老皮特就朝他冷笑了一声，他一把推开威格多的手，取回钻石，然后轻蔑地撇撇嘴，头也不回地走了出去，又一头钻进了他的工作室。威格多一个人留在那里，一句话也说不出来。

老皮特开始制作项链了。他头脑里没有一丝杂念，他知道，这可能是他这辈子的最后一件作品了。他一定要用毕生的所学来完成它，他感觉这项链就好像他最小的儿子一样，容不得它有半点缺陷。

这天深夜，老皮特还静静地坐在那里制作项链，他快要成功了——只要把两颗小钻石镶嵌到项链上，就大功告成了。他用镊子小心地夹起一颗小钻石，顿时，老皮特的脸色变了，手也不由自主地抖了起来——这两颗钻石是一般人很难看出真伪的假货!

老皮特的脑子飞速运转起来：两颗钻石是自己亲手从威格多手里接过来的，当时还仔仔细细地看过，不可能走眼；回来以后，又放得好好的，是谁调了包呢?

老皮特眼前浮现出威格多那一双贪婪的目光，会不会是他在报复呢?

老皮特来不及猜疑了，项链明天就要交工，总公司为此还专门召开了新闻发布会，如果不能按时交货，总公司的信誉将毁于一旦。怎么办?

老皮特陷入了沉思。其实，这两颗小钻石在整个项链里不足十分之一，很微不足道，就是用了假的，也不会影响到什么。可即使这样，威格多也不能这么害人哪! 老皮特心里越想越火，拿钻石的手也抖得更厉害了……

第二天，总公司的新闻发布会如期举行，会场上人山人海，大家都想一饱眼福，看一看老皮特的收山之作和这件首饰的神秘主人。

这时，威格多走上台来，大声宣布会议开始。他说："今天，成就之星项链就要与大家见面了。按照惯例，我们专门请来了本市最有名的珠宝鉴定专家，他会对整条项链包括每一个细节，进行权威性的真伪鉴定。"说到这里，威格多意味深长地瞥了老皮特一眼。

台下一片哗然，大家没有想到，竟然还有人会对老皮特的作品产生怀疑。只见老皮特怀里紧紧抱着一个小箱子，面无表情地坐在一边，另一边坐着公司总经理威廉。

威廉的神情似乎有些复杂，他若有所思地看了老皮特一眼，然后朝威格多点了点头。威格多明白，总经理的意思是可以让老皮特打开小箱子了。于是，他的声音不由高了八度："现在，请我们尊敬的皮特先生展现他的收山之作！"

话音刚落，一帮记者们就拥了上来。

老皮特的神情一下就激动起来，可不知为什么，他非但没打开箱子，反而把它放在心口，捂了又捂，低下头去，吻了又吻。好久，才颤巍巍地走上台，把箱子捧到鉴定专家面前，打开。

哇！一条美轮美奂的"成就之星"项链出现在大家的面前，链子上还镶嵌着两颗耀眼的红宝石，犹如点睛之笔，使整条项链闪烁着天使般的光芒。

威格多的眼睛直了！因为成就之星那两颗小钻石确实是他伺机悄悄拿走的，换上了两颗假的。他知道这假货瞒不了老皮特，可他万万想不到的是，老皮特竟然用与已去世的老伴定情几十年的信物来救这个急。要知道，老皮特和钻石打了一辈子交道，可真正属于他的，就只有这两颗红宝石，这是他昨晚流着泪镶上去的呀，为的是让这条成就之星名副其实！

当珠宝专家宣布这是一件无可挑剔的真品时，老皮特已经被总经理威廉先生紧紧地拥入怀里。威廉先生大声说："大家看到了，我们公司真正的'成就之星'，就是这位可尊敬的皮特先生！这条项链当之无愧的主人，就是他！"

全场静得连根针掉在地上都听得见，老皮特惊愕地看着总经理。

总经理激动地说："这颗'成就之星'是我们家族祖传的，就是要奖给对公司贡献最大并且德艺双馨的人。可是一百多年了，没有人有资格获得它。威格多先生已经把关于皮特先生制作这条项链前前后后的事情向我汇报了，其实这一切做法，都是我的授意，可能不尽妥当，却是我们真诚的寻找。现在，我要告诉诸位的是：皮特先生的人格和他的作品一样，晶莹剔透，无可挑剔。因此，我履行我父亲的遗嘱，把这件祖传之宝作为公司的‘终身成就奖’，颁发给他。毫无疑问，无论从哪方面来说，这都是他最后的杰作。”

全场响起了雷鸣般的掌声，眼泪顺着老皮特满是皱纹的脸滑落下来……

（文　华）

（题图：箭　中）

这里流行传染病

卡迪是个流浪汉，想找份工作，却四处碰壁。

这天，他愁眉苦脸地站在路边报栏前，正想找找报纸上有什么求职广告，一个太太走过，好心地凑上来问他："失业了？"

卡迪无奈地点点头。

"还没吃饭吧？"太太看了他一眼，"我告诉你个地方，就在前面拐角处，新开了一家收容所，提供免费食宿，都说挺不错的，快去吧！"

太太说得很诚恳，卡迪感激地向她道了声谢，随后便朝前面拐角处走去。

刚走到收容所大门，卡迪就被看门的老头给拦住了："喂，小伙子，你想进去？"

卡迪点点头。

谁知老头却对他说："这里可不是什么好地方，你这么年轻，我劝你别进去。"

卡迪迷糊了："不是说里面能管吃管住吗？"

"你这叫什么话！"老头很生气，"我劝你是为你好，这里正在流行传染病，比瘟疫还可怕。小伙子，我看你身强力壮的，赶快离开这里，不然你会后悔的。"老头边说边从口袋里掏出十美元，递给卡迪："附近有家运输公司，正在招聘装卸工，你不如去那儿试试。"

卡迪迟疑了一下，吃不准老头是什么意思，不过现在对他来说，能找到一份工作确实比什么都重要，于是他接过老头递来的十美元，又按他的指点朝那家运输公司走去。卡迪果然在运输公司里找到了工作，活儿虽然苦，但生活是没有问题了。

一晃几年过去了，一个偶然的机会，卡迪结识了一个经营服装的老板，开始经商，渐渐改变了自己的命运。成功后的卡迪没有忘记过去，他时常想起那个收容所的看门老头，没有他，或许就没有自己的今天，他要找一个合适的机会报答他。

机会终于来了，这年，卡迪的公司即将搬到这家收容所附近，卡迪让手下人抽空去收容所看看，老头是否还在，他想把他请到公司里来，他愿意养他。

很快，手下回来报告说老头还在，那老头名叫威尔逊，早年是个流浪汉，现在却是本城一个亿万富翁的父亲；那家收容所是他儿子创办的慈善机构，可是这个父亲却整天守着收容所的大门，千方百计地阻止那些想进收容所的人，尤其是年轻人。

怎么会是这样？卡迪愣住了。早先存在心里的那份对老头的由衷感激顷刻间化为乌有，他心里充满了被愚弄的愤慨，决心好好教训一下这个吝啬的家伙，于是便带着一帮公司职员扮作乞丐，一窝蜂地向收容所拥去。

老头一看这么多人来，立刻大声恐吓说："你们赶快走，这里正在流行传染病。"

卡迪的嗓门比老头还响："大家别听他的，什么传染病，里面就是地狱咱们也要进！"

看着老头瞪目结舌的样子，卡迪开心极了。

从此以后，只要有时间，卡迪就会领着人装扮成乞丐拥进收容所大吃一顿。虽然不是什么山珍海味，但不花钱就能吃饱饭，有时还能喝上一点酒，感觉自然不同。

不过，这样的日子没多久，卡迪的恶作剧终于被老头发觉了，老头突然沉默起来，并且一改以往的态度，对卡迪他们的到来不闻不问。这一来，卡迪反倒觉得没了兴趣，后来也就打消了继续捉弄他的念头，一心一意投入到自己公司业务的运作中去。

可是不久，卡迪突然在生意场上跌进了一个陷阱，短短几天就从一个拥有百万资产的富翁变成了一文不名的穷光蛋，而且还背上了沉重的债务。卡迪的精神一下子崩溃了，他买了一把手枪，决定自杀。

就在这时候，那个曾经救了他后来又被他捉弄过的老头，突然就像从地底下冒出来似的，站在了他的面前。老头哈哈笑着对卡迪说："小伙子，你不介意我此刻来打搅你吧？怎么样，愿意跟我合作吗？"老头整了整衣服，看着卡迪。

卡迪这时候只想一个人悄悄结束自己的生命，对老头的话根本不感兴趣，他揶揄地说："你一定是听说我已经破产了，想赶来阻止我到收容所去吧？”

老头摇摇头：“收容所实在不是你该去的地方。”

“那你是什么意思？”卡迪有些惊讶。

“很简单，”老头伸出手指头，做了一个拉钩的手势，“我愿意与你合作。”

卡迪两眼一眨不眨地盯着老头，猜不透老头这是什么意思，但他突然产生了一种想活下去的念头，他放下手枪，与老头做了一个拉钩的手势。

于是，他们两人便下了合约。不过老头提出的合作条件很苛刻，他为卡迪公司注入合作资金，但今后公司百分之六十的收入都要归他所有。这是一种变相的高利贷，但卡迪却非常珍惜这个机会，他忘我地投入到公司的经营中去，一年以后就还清了贷款，还有了属于自己的流动资金。

想想当初自己险些走上绝路，卡迪十分感慨，虽然老头过于精明，但卡迪还是很感谢他。他再一次来到收容所，想专程向老头表示心中的谢意。谁知老头不在，看门的已经换成了一个长了一脸络腮胡子的中年人。

卡迪开口道：“请问，威尔逊先生在哪里？”

“啊，你是卡迪先生吧？”中年人很有礼貌地向他点点头，语气显得异常沉重，“威尔逊先生已经永远离开我们了，葬礼是在一个星期前举行的。”

“你，你是说他去世了？”卡迪瞪大了眼睛。

“是的，”中年人把卡迪请进收容所，打开屋子里的一只保险柜，取出一份文件递给他，“威尔逊先生去世前有过交代，说你很快就会来的。他请你在你们合同期满后，把他应得的那部分钱汇到这个地址和账户上。”

“这个老家伙！”卡迪忍不住在心里骂了老头一句。他接过纸条扫了一眼，发现写在上面的地址是城里一个著名慈善机构的名称，而且在捐款用途一栏内还特别注明：此款仅限应用于医疗研究。

“这不可能，”卡迪几乎跳了起来，“这个吝啬的家伙怎么会舍得把钱捐出去？”

“卡迪先生，请不要用‘吝啬’这个字眼污辱威尔逊先生！”中年人很不高兴地板起面孔对卡迪说，“他从来就不是一个吝啬的人！”

“是吗？哈哈哈哈！”卡迪大笑起来，“难道那个老家伙临死前没有教你怎么守住这扇大门，怎么用恐吓的方法阻止那些想进入收容所里的人吗？”

“说过。”中年人冷冷地答道。

“这就对了，”卡迪说，“‘这里流行传染病’，是吧？这是他最喜欢说的话！尊敬的先生，你能告诉我是什么样的传染病吗？”

“当然可以，”中年人说道，“威尔逊先生说，这里流行的传染病是贫穷，永久的贫穷！”

“什么？”卡迪一怔，仿佛一个惊雷从他的头顶滚过。他想说点什么，却一句话也说不出来。

“卡迪先生，”中年人严肃地说，“威尔逊先生早年曾在一家收容所里待了将近二十年，他说要不是因为发生了一场大火，也许他会在那里待一辈子，而不会有后来的娶妻生子。他根据自己的经历，认为应该取缔像收容所一类的慈善机构，因为那个地方会使人意志消沉、懒散成性。可是威尔逊先生的这种想法与大多数人的意见正好相反，就连他的富翁儿子也不赞成。他拗不过儿子，又固守自己的想法，于是就天天跑来看大门……”

世上竟有这样的人？卡迪先生不信，可又不得不信。他心头一热，忍不住对中年人说：“威尔逊先生的墓地在哪里？请你告诉我，我要去拜祭他。”

（王　晖）

（题图：箭　中）

海鲜城里的故事

省里开脱贫会议，全省最穷的佐佑乡何乡长和老同学省企管局的季局长在会上见了面。会后，季局长硬把何乡长拉到城里最大的“梦娜海鲜城”，说是叫他开开眼界。

季局长要了一个 KTV 包房，点了一桌子的山珍海味，得意地对何乡长说：“别在意，反正是公款报销，尽兴吃。”吃饱喝足后，季局长说是出去一下，再返回时，就带来两个花枝招展的小姐。季局长对何乡长说：“刚才是尽兴吃，接下去就尽兴玩。你放心，一切费用我包了，”说完，他朝何乡长扮了一个鬼脸，随后搂着其中一个小姐就出去了。

何乡长还是第一回见这样的场面，他看着站在面前的这个小姐，一身半透明的低胸短裙，不觉有点慌了手脚。

那小姐朝何乡长甜甜一笑，在他身边坐了下来。她拉起何乡长的手，轻轻按在自己胸前，随后又抽出另一只手，给何乡长满满倒了一杯酒。随后先是自己轻轻抿了一口，接着又把它送到何乡长嘴边："你喝嘛，喝嘛，我敬你一杯！"小姐的普通话里带着浓浓的乡音，何乡长一听就觉着耳熟，再细看，小姐胸前还戴着一个榆木雕就的小牌牌。

"你是佐佑乡的？"何乡长一惊，因为当地姑娘都戴这种榆木小牌，称它为"祈福锁"，而且上面还刻个"去"字，祈求穷快去，富快来。

"你……"小姐愣住了。

"我也是佐佑乡的呀！"何乡长这才明白为啥小姐那普通话听着耳熟了，原来她是佐佑乡的外流人员呀！

碰上了故乡人，小姐便有些害羞，可何乡长却觉着与小姐没了距离，猛一口喝下了小姐递过来的酒，嘴里的话就多了起来："咱们能在省城相遇，这是缘分啊！"

何乡长问小姐家里有什么人。小姐说，家里有两个光棍哥哥、父亲和一个病瘫在炕上的母亲。家乡实在太穷，自己没什么本事，出来后只好先在这里做。小姐说她只想挣钱给母亲治病，给两个光棍哥哥挣回娶媳妇的彩礼，自己在这里受点委屈也认了。

听着小姐的诉说，何乡长不免动了恻隐之心，他一把搂过小姐，说："你把你那两个光棍哥哥的名字告诉我，回去以后我给他们找点事做。"

没想到小姐一听就笑着朝他撇嘴："你们男人都会用这话糊弄人！"

何乡长说："不骗你，我真有这本事，我可以把你哥哥弄到乡里来做事。"

小姐不信："你吹牛！"

何乡长急了，"啪"把口袋里的工作证掏了出来，"不瞒你说，我就是佐佑乡的乡长！”

小姐读过小学，识字的，一看小本本，“噌”地从何乡长的怀里脱了出来，突然变得躲躲闪闪起来。而何乡长因为今晚喝了太多的酒，此刻已经按捺不住了，他扑上去要和小姐亲热，却遭到了小姐的强烈反抗。

何乡长弄不懂了，问她：“咋不行了？”

小姐说：“你是乡长。”

何乡长不明白：“乡长又咋的啦？”

小姐摇摇头：“就因为你是乡长。”

何乡长嗓门大了：“乡长也是人，乡长咋就不行了呢？”

小姐猛地哭着喊道：“就因为你是乡长，我不能害你，不能害了你呀，咱们乡还等着你去摘穷帽子呢！”

何乡长一下怔住了，半天说不出话来。

（王东生）

（题图：魏忠善）

神秘的窗口

这是一间狭小的病房，光线暗淡，气氛沉闷。除了房门，只在西边的角落开了一扇窗，窗下依次并排着三张病床，每张床只隔着一只白色的小柜。特德、乔治、查理三个患有重病的老人就住在这里。特德住着靠窗的那张床，他躺在床上就可以看到外边。于是，这窗便成了老人们了解外面世界的唯一渠道。三个老人都行动不便，整天躺在床上日复一日地打发着寂寞的时光。不久，特德老人去世了。这也似乎成了一个规律：那窗子是通往另一个世界的门。

特德死后，护士把特德的邻床乔治搬到特德的床上，又把第三个老人查理移到乔治的床上。

可怜的乔治患有严重的心脏病，每时每刻都可能从这窗子走出去。然而，他非常乐观，自从搬了床，他就每天不间断地向查理描述自己从窗口看到的事儿——漂亮的女孩子啦，骑着马的警察啦，拥挤的行人啦等等。

听着乔治的描述，查理的面前，展现了一个五光十色的世界，查理禁不住感叹着："外面的世界真精彩啊。"随着时间的推移，查理非常渴望能亲眼看一看。然而，他躺在床上无法动弹，他也知道，只有乔治死了，他才有机会搬到窗边的床上。难熬的寂寞已经无法战胜乔治的描述，查理觉得乔治的描述越来越枯燥了，而他想亲眼瞧瞧窗外那个令人神往的世界的念头也越来越强烈了。终于有一天，他想出一个可怕的办法：杀死乔治。

"反正他总要死的。"查理自我安慰着。

查理知道：乔治的心脏病一发作，就必须立即服药，再进行抢救。如果是在晚上发作，护士就不会立即知道，这时乔治得自己服药。查理早已观察好，那药瓶就放在两床之间的那小柜的上面。他只要把药瓶扔到地板上，乔治就找不到药瓶了。

几个晚上过去了，乔治正如查理计划的那样痛苦地死去了。

第二天早上，查理便被护士顺理成章地搬到乔治的床上。查理非常激动：他终于能见到乔治描述的那个世界了。

护士走了，查理按捺不住内心的激动，慢慢地转过头去，像久饿后得到面包一样贪婪地向窗外望去……

蓦地，他瞪大了眼睛——窗外，是一堵又黑又高的墙。

（编译：梁　琳）

（题图：袁银昌）

酸甜苦辣

邹重纹在一家百货商场当营业员，爱人向华林在驳船上当水手，女儿刚 4 岁，乖巧懂事。一年 365 天，向华林多半时间在船上，家里的事里里外外都是邹重纹一个人做，就是回来休假，邹重纹也总想着向华林平时够辛苦了，难得回家一次，应该让他好好休息休息，所以凡事也都不与他计较。

可是，最近几个月来，邹重纹感到有些不大对劲，向华林寄给家里的钱一月比一月少。上星期向华林回来休假，邹重纹见他黑黑瘦瘦一副疲惫不堪的模样，心疼得什么也不说，赶紧买鱼割肉地慰劳他。可向华林却一反常态地说要为同事办点事，整夜整夜地不回家。

邹重纹心里不免犯疑：向华林向来是个只管自己的人，这次回来怎么会如此助人为乐？她有心给向华林几个同事的家里打电话，才知道根本没有这回事，向华林纯粹是在撒谎。这下子邹重纹气坏了：好哇！我好心好意让你休息，给你补身体，你倒反而还要来骗我。人家休假回家忙着为家里做这做那，你却整夜整夜朝外跑，到底外面有什么东西这么吸引你呢?

想到这一层，邹重纹有点毛骨悚然了：女人! 只有野女人，才吸引得住男人。对啊，给家里的钱越来越少，这不明摆着是塞进野窟窿里去了吗? 一种被欺骗、被冷落、被抛弃的屈辱感直冲脑门，邹重纹不由得心跳加快、手脚冰凉。她不甘心这样下去，下决心一定要弄个水落石出。

邹重纹不习惯大吵大闹，吵起来多不好看，把他的脸撕破了，自己的脸也保不住，何况这事只是猜测，八字还不见一撇呢。于是，邹重纹一点也不动声色，跟往常一样做饭、洗衣、送小孩，照顾向华林，可暗里却加紧跟踪调查。皇天不负苦心人，她终于发现了秘密：原来向华林是去赌博了。

邹重纹心里急啊：男人一旦陷进赌博圈，这个家迟早要跟着毁了。于是她明里暗里，正的反的，软的硬的，不知劝了向华林多少次，想劝他回头，可向华林只说是玩玩，怎么也不承认自己是去赌博。

这一天吃过晚饭，邹重纹到抽屉里拿东西，突然发现放在里面的钱不见了，存折上的数字也变成了零。天哪! 向华林回来才几天，就输得这个样子，再下去，那还不是要卖家具呀! 不能让他这样混下去了。第二天晚饭后，邹重纹当机立断带上向华林的通讯录，又给女儿裹上厚厚的羽绒衣，自己穿上外套，驮起女儿，走出了大门。

邹重纹驮着女儿，冒着凛冽的寒风，按着通讯录上的地址，一家一家地寻找向华林。此刻，向华林在哪儿呢?

同事老刘家里，正好女主人带着小孩回娘家去了，四条汉子围桌而坐，四支烟枪吞云吐雾，向华林就在其中。他们从吃好晚饭开始，到这时候已经坐了六个小时的板凳了，他们的脑子已经完全被牌桌上的输赢所左右，至于其他，全抛到了九霄云外。不过，今天向华林的运气不佳，弄来弄去，他口袋里带来的500元钱都倒到别人手里，还不够付清其他三个人的赌账。于是，牌桌上四个人吵了起来。

就在这时，"笃笃笃"传来了敲门的声音。四个人一下子全哑了，刚才还脸红脖子粗地紧张得不得了，这会儿却都成了惊弓之鸟：深更半夜来敲门，不是民警就是联防队，反正不会是好事。

这种时候，总归是主人出场，老刘小心翼翼地问："哪个？"门外一声答："是我，向华林的爱人，我是来找向华林的。"

"是邹重纹？"向华林心里一紧。他虽然不属怕老婆一类，但在这种场合被老婆抓到，也不是什么好事。他赶紧朝老刘摆摆手，悄悄说："你就说我不在这里。"

"他、他不在这里。"老刘依葫芦画瓢地朝门外喊了一声。

只听邹重纹着急地喊着："老刘，你不要哄我了。我找了一个晚上，已经跑了七八家人家，打掉数十只电话，他们都说在你这儿。"

老刘看看向华林。向华林脸上的表情很复杂，有惊有怕，有急有羞，老刘磨蹭着，没敢贸然去开门。

门里门外僵持了数秒钟，只听一声童音打破了黑夜的寂静。"爸爸，你快开门呀，我跟妈妈一块儿来了。"

不得了，怎么我女儿也来了？向华林沉不住气了，老婆把女儿也抱来了，肯定是家里出了什么事情，他一步跳起来，冲上去打开房门。

母女俩带着一身寒气，走进了空气浑浊的房间。向华林接过女儿，邹重纹随手把门关上了。她脱掉外套，两只手边放在嘴前哈着气边问向华林："输了还是赢了？"语气中，一点没有责备的意思。

向华林亲着女儿的脸蛋，见她安然无恙，心里的石头落了地，刚舒了口气，就听邹重纹问输赢，吃不准什么意思，一双眼睛转过来望着她，没吱声。

房间里剩下的三个人面面相觑，都不知道说什么好。只见邹重纹笑嘻嘻地开口道："你们已经玩了这么长时间，输赢总归有的！你们都不说，看起来这输的人一定是向华林。我是他老婆，他输的钱我来替他还。老刘，你说，他到底输了多少？"

老刘瞥了一眼向华林，吞吞吐吐地说："二……二百元。"

老刘说这话的时候，邹重纹发现向华林的一双眼睛狠狠盯了老刘一下，心里明白这是真的了。她不露声色，从衣袋里掏出钱包，拉开拉链，从里面抽出两张一百元的人民币，扔到了牌桌上。随后，她把钱包塞到向华林手里："拿着，这是一千块，再跟他们开一局。"

向华林禁不住浑身一抖，两只眼睛紧盯着邹重纹，问道："你，你哪来这么多钱？"

邹重纹不接他的话茬，冷冷地说："我平时叫你不要赌，你就是不听。现在好了吧，我拿钱来帮你赌，省得你偷偷摸摸地做这种事情。不过有一点我告诉你，要赌就得赢！"

这算什么意思？向华林冲她吼了起来："你少给我啰嗦，我问你，你这钱是从哪里来的？"

"哪里来的？"邹重纹头颈硬得很，"反正不是偷来的、抢来的。"她边说边拉了一把椅子，在桌子边坐下来，朝各位点点头："来呀，你们继续来呀！"

但向华林抓住她不放，逼着问："你快说，这钱到底是哪里来的？"

向华林这副气势汹汹的样子，把女儿吓得哇哇大哭，她早忘记出门前妈妈再三关照，叫她不要见了爸爸就说的话，伤心地嚷着："爸爸，我们家里的电视机，妈妈叫别人拿走了。"

"什么？"向华林指着邹重纹，气急败坏地说："你、你干的好事！"

邹重纹毫不示弱："我干的事哪点不好？卖电视机的钱给你玩牌还不行吗？只是有一条，你一定要赢。赢了，我们就有钱可以再买新的。"

"放屁！"向华林吼一声，"赌博就跟玩命似的，哪能保证赢钱？"

"不能保证赢钱，你天天赌个什么事？天天吃不好，睡不香，家里什么事都不管，只记着上赌场。就那么几个工资，能经得住你赌几次？赌输了，你哪来的钱翻本？去偷，去抢，去杀人？那是犯死罪的事儿。不卖东西，哪来的钱供你再赌下去？放屁？你才放屁呢！"

邹重纹的一席话，说得向华林哑口无言。围桌而坐的另外三个人，刚才见邹重纹给向华林塞钱包，精神为之一振，暗暗磨拳擦掌，准备再来它几个回合，可当知道钱是这么来的，就不免犹豫起来。倒不是他们良心发现，而是邹重纹那架势把他们给镇住了。这婆娘明摆着是破釜沉舟来的，如果向华林再输，这婆娘能善罢甘休吗？何况此刻，向华林的脸色够难看的。

为了缓和气氛，老刘壮着胆子开口道："我说小邹，你先不要急，牌桌上输赢是很正常的，何况你们华林刚学会不久，眼下是输了，可以后赢起来你不要太开心噢。说起来，这输赢也要靠运气的呀，否则这牌就不好打了。"

邹重纹哼了一声："我不管什么运气不运气，我只知道一个道理，谁也不能靠赌博赢别人的钱来发财的。向华林自从迷上打牌，我们夫妻不和、家庭不安。怎么办？我是作了最后打算才来的，这个家我也不准备再要了。"

向华林一惊："你，你……"

老刘看邹重纹要来真格的，吓得坐不住了，一边把刚刚收进去的二百元钱又拿了出来，一边嘀咕道："你这是何必呢，我们在一起，不过是玩玩而已。"

"玩玩？"邹重纹冷笑一声，"你们说得好轻巧，有这样玩法的吗？一输就是上百上千。他一年挣几个上百上千？政府三令五申要禁赌，你们为什么还要偷偷摸摸这么干？今天，你们都在这里，我把话说明白：趁他还没走上犯罪道路，我们来个痛快的。他赢了，我们还是一块过日子；他要是再输了，我们就一刀两断。"

向华林听呆了，坐在那里像根木头，一动不动。女儿贴着向华林的脸，对着他的耳朵轻轻说："爸爸，妈妈说，我们要和你分开过了，你说是这样的吗？爸爸，我不要你离开我。"说着，她的一双小手紧紧抱住向华林的脖子。

向华林的眼泪终于哗哗流了下来，他抚着女儿的脸，沙哑着嗓子说："孩子，爸爸不走，爸爸不赌了，爸爸以后再也不赌了！"

另外三个赌友都是聪明人，见此情此景，立刻见风使舵站起身来，嘴里嚷着："对，不赌了，不赌了，到此为止，我们以后也不赌了。"

"不，到此不为止。"邹重纹一拍桌子，一字一句地说，"不赌？怎么叫不赌？就这么说一声'不赌'就行了？要赌，这钱包里还有一千元钱；要不赌，也可以，把你们赢的钱全部吐出来。哼，实话告诉你们吧。我今天到这里来之前，已经向派出所报了案，现在是给你们一个机会。我对派出所民警说，先上来劝劝你们，如果你们回心转意，他们就不抓你们了；如果你们不听劝告，那就对不起了。"

四个人大吃一惊："你！"

邹重纹看看手腕上的表："还有两分钟，我同他们说好的，到凌晨一点钟，他们得不到我的消息，马上就来抓人。"

房间里顿时寂静无声，秒钟"嘀嗒嘀嗒"地响着，四个人你望我，我望你。

还是老刘打破僵局，赔着笑脸说："嘿嘿，小邹，这又何苦呢。我们以后不赌了还不行吗？"

"不行！"邹重纹斩钉截铁地说，"不赌就退钱，各人拿各人的。我到楼下去通知民警，得到我的信号，你们再下楼去，他们就不会抓你们了。"

四个人望望邹重纹，见她脸上严肃得很，不像有诈。他们哪里再敢把事情闹大，老刘说："算了，算了，大家把钱都退出来吧，要不到了派出所，连本都要掏光，还要罚款，说不定还要拘留几天，犯不着。"他第一个把钱往外数。

不一会儿，各自的钱已分清。邹重纹穿上外套，说："我先下去了。"随后拉开门，转过身来叮嘱向华林一句，"你把孩子抱过来，跟我一起走。"

向华林不由自主地抱紧孩子，朝门口走去。

老刘急了，紧张地叫起来："哎，不能让向华林走。把我们扔在这儿，派出所正好抓我们！"

另外两个人齐声附和。

邹重纹想了想，说："那好吧，我一个人先下去，民警答应不抓你们，我就在下面擦根火柴通知你们。深更半夜的，叫来叫去影响旁边人家睡觉。"她把手朝向华林一伸，"你把火柴给我。"

老刘赶紧掏出打火机递过去："会用这个吗？"

"也可以。"邹重纹接过打火机，下楼去了。

老刘他们三个赶紧扑到窗口，轻轻把窗帘掀起一个角，紧张地注视着楼下，只有向华林一个人呆呆地抱着女儿坐着。直到现在，他似乎还没有完全明白眼前发生的事，对自己手中捏着的在赌桌上失而复得的钱，都不敢相信是真的。

大约过了五六分钟，简直跟过了几年一样，邹重纹的身影终于出现在马路对面。只见她举起手中的打火机，"嚓嚓"打了几下，一星火苗"哧"地跳了出来。

此时此刻，对他们来说，这跳动的火苗简直就像一轮火红的太阳，照亮了他们的心田。三个人如释重负地舒了一口气，连忙转过身来，其中两个擦过向华林身边，朝楼下冲去。老刘推推向华林，说："快走吧，你老婆在下面等你哩，以后你再不要到我家来了。"

向华林似乎方才从梦中醒来，抱起已经熟睡的女儿下了楼，邹重纹在门口等他。

"走吧，没事了，派出所的人都走了。"邹重纹从向华林手中接过孩子，顺手把向华林递过来的钱揣进口袋。

向华林带着赎罪的心情，负疚地对邹重纹说："重纹，今天给我的教训太深了。过去，我确实对不起你，对不起女儿，对不起这个家。今后，我再也不赌了。"

邹重纹斜眼扫了他一眼："男子汉说话要算话。"

向华林急了："你不信？我赌咒！"

"算了，赌又赌不死人的。我看你呀，是被民警吓怕了吧？"

"不不，真的，我说到做到，你以后就看我的实际行动吧。哎，明天我们先去把电视机赎回来好吗？"

"行呀。"邹重纹停住脚步，把向华林刚才交给她的那些钱，又从口袋里掏出来，塞进向华林手里，"这事儿你去办。"

“不不，钱你拿着，难道你不怕我又把它拿去赌吗？”

邹重纹“扑哧”一下笑出声来：“怕你输了？跟你说，这钱包里根本就没有剩下几元钱。”

“什么？”向华林捏着厚厚的钱包，惊得眼睛都发直了。

“那里面只是一叠纸。我叫人把电视机送到妈那儿放着。我也没去派出所，我只不过变个法儿提前把赌博的后果演示给你们看看罢了。”

“你……”向华林心里酸甜苦辣，什么滋味儿都涌了上来。

（沈远义）

（题图：张恩卫）

魔卡的诱惑

约翰是一个小职员，妻子凯莉是一家公司的秘书，两人表面上过着平静的日子，但约翰心里清楚，漂亮的凯莉是个心高的女人，打心底里看不起他，他们之间早就没了感情。最近凯莉和一个身价过亿的银行家有染，已经是人人皆知的秘密，她提出过要和约翰离婚，可约翰要凯莉的新男友拿出一千万美金当作交换条件，凯莉当然不肯答应，这事也就拖下来了。

其实私下里约翰也是一只吃腥的猫，他在外面有个情妇叫露丝，是在夜总会里认识的，只不过两人做得比较隐蔽，所以一直没有被凯莉发现，要是真被凯莉抓住了这个把柄，那一千万的赔偿肯定就没指望了。

这天，凯莉刚出门，邮递员就送来了一封信。信封上写着凯莉的名字，约翰小心翼翼地把信打开，里面掉出来一张纸和一张磁卡，纸上写道："心爱的人，给你一张天堂的爱情卡，这张卡里有着无穷无尽的钱，但只有一天期限哦，尽情享受奢侈的生活吧。”落款是布鲁特。约翰当然知道，布鲁特就是那位大名鼎鼎的银行家，显而易见，这张卡是他送给凯莉的礼物。

约翰冷笑了一声：“哼，这对狗男女做梦也不会想到这张卡会落到我的手里吧，既然这样，我要给他一个教训才行。”约翰吹着口哨出了家，他准备立刻去体验一把富豪的感觉。

很快，他就到了情妇露丝的家中，约翰献宝似的拿出了那张卡：“宝贝，知道吗？这张卡在这一天里有取之不尽的钱，是那个布鲁特送给贱货凯莉的礼物，不过很可惜，落在了我的手里，你说我们该怎么支配它呢？”露丝听了这话，立刻两眼放光：“我想要的东西太多了，今天你要全部买给我噢。”约翰狡黠地笑了笑：“没问题，我的宝贝，快点准备出门吧。”

两人先到了一家购房公司，以露丝的名义选购了一套公寓房，又去汽车公司买了辆奔驰轿车，事实证明这张卡真的可以很顺利地付账，而且任凭约翰随意支取，连最基本的身份验证都没有，看样子连上帝都十分照顾约翰啊。紧接着，约翰和露丝到了珠宝店，尽情地挑选着各种昂贵的珠宝，一直到把露丝打扮得浑身泛着珠宝的光芒，露丝则兴奋地一个劲在约翰的脸上狂吻。而那张卡，果然是有着无穷无尽的钱。

很快，一天过去了，两人又困又乏。露丝这时候又撒娇地说：“要不今天咱们不回去了，就住在希尔顿酒店的总统套房怎么样？”约翰说：“当然没问题，我的小宝贝。不过我要先跟凯莉讲一下，别让她怀疑，不然我们的一千万就没有了。”露丝点了点头，约翰拨通了凯莉的电话：“是凯莉吗？我今天要加班，不回去了。”电话里传来了凯莉不屑一顾的语调：“无所谓，正好我今天也不回去，对了，今天邮递员给我送什么东西来了吗？”约翰故作惊讶地说：“没有见到，什么东西啊？可能还没有送到。”“噢，没什么。”凯莉说完就挂了电话。约翰很高兴凯莉没有怀疑自己。

两人在酒店里订了最奢华的总统套房，5000美元一晚上，而且定了一顿浪漫的烛光晚餐。约翰和露丝粗略地算了一算，在这一天中，两人一共花出了两百多万美元，约翰觉得自己不是个贪心的人，这些钱对布鲁斯来说，不过是九牛一毛罢了。

两人在豪华套房里缠绵了一夜，一直睡到第二天中午，这时候门铃响了。约翰以为是服务生，睡眼惺忪地去开门，可谁知一打开门，妻子凯莉站在门口，旁边还站着一个男人，再仔细一看，竟是银行家布鲁特。约翰立刻清醒了，吃惊得说不出话来。凯莉带着讽刺的腔调说：“怎么样啊？一天的富豪生活还挺满意吧？你昨天的一举一动，我们都用这张卡清清楚楚地记下来了，我会因为你有新欢而提出离婚，这些会被当作证据在法庭上出现的。而你的一千万美元，很可惜，哈哈。”

约翰这才明白自己竟然中了妻子的计，凯莉的目的就是要抓住他把柄。这时候，布鲁特也张口了：“对了，忘了告诉你一声，你昨天用卡不需要签名和身份验证，那也是我的安排，因为那张卡本身就是凯莉用你的证件注册的透支卡，现在你所有用这张卡进行的消费，都会以账单的形式转到你名下，换句话说，从今天开始，你又拥有了两百万的债务，而这一切当然也是有回报的，那就是你昨天一整天的奢华生活。”

（刘鹏程）

（题图：箭　中）

真情·灵魂篇

zhenqing linghunpian

生活中的纯真从不定居于某处，它无所寻觅，却也无处不在。

幸福信笺

酒井是东京一家小公司的科长，他有一个美丽、健康、活泼的女儿，可是几年前，一场车祸夺去了女儿的生命，妻子也因此病倒住进医院。从此，酒井的生活完全变了。

这天，他到医院探望过妻子后，照旧一个人搭电车回家，吃过晚饭，随手翻起了报纸。报纸上尽是一些娱乐新闻，已经58岁的酒井，对这些早已不感兴趣了。但是他依然翻着报纸，一边看，一边又想到女儿。他想，女儿性格开朗，喜欢时尚的东西。如果她还活着，也许会对这些东西感兴趣。他边翻边想，忽然一封征友信引起他的注意：

“我是个爱游泳的女学生。这个暑假，我准备到海滨晒得黑黑的，游个痛快。如果你也喜欢游泳，喜欢在海边奔跑，就让我们交个朋友吧，我等待着同年级的高中生来信。”

署名为“相泽利惠，17 岁，高中生，熊本县宇土市寺町”。看着这个名字，酒井的眼前立即浮现出一个被太阳晒得黑黑的、一笑便露出雪白牙齿的姑娘。他不由得想到，如果女儿还活着，今年也是 17 岁。在暑假里，她也许会变成一个脸黑黑的、牙齿雪白的姑娘吧？酒井怔怔地看着这封信，心中突然浮出了一个令他激动的念头——给这个姑娘写信！

说干就干，酒井拿出了纸笔写道：

“我今年 58 岁，妻子 49 岁。几年前，我的独生女儿在一场交通事故中丧生。后来，我们虽然想再生个孩子，但事实上已经不可能了。

“如果我的女儿活着，现在应该和你同岁，也该上高中了。她会和你一样，暑假到大海去游泳，晒得黑黑的……今天，我无意中看到你的信，不由得想起了我的女儿，几乎不能自已地写下了这封信。你能不能经常给我和我的妻子写信，讲讲你的情况，谈谈你的学校、你的朋友呢？总之，写什么都可以。我希望你能代我的女儿给我写信。也许，你会认为我是个奇怪的老人，但是，如果你把这件事告诉你的父母，我想他们会理解一对失去独生女儿的老人的心情的。”

写完信，酒井自己都吓了一大跳：这么大岁数居然还像年轻人一样大胆。如果那个姑娘收到这封信，肯定会吓一跳的，或者觉得无聊，扔到纸篓里。那么，发不发呢？他在屋里转了几圈之后，还是“噔噔噔”出门把信投了出去。

酒井没有对妻子说起这件事，依然像平常那样去看望妻子，然后独自回家。但是他回家时的感觉不一样了——总怀着一种激动的心情，好像死去的女儿正在家里等待着他似的。可是一天天过去了，始终没有回信，他有点失望了。

就在酒井几乎不抱希望的时侯，回信来了。只见信箱里，躺着一封画着卡通娃娃的信封，发信人的位置上写着“熊本县宇土市寺町，相泽利惠”。字很幼稚，尤其是名字，写得很小，好像几个害羞的小孩并排站着。

酒井激动得像个孩子似的拿出信，鞋也没脱，就坐在门口读了起来：

“叔叔，我真吓了一跳。我做梦也没想到您会给我写信。可是，读完您那感人肺腑的信，我不由得热泪盈眶。我想，天下的父母对于子女的爱，是多么深厚啊！如果我死了，我的父母肯定也会像您一样，时时怀念我的。

“但我并没有死，恰恰相反，我壮实得很。游泳时，男孩子也赶不上我。我不喜欢学习，尤其是数学。如果这个世界上没有数学，那该有多么美好呀！”

读着信，酒井瘦削的脸上浮起了微笑，他反复看了好几遍，顿觉一股暖流悄悄充满了他的心。他幸福地喃喃自语道：多美好啊，一个17岁的姑娘接受了一个58岁老人的请求。当天夜里，酒井就给相泽利惠写回信：

“健康，健康，健康比什么都重要，所以即使数学一点儿不会也不要紧，只要健康就行。反正叔叔是这样想的。”

写好信，酒井小心地把信放在枕边，然后躺在床上，不一会儿，就幸福地入睡了。

第二天傍晚，酒井去医院看望妻子，可不知为什么，他没有把和相泽利惠通信的事告诉妻子。但妻子察觉出他的变化，问道：“你今天可与以往不一样啊。是不是有什么高兴的事呀？”

“是吗？不过，没有什么值得高兴的事。”酒井对妻子笑了笑，就避开妻子的视线，好像他背着妻子找了一个情人似的。就这样，一个 58 岁的老头和一个 17 岁的姑娘悄悄开始了书信来往。

利惠的信总是用绘有卡通娃娃的信纸和信封，而且字写得小小的；而酒井总是用一般的信纸和信封，并且字写得很大，一笔一画，一丝不苟。

这一老一少在信中几乎无所不谈。利惠在信中说：叔叔一定是个大好人，高高的个子，很有钱，并且把他叫作“长腿叔叔”。酒井回信说：叔叔个子不高，不但不高，而且应该算是矮个儿，也不是有钱人。

利惠说她想到东京来玩，并且希望叔叔带她到东京最大的剧院去看演出。酒井虽然从来不看演出，但他还是欢迎利惠来东京，并许诺带她去看最精彩的演出。

这一老一少，几乎每隔两三天就通一次信，就在他们通信的第三个月，有一天，公司通知酒井出差，去向正是那个女孩的家乡——熊本县，这可把酒井高兴坏了。晚上，他去看望妻子时，兴致勃勃地告诉妻子，他要去熊本出差了。

回到家，酒井马上给利惠写了一封信，告诉她自己要到熊本出差，但不知被安排住在什么地方，希望她能给他洽谈业务的那个厂家打电话。

酒井一边写信，一边想，到熊本办完公事之后，就领着利惠到海边痛痛快快地玩一天。他们可以一起站在游览船上看海景，像一对真正的父女那样，享受天伦之乐。

到了出发这一天，上飞机前，酒井在机场为利惠的父母买了好多礼品，他要感谢利惠的父母允许他们的女儿与自己通信。

飞机终于到达熊本，酒井一下飞机，便急切地问接机人员是否有人打电话给他。来人说没有。酒井忙了一天工作，到了晚上，还是没有接到利惠的电话。酒井觉得奇怪，甚至有些失望。第二天，他一直忙到傍晚，总算结束了工作，但他期待的电话却一直没有打来。酒井心想，到底怎么回事，明天就要回去了，利惠为什么还是没有电话呢？正在这时，收发室来人通知他说："有客人来看你。"

酒井一听，"噌"地蹦起来，快步来到收发室，只见里面站着一个穿水手服的女高中生，脸黑黑的，眼睛很大。酒井激动地说："啊……你到底来了。"

"我……"女孩有些发窘地望着酒井说，"我不是利惠，我是利惠的朋友。"酒井惊愕地说："朋友？"

"对。利惠让我给您带来一封信，她来不了，"说着，女孩怯生生地从书包里掏出一封信递给酒井，"利惠说，请您原谅……"说完，女孩向酒井鞠了一躬，就急急忙忙跑出去了。酒井坐在收发室的椅子上，拆开那封印着卡通娃娃的信，读了起来：

"叔叔，请原谅我。您好不容易到熊本来，而我却不能去看您，请您包涵。我不能去看您，并不是因为要上学，也不是因为有事。如果我能去，我恨不得马上飞去，但是我不能。

"叔叔，两年前，我也遭遇了一场交通事故，虽然没有死，但是脊柱受伤，已不能随意行走，不能像大家那样游泳、打排球了。如果想活动，就必须拄着拐杖。所有的事情，都需要别人帮助我。开始的时候，我每天只是哭泣。可是现在，我已经不哭了，我要坚强地活下去。

"可是，我常常感到寂寞、孤独，多么希望自己能像以前一样游泳，在海边奔跑。我想象着自己游泳奔跑的样子，于是，我给报社写了一封生气勃勃的信。只有在那封信中，我才能像过去一样强壮健康。

"后来，我接到了您的来信。叔叔的寂寞和我的寂寞交织在一起。

在我与您通信的过程中，我几次想向叔叔道歉，告诉您我撒了谎，但我不想打碎叔叔的梦。叔叔梦中，那个能跑能跳的女孩子是珍贵的。

“可是，我总觉得自己干了一件坏事，必须认错，但没想到这一天这么快就来临了。我虽然可以拄着拐杖去看您，但我不想让叔叔看到我拄着拐杖的样子。因为叔叔梦中的我是一个皮肤黑黑的、牙齿白白的姑娘，是一个健康的、能游泳能奔跑的姑娘，所以我决定不去了。我请我的好朋友把这封信带给您，尽管她说我应该亲自去赔礼道歉……”

酒井把信放在膝盖上，泪水不知不觉地从他的眼角流了出来……

（改编：王茜茹）

（题图：佐　夫）

飞来的小保姆

华星医院内科主治医生唐勇的妻子，因车祸而身亡，抛下一个不满3岁的儿子亮亮。亮亮思念妈妈，日夜啼哭不止。唐勇悲痛欲绝，抱起亮亮哽咽着说："亮亮，妈妈到很远很远的地方去了，要很久很久才能回来……爸爸给你找个阿姨，让阿姨照顾你，你说好不好？"说完，就准备去保姆介绍所。

唐勇抱着亮亮刚跨出大门，只见门口站着一个瘦瘦的姑娘，看到唐勇，她快步迎上前来，涨红了脸，怯生生地说："叔叔，你想找保姆吗？你看我行吗？"唐勇好不奇怪，心想这姑娘是谁？她怎么知道我急着找保姆？他打量了姑娘一眼，只见她约莫十五六岁，穿着大红色的羊毛套衫，看上去天真烂漫，脸上一团稚气，便摇摇头说："唉，小姑娘，你自己还是个孩子呢，吃不消的。"

那姑娘也不争辩，咬着嘴唇想了一会，伸出双手把亮亮抱了过去，说："小弟弟，不要哭了，姐姐带你去玩，去捉迷藏，好不好？"说也奇怪，亮亮的哭声很快止住了，唐勇把姑娘让进屋里，姑娘也不用唐勇指点，找到卫生间为亮亮洗净了手和脸，又对亮亮说："小弟弟，你一定饿了，姐姐给你讲故事，喂你吃饭好不好？"亮亮果然听话地吃下了一碗饭。

一旁的唐勇看着松了一口气，但又不解地问："姑娘，你小小年纪，为什么不去读书，而偏要到我家当小保姆呢？你的家在哪里？你的爸爸妈妈同意你当小保姆吗？"那姑娘见问，眼圈一红，随即流下了一长串眼泪，她告诉唐勇，她的妈妈早在她3岁的时候就因病离开人世，留下她与爸爸在乡下相依为命，谁知她爸爸最近又患了病，不可能再供她上学。接着，姑娘擦擦眼泪，拉着唐勇的胳膊央求道："叔叔，没有妈妈的日子太苦了，小弟弟和我一样没了妈妈，我要照顾他，我喜欢小弟弟，我一定会好好带他的，叔叔，你就答应我吧，答应我吧。"唐勇的心里猛然一热，点点头算是应允了。

通过交往，唐勇知道了那姑娘叫茉莉，今年刚满十六岁。令他奇怪的是，茉莉说她不要工资，只要每个月准她一天假就行。唐勇也没再多说，因为他留下茉莉只是暂时的。

自从有了茉莉，亮亮有了伴儿，唐勇也有了时间，去参加工作，用工作来冲淡丧妻的悲哀。不过，每当夜幕降临，亮亮便会哭闹不止，任凭茉莉百般劝说，全然无济于事。这使茉莉束手无策，她眼泪汪汪，一遍又一遍地问唐勇："叔叔，请你告诉我，以前，亮亮的妈妈是怎样哄他入睡的？"

唐勇紧锁双眉细细地回忆了一阵，随即恍然大悟，情不自禁地热泪盈眶。他告诉茉莉，亮亮的妈妈在世时，每当亮亮睡意蒙眬，她总是轻轻地哼着催眠曲，亮亮就在妈妈哼唱的曲子声中安然入梦，对亮亮来说，这一定是人世间最美妙动听的曲子了，如今没有了妈妈的催眠曲，难怪他要哭闹了。茉莉问："叔叔，那是一支什么曲子？你会哼吗？"唐勇长叹一声摇摇头说，他这个人天生没有音乐细胞，虽然以前天天听那首曲子，却连一句也没有学会。

第二天，唐勇下班回家，发现茉莉和亮亮都不在。他等了又等，一直等到天黑尽了，茉莉才背着亮亮回到家里，只见她满脸生辉，一见唐勇就高声嚷道："叔叔，找到了，找到了，我找到那首催眠曲了。"接着，她告诉唐勇，昨天晚上，她躺在床上想了很久，才想出了到托儿所去找阿姨的办法，今天经过反复努力，终于找到了那首曲子。说到这里，茉莉天真地一蹦老高，说："叔叔，这一下好了，你放心，从今天晚上起，小弟弟就不会再哭闹了。"果然，当天晚上，当亮亮睡意蒙胧又开始哭闹时，茉莉把他紧紧地抱在怀里，轻轻地拍抚着，深情地哼起了催眠曲，亮亮很快就安静下来了，搂着茉莉的脖子进入了梦乡。唐勇看着这一切，心里充满了感激，茉莉多么像一位温存的小母亲啊，她的心灵里，充满了一片爱心！唐勇由衷地说："茉莉，你对亮亮太好了，我、我感谢你。"茉莉摇摇头说："叔叔，你不用谢我，这是我应该做的。"

一天午夜时分，冷空气骤然南下，唐勇起身披衣，去为亮亮和茉莉加盖衣被。他轻轻地推开房门，拧亮电灯，只见茉莉和亮亮在各自的小床上睡得十分香甜，茉莉那乌油油的辫子上扎着一条长长的布带，布带的另一头却缠在亮亮的胳膊上，唐勇很是诧异，小孩子家，这是搞的什么名堂呢？

正在这时候，亮亮醒了，使劲地抬手蹬腿，立即，茉莉的辫子像是被人狠狠地抓了一把，疼得她赶紧睁开了眼睛，她顾不得摸一摸头发，急忙起身问亮亮："弟弟，要撒尿吗？"一旁的唐勇忙说："亮亮，你怎么把姐姐的辫子抓痛了？"茉莉笑着解释："叔叔，不是的，是我特地把布带缠在小弟弟胳膊上的，我睡觉很沉，什么声音也惊不醒，就想了这样一个办法。"

唐勇的两眼潮湿了，茉莉对亮亮，可以说是剖腹掏心了，他说："茉莉，好姑娘，谢谢你，亮亮虽然没了妈妈，但是有你这样一位比亲姐姐还要亲的人照顾他，真是他的幸运呵！茉莉，叔叔太谢谢你了。"茉莉还是像上次那样摇摇头："叔叔，你不用谢我，这完全是我应该做的，我只求叔叔一件事，你借给我10元钱好吗？我想给我病中的爸爸买点东西。"唐勇赶紧答应，忙不迭地往口袋里掏钱，忽然又想到：茉莉对自己的帮助如此之大，自己也应该帮助她呀！她的父亲正在病中，茉莉为此而苦恼不已，而自己是个主治医生，正好帮她这个忙呀。

于是他把自己的意思对茉莉说了，可茉莉却急急地说，她爸爸的病已经有一位老中医在帮助治疗了，况且她家离这里有百里之遥，这事就不麻烦叔叔了。唐勇没有再说什么，心里却打定了主意：一定要抽一个星期天，到乡下为茉莉的爸爸治病。

几天以后，唐勇谎称茉莉需要在城里申报临时户口，问清楚了茉莉乡下老家的地址，在一个晴朗的星期天，他背着药箱出发了。唐勇乘车登舟，足足赶了半天路，才到了茉莉家所在的村子，找到了茉莉的家。

只见大门紧锁，门前窗上结满了蜘蛛网，屋旁长满了杂草，看这样子，像是许久没有人住在这屋里了。唐勇很是诧异，茉莉的爸爸到哪里去了？他不是有病吗？莫非病情恶化……唐勇急忙敲开了邻居的门，一位白发如银的老太太应声而出，唐勇探问茉莉爸爸的情况。

那位老太太长叹一声，告诉唐勇，说茉莉的爸爸是个汽车驾驶员，他早年丧妻，抚养着独生女儿茉莉，父女俩相依为命。谁知天有不测风云，茉莉的爸爸不久前出了车祸，使一个带小孩的中年妇女当场身亡，被判了刑进了监狱，抛下了茉莉孤零零的一个人，她哭肿了眼睛。事发之后，茉莉的舅舅、叔叔都来接她到自己家去生活，茉莉一一拒绝了，她说，那个死了妈妈的小弟弟太可怜了，没有了妈妈的日子将会多么痛苦！而这巨大的痛苦是自己的爸爸一手造成的，她是爸爸的女儿，她要进城去，去悉心照顾那个小弟弟，使小弟弟在失去妈妈以后，仍旧有关心他的人。于是，茉莉不顾亲人们的劝阻，毅然进城去了。

唐勇听完了老太太的话，犹如一个惊雷在头顶炸响，啊，原来是这么一回事，顿时，他的心潮翻腾不已，他激动得坐也不安，立也不宁，原来茉莉每月请一天假，每次借10元钱，是瞒着自己去探望她那在狱中服刑的父亲啊！在那漫漫长夜里，小姑娘一定是默默地抹着流不完的泪啊！唐勇辞别了老太太，一路思考着回到了城里。

唐勇回到家里，第一件事就是找来茉莉，告诉她从明天起，不要再做小保姆了。茉莉吃了一惊："怎么啦，叔叔，我做错了什么事？你为什么不要我了？"唐勇说："不是的，好姑娘，你没有做错什么事，我已经去过你的老家，你的一切我都知道了。叔叔不要你为亮亮付出这么大的代价，从明天起，叔叔送你去上学，我已经给亮亮另外找了保姆。"唐勇那父亲般的关怀使她"哇"地一声哭了起来，唐勇抚着她的肩膀，无限深情地说："茉莉，今后，跟叔叔生活在一起吧，叔叔会像对亮亮一样地对待你，爱护你，努力使你们姐弟俩生活得幸福，快乐！"

（倪国萍）

（题图：王志伟）

第四十一个

沙漠中行进着一支红军残部，他们刚刚从哥萨克马队的重围中突围出来，残酷的厮杀使这支部队只剩下了二十三名战士。率领他们的是叶甫可秀夫政委，队伍中特别显眼的是他身后的那个女兵，她身材细长，棕黄色的辫子盘在头上，戴一顶皮筒帽。她叫玛琉特卡，别小看她是个女兵，但打得一手好枪法，在她的歼敌记录中，已亲手撂倒了四十个敌人。

正值二月严寒，茫茫沙漠，饥饿、寒冷、疲劳和绝望每时每刻威胁着这些红军士兵的生命，他们必须穿过卡拉库姆沙漠，行程1200里，才能赶上主力部队，因此希望非常渺茫。傍晚时分，政委下令就地宿营。士兵围在点燃的火堆边，一个个东倒西歪，不一会便围着大毡毯呼呼入睡了。

天快亮时，政委被玛琉特卡急促地推醒，他习惯地抓起了步枪。“有情况！”玛琉特卡低声说道，“刚才我在附近转了一圈，发现有一支驼队向我们这边来，看上去是吉尔斯人。”

政委蓦地站起身来，打了个唿哨。士兵们听说有骆驼队，神志立刻清醒过来。要知道，骆驼是“沙漠之舟”，有了骆驼，在沙漠中就等于有了生还的希望。士兵们猫着腰悄悄地向驼队两侧迂回过去。吉尔斯人全然不知，他们正走着，突然前面传来一声大喊：“停下，有枪的把枪放在地上，不许抵抗，否则统统杀掉！”吉尔斯人吓得全伏在了雪地里。

士兵们高兴地跑了上去，“砰”，跑在最前面的一个士兵双手一扬，一头栽倒在地。“他妈的！”政委这才发现，吉尔斯人中混有白军士兵，他狂骂道，“杀死他们！”双方交上了火。玛琉特卡和以往一样，紧挨着政委伏在地上，这时政委低声对她道：“快看。”玛琉特卡也发现了骆驼身后的那个白军军官。她端起了步枪，瞄了瞄，不知是手指冻得发僵，还是心情过于激动，枪弹擦着军官的头顶飞了过去。“害人精！”她骂了一句，刚想打第二发，却见枪声已稀疏下来，那个军官高高地举起双手，从骆驼身后站了起来。

士兵们狂叫着冲了上去。

白军军官戈沃鲁赫·奥特洛克中尉本来应该是玛琉特卡歼敌记录上的第四十一个，但玛琉特卡由于手已冻僵而没有击中他，使他成了红军的战俘。

有了骆驼，又有了吃喝，还抓了一个军官，叶甫可秀夫政委十分高兴，他想，靠这些骆驼，穿过卡拉库姆沙漠的机会就大多了，到时把这个军官交给司令部，也许对我军会有大用场，因此他命令玛琉特卡看押。“我把这位大人交给你了，要留神看管，要是放跑了，我毙了你！”玛琉特卡不敢大意，把白军军官双手反绑，并在他腰里系上一根绳子，另一头则系在自己的左胳膊上，她警告道："别看我是个女的，你要是敢跑，我放你跑上三百步也能一枪放倒你！"

但是好景不长，吉尔斯人乘黑夜和暴风雪的掩护，一直悄悄尾随着他们，在一天夜里把所有的骆驼又给偷了回去。红军士兵又一次陷入了沙漠死亡的威胁。没有退路，只有穿过沙漠，直至走到剩下最后一人，政委下达了死命令。

当他们历经千辛万苦，穿过沙漠来到咸海边的时候，已经只剩下了十一个人。当地的吉尔斯人用怀疑而又敬佩的眼光，看着这些在严寒二月穿过大沙漠的人，纷纷招呼着把士兵请进了自己的家中。叶甫可秀夫政委已瘦成了个人架子，他命令部队在这里稍作休整，然后再设法横渡咸海，回到军部。

士兵们刚从死亡中逃脱出来，现在全都累垮了。然而玛琉特卡和那个白军中尉却没有什么倦意。此刻，她借着余炭的火光，掏出铅笔头，在一张废报纸的边角上写起诗来。原来她不但是个神射手，而且还喜欢胡诌几句诗呢。中尉好奇地望着她，轻声问："你在写什么？""跟你有什么相干！""你是想写信吧，你口述，由我来写吧。""呸！"玛琉特卡道，"别做梦，想让我帮你这害人精松绑，然后兜脸给我一拳逃跑吗？想得倒美！"她接着补充说，"我这是在写诗。""写诗，你——写——诗？"中尉眼睛不由睁得大大的。玛琉特卡被他说得不觉脸孔绯红，道："你挤眉弄眼地干什么？你以为我是个粗人，不配写诗吗，你这个害人精！""不不不，我……"中尉一时说不上话来，好半天才说："你能念出来我听听吗？"玛琉特卡眼睛望着地面，轻声说："好吧，你就听着吧，但就是，你听后不许笑话我！"

但是玛琉特卡念了一半就念不下去了，因为下面怎么写她还没有想好呢。她抬起头望着中尉，这时她第一次发现这个年轻人长得很白，一双眼睛碧蓝碧蓝的，她赶紧把眼光挪开了。中尉道："诗的内容是发自内心的，就是诗本身太糟糕了，功夫不到家。你知道，诗是一门艺术，任何一门艺术都要求有一定的学识，因为它有自己的章法和规律。比如造桥，桥有桥的结构，不懂这个，胡造一气的桥是根本不能用的。"玛琉特卡听得入了神，这也是她第一次听别人对她讲有关诗的学问。他语调轻缓，富有表情，蓝眼睛里流露的全是安详的光芒。此刻她有点觉得他并不显得可恶，相反，倒好像是一个大学问家似的。她突然问道："你的手腕疼吗？""不太厉害，就是有点麻。"玛琉特卡沉吟了半天，开口说："这样吧，你向我发誓保证不逃跑，我就替你松绑。"中尉答应了。于是绑着他手腕的绳子也松开了。

叶甫可秀夫政委这几天也没有闲着，他急于找到主力部队，因此也就急于渡海，但船只有一艘，而且又比较破旧，是艘以前渔民遭海难后被海水冲上沙滩的废船。他一边命人火速整修，一边向当地人打听这几天的天气情况。当他打听到可以出海之后，便派玛琉特卡和另外两名战士先押军官回军部，然后通知军部派船来接他们。临行前，他对玛琉特卡道："这次行动由你负责，看好士官生，无论如何把他弄到军部去。记住，万一碰上白匪，千万不可把他活着交出去。好，开船！"

然而船行至海面，刚近黄昏，海面突然狂风大作，四周变得什么也看不清，那只船本来就不怎么坚固，一个巨浪打来，船体立时倾斜了，海水猛灌进舱。船上的人顿时惊慌起来，又是一个大浪，玛琉特卡甚至还没明白是怎么回事，就见另外两名战士被大浪卷进了大海。疯狂的海浪把小船无情地抛向了一座荒岛。

当玛琉特卡苏醒过来的时候，她已经被海浪冲上沙滩，“坏了！”她第一个意识到的就是士官生，那个白军中尉。她猛地欠起身子，这才发现离她不远处也躺着一个人。她心定下来，骂道：“害人精，命好大呀。”当他俩看清楚这是一座荒无人烟的小岛，而且船又被海水冲走了之后，刚才生还的侥幸顿时烟消云散了。

“不管怎么说，上岛再说。”中尉说着要去捡地上的步枪。“别动！”玛琉特卡箭步抢在他前面，拎起步枪对准了他喝道：“你可是向我发过誓不逃跑的！”中尉不禁哑然失笑道：“你想让我往哪儿跑，我捡枪是怕你的负担过重罢了。”“可是，既然是我押送你，就不能把枪交给你。”中尉耸了耸肩，只好作罢。

他俩走过一片碎石滩，在他们面前出现了一间小板棚。玛琉特卡惊奇地大叫起来：“好极了，我们有救了。”中尉莫名其妙地望着她。她接着说：“我是打鱼出身，渔民们常常会把在渔汛期捕到的鱼腌好，放在临时搭成的板棚里，待明年开春再回来取。但愿这里面也有腌鱼！”他们狂奔过去。

果然，里面堆着大量的咸鱼干，足够他们吃上半年的。“快，架起石块。”中尉照着做了，然后她又取出几粒子弹，让中尉拔去弹头，从弹壳中倒出些硫磺，取出火石火线，一下打着了，她兴奋地说道：“去取些鱼干来，越肥越好。”中尉把鱼干垒在火堆上，不一会，整个小板棚被鱼火烤得暖洋洋的。“还傻愣着干什么，快脱衣服烤火呀，否则要冻出病的。”中尉迟疑了一会，便背对着她，脱去了衣服，可当他回转身来，却见她早已脱下了衣服，鱼火的光辉闪熠在她那美丽的胴体上。

中尉的身体还是没有抗住刺骨海水的刺激，他病倒了，发着高烧，嘴里一个劲说着胡话。玛琉特卡急得眼泪都快掉下来了，她把他紧紧地抱在自己的怀里，轻声道："你这个害人精可不能死，你死了，我怎么向叶甫可秀夫政委交代呀！"中尉的额头烫得怕人，她一边用手梳理着他鬈曲的头发，一边把自己的脸紧紧贴在他的额头上。

等到中尉神智稍稍恢复的时候，日子已经过去了近一个星期。"害人精，你命真大哟。"她亲昵地说道，"整整一个星期，你只喝水，什么都不吃，整天说胡话。大风呜呜地怪叫，四周一片空旷，在荒岛上只有你我孤单单两个人，你又总是昏迷不醒，那时候，我才是真的怕极了。"中尉在她怀里欠起身子问："那你怎么对付过来的呢？""就这样对付过来的呗。但我最担心的是你会突然死了，不过，现在你缓过来了，我也就放心了。"中尉伸出手来，在她的手背上抚摸着，无力地说："亲爱的，谢谢你啦。"玛琉特卡满脸通红，道："不用谢，我哪能见死不救呢。""可，我是个士官生，是个敌人，值得你救我吗？"玛琉特卡哈哈大笑道："瞧你连胳膊都抬不起了，还算什么敌人？大概我命里注定该和你在一起。那会我一下没瞄准，放了空枪，那可是我生来第一次，因为这个我只好服侍你一辈子喽，喏，吃吧。"中尉并没接她递过来的鱼干，却一翻身抱住了玛琉特卡。

戈沃鲁赫·奥特洛克本应是玛琉特卡歼敌记录上的第四十一个，而现在他却成了少女欢乐簿上的第一个。

就这样，玛琉特卡白天做些日常琐事，烙饼，煮又干又咸的鱼脊肉；黄昏时分，她就依偎在中尉的怀里，静静地听他讲故事。她喜欢听他讲故事，他的语音低沉，音色非常好听；她还喜欢看他的蓝眼睛，那里面似乎充满了深情，简直能把她的心融化。爱情不知不觉在这两位青年人心窝里萌发了，世上的一切似乎都不存在，没有门第、阶级差别，也没有偏见、战争，只有他俩、蓝天和海水。时间就这样日复一日地飘浮过去。

这天下午，他俩照例来到沙滩坐着，一眼不眨地注视着海面，双眼急切地搜寻着海面上可能出现的帆影。“我的耐心到头啦，三天内渔民再不露面，我非举枪自杀不可。”中尉逗笑地说：“俗话说‘只要耐心别着急，早晚要做头头哩’。你呀，到时可以去做强盗头头。”“害人精，都是因为你，缠住了我，诱惑我，弄得我神魂颠倒，五脏六肺都让你掏去啦，你这个蓝眼睛的魔鬼。”

中尉听罢不由大笑起来，一把抱住了她，倒在了沙滩上。突然玛琉特卡发觉他抱着自己的手松开了。中尉一把推开了她，欠起了身子，眼睛直盯着天地相连的地方，眼里抖动着喜悦的光辉：“看呐，玛琉特卡，亲爱的，帆。”玛琉特卡浑身猛一振奋，她也看到了，在远而又远的地平线蓝色的边缘上，有一颗针尖似的小白点，时隐时现抖动着、飘浮着——那是帆，迎风摇晃的白帆！

中尉纵起身跑回板棚，取出一支步枪。玛琉特卡提醒道：“别乱来，连放三枪。”

“砰、砰、砰”，清脆的枪声在寂静的下午传出很远很远。船似乎听到了枪声，朝这边而来。不一会，船帆已经清晰可见。“害人精，这是条什么船？不像是条渔船呐。”玛琉特卡自言自语道。离岸一百多米的时候，帆船船尾上一个人立起身，双手合拢向这边叫喊起来。中尉浑身一震，他一挥手扔掉步枪，赤着脚向海边跑去，边跑边喊：“乌拉，我们的人，是我们的人……”

玛琉特卡两眼死死地盯住了船尾那人，那人肩上的金肩章闪烁可见。她本能地向前扑了过去想拦住他，绝望地叫喊着：“嗨，回来，你这个该死的害人精，回来……”中尉却已经站在齐脚腕深的海水里，正用力地向船挥舞着双臂。

玛琉特卡耳边响起了叶甫可秀夫政委那低沉而严肃的声音，“万一碰上白匪，千万不能把他活着交出去。”她紧咬嘴唇，本能地一把抓起了他扔在地上的步枪。

可怜的中尉似乎还没弄清楚是怎么回事，只听见身后传来一声震耳欲聋的巨响，他身子一晃，沉重地倒在了海水之中。子弹从后面击中了他的后脑。

“哇——”玛琉特卡猛然哭出声来，她扔下步枪，跌跌撞撞地跑了上来，一下跪在了海水里，扑倒在中尉的尸体上，放声大哭。“我的亲人，我的蓝眼睛，我闯下大祸啦，你的病还没有好哇……”她的双手不停地拍打着海水，海水和血水溅在她那张绝望的脸上。

远处帆船上的人望着这一切，不禁全都惊呆了。

（改编：冯　源）

（题图：袁银昌）

好朋友

琼和珍妮一起在孤儿院长大，是形影不离的好朋友，现在她们在曼哈顿大道一个叫格林的富翁的资助下，都还在读大学。

琼每个周末下午到纽约富人区的126号别墅,给詹姆斯先生读读报、念念书,或者陪他聊天。而珍妮则在街角的咖啡屋里找一个靠窗的座位,边喝咖啡边看书，等琼出来。

说实话，琼一点也不喜欢阴沉古怪的詹姆斯先生，只不过这份报酬丰厚的工作是孤儿院安排的，她不便推辞，而且詹姆斯先生的私人助理约翰，是个可爱的小伙子，他深情的眼神真让琼着迷，最近，他还送给了琼一本厚厚的普希金的爱情诗集，琼知道自己恐怕是爱上了约翰，可她没有把这件事情告诉任何人，包括珍妮。

这天，詹姆斯先生又开始对着琼发脾气，琼认为这老头最需要的是去看看外面的世界，呼吸一下新鲜的空气，于是不顾他的怒吼反对，自作主张地推着他的轮椅，走上了街道。

明朗的阳光让詹姆斯先生渐渐平静了下来，他就像个听话的孩子，仔细聆听着琼从小到大对这个富豪住宅区的遐想和猜测："住在这里该有多么幸福啊，衣食无忧，每天睡觉前还能吃上最喜欢的美味甜品，或者一个冒着热气的蛋糕。更重要的是，我想，格林先生或许也住在某一座房子里……"

"格林先生是谁？"詹姆斯突然打断了琼的话。

"是资助我上学的一个富翁，可是我从没有见过他。"

"像你这样的孩子多吗？"詹姆斯的口气一转。

"多，很多，将来我工作了，有了钱，先要帮助那些孩子，詹姆斯先生，你那么有钱……"琼感到了唐突，自动卡住了。

"哼，"詹姆斯冷笑了一声，"我捐钱出去，会有多少用到孩子们身上呢？多半进了个人的腰包，我可不想做什么慈善家。我累了，推我回去。"

琼不再说什么，这个老头是绝对想不到哪怕一点点的资助对于像她、像珍妮这样的孩子意味着什么。

回到别墅，琼给老头念了一段普希金的诗，可刚开个头，老头就微微皱了眉，说："你恋爱了？"

琼连忙否认，老头瞥了她一眼："我嗅到了爱情的味道。"

傍晚时分，琼刚打算离开的时候，老头突然犯了哮喘病，呼吸困难，满脸发紫。琼吓坏了，立刻打电话叫急救车，然后通知了约翰。

等在医院里把老头安排妥当了，约翰送琼回学校，要分手的时候，约翰突然问道："你喜欢我是吗？"琼吃惊极了，但还是使劲点了点头。

"琼，你听我说，我也爱你，我有个计划，我现在掌握着詹姆斯所有财产，琼，我们远走高飞吧，从此远离这种任人差遣的日子。"

琼受了惊吓似的后退了一步，连连摇头："你是说带着他的财产走，不，不！”琼痛苦极了，她一直等待着约翰的表白，但没想到等来的却是这样无耻的请求，她开始有些愤怒了。

约翰看着琼的反应，露出了微笑：“亲爱的，我刚才那样说，是为了试探你，你知道吗？现在的女孩都一心想做灰姑娘，穿上水晶鞋，一步迈入豪门。我真高兴我爱的姑娘是如此善良，心地纯正。”

琼又惊又喜，尽管这一幕像电影一样令人难以置信，可她还是很高兴自己没有看错人。

詹姆斯自从住院后，变得越来越依赖琼，管家说只要琼迟到一会儿，他就暴躁不安，他习惯在她轻声的朗诵声中吃晚饭，想心事，甚至和琼讨论他死后的问题，这让琼有些惶恐不安，詹姆斯对她似乎有超乎寻常的关注和依赖，琼弄不明白为什么，却隐隐地有些害怕詹姆斯会在自己身上动什么花招，这些有钱人的心思有谁能摸透呢？可是一想到有约翰在，她又觉得安心了。

珍妮对琼的这些秘密一无所知，不过她也有个秘密。

两个月前的一天，珍妮在街角咖啡屋正全神贯注地读着一段美文，一个小伙子突然走到她的面前，微笑着说：“请问几点了？”

“差一刻六点。”珍妮回答。

“我叫杰克。”这个英俊爽朗的男孩没有走开的意思。

能有个人陪着聊天也不错，更何况珍妮对这个男生的样子很有好感，他们坐在咖啡屋里闲聊了起来，直到琼快要出来了，杰克才一下想起了时间：“哎哟，我有事要走了，你什么时候还来这里？”

“一般是周末。”珍妮甜甜地笑着，杰克恋恋不舍地走了，他说他家就住在附近。

尽管他们从没有约过时间，可杰克总是会适时地出现在咖啡店里，当珍妮确定自己爱上杰克时，就把这件事情告诉了琼："我喜欢他，可是对于他那样的家庭，我既向往又害怕，爱情来了，想不爱都难。"

琼极力支持珍妮，她拿出攒了很久的零用钱，交给珍妮，让她去买件像样的衣服，珍妮的幸福就是琼的幸福，从小到大相依为命，她们彼此把对方看得比自己都重要。

这天，琼正在医院里照顾詹姆斯先生，孤儿院的嬷嬷打电话让她回去一趟，说珍妮把自己关在房间里号啕大哭，她们很担心，但任别人怎么问，珍妮却什么也不说。

琼安顿好了詹姆斯，急急地赶回来。几周不见，珍妮憔悴得叫人心疼，平日里流光溢彩的脸上像蒙了一层灰，瘦弱的肩头在微微颤抖。

果然像琼猜的那样，珍妮又失恋了，这个丫头好像在这方面特别不顺利，她越是想抓牢，别人就越是要挣脱，只有琼懂得她，从小就没有什么真正属于她们自己的东西，这多半是她们可怜的身世造成的。

"可是这一次不一样。"珍妮的眼泪止不住，"他说他并不像我想象的那么富有，他满足不了我的爱情奢望，而且他又爱上了另外一个女孩，可是我真的不在乎他是谁，我就是爱他。"

"我能帮你什么忙吗？"珍妮的情绪让琼很担心。

"明天我要和他在相识的咖啡馆里见面，我不是爱慕虚荣的女孩，你是了解我的，帮帮我，向他说清楚。"

琼看着珍妮乞求的眼神，点了点头。

第二天，琼晚到了十分钟，刚一拐过街角，就看见珍妮和一个男孩在靠窗的座位上坐着，琼吃惊地停住了脚步，居然是约翰，他怎么会在这里？可是看珍妮急切的表情，他显然就是她热爱的那个杰克。

约翰和杰克是一个人，这么说他欺骗了她们两个？不，珍妮说他爱上了别人，原来他那天说的，一心想做灰姑娘的女孩是指珍妮，可如果他了解珍妮，就知道她有多么可爱。但如果不是有意欺骗，他怎么会说两个名字？琼一面为他辩解，一面痛恨他的行径，心神不定地回到了医院。

再见到詹姆斯先生的时候，琼突然对这个老头有了信任的感觉，怯怯地问道："您了解约翰吗？您说过他是您熟人的孩子。"

"是的，他是个好孩子，小时候，他也长在孤儿院里，叫杰克，后来被我的一个亲戚收养了，改名叫约翰，可他经常还是对人说他叫杰克，大概是忘不了那段苦日子。"

詹姆斯先生轻描淡写的几句话，让琼又惊又喜，这么说约翰没有欺骗她们，是因为爱上了自己，才拒绝珍妮的？可一想到珍妮，琼就感到一阵真切的疼痛，她爱约翰，可是她不能让珍妮受这么大的委屈，她不能容忍自己抢了珍妮的爱人，就在这一刻，琼已经有了自己的决定。

第二天，琼对詹姆斯提出要找人来代替自己的工作："我要准备毕业论文了，让珍妮来照顾你吧，她是我最好的朋友，你见过她的。"

让琼意外的是，詹姆斯先生听了这话，居然没有发怒，平静地问："我想知道为什么？"

琼不想多解释，说道："就是因为写论文，没有别的。"

"我听约翰那小子说他爱上你了？是不是因为他？"

"不是的，"琼低下头，"我不喜欢他，以后珍妮做得会比我更好的。"

"你把珍妮看得比自己更重要吗？如果你们爱上了同一个人，你会怎么办？"詹姆斯偏偏问这个问题。

琼没有多想詹姆斯先生怎么会这么问，坚决地说："没有这种可能，我永远不会抢好朋友的东西。"

琼微笑着走出了詹姆斯的病房，可一出门，眼泪就流了下来，她已经让老头答应不要告诉约翰她要去哪里，她打算谁也不见，毕业后就离开纽约，她永远不会让珍妮知道事情的真相，她相信没有了自己，约翰一定会爱上珍妮的。

可事情并不像她想的那样，珍妮并没有接替她的工作，有一天约翰还是找到了她，说是珍妮告诉他地址的。

琼变得很愤怒："你应该好好爱她，你怎么能从她的嘴里打听我的消息，她现在全知道了吗？"

"是的，"约翰好像一点也不觉得有什么，"她说一切都过去了，她不会抢你的东西。"

琼丢下约翰，跑着找到了珍妮，两个人像小时候吵了架和好一样，抱在一起又哭又笑，那个什么约翰还是杰克，对她们来说变得不再重要，如果爱情偏要她们拿友谊为代价来换取，她们宁愿不要。

一个月后，詹姆斯先生去世了，按照他事先写下的遗嘱，他所有的财产交给琼和珍妮共同支配，并让她们拿这些钱去帮助更多的孩子。

琼和珍妮听到遗嘱宣读的时候，简直不敢相信自己的耳朵，这怎么可能？詹姆斯在她们的印象里，是个十分小气的富人。

宣读遗嘱的律师道出了秘密：老詹姆斯自从几年前因病不能行走之后，脾气变得非常古怪，不相信任何人，他通过孤儿院的老院长选中了琼和珍妮，无儿无女的他想把巨额财产交给她们两个共同继承，用来资助更多的需要救助的孩子，也希望她们能过上富裕幸福的生活。

"可是，他不是有约翰，或者叫杰克吗？为什么不给他？"琼问。

"他？"律师笑了，"他是詹姆斯雇来的演员，是用他来考验你们对朋友的忠诚的，按照老詹姆斯的逻辑，只有对朋友无限忠诚的人，才是可靠的，值得信任的。你们彼此忍让、彼此相爱、彼此割舍的态度让老詹姆斯非常满意。老詹姆斯是个怪人，只相信他自己的眼光。”

琼和珍妮惊讶地张着嘴，一切都是老头精心导演的，怪不得有那么多的巧合，怪不得两段恋情独立发展着，从没有穿过帮。

琼和珍妮用那笔钱建造了纽约最好的一家孤儿院，老嬷嬷赶来祝贺。

“我还有一件事情想不明白，”琼拉着老嬷嬷的手问，“我想知道詹姆斯先生选中我们是巧合还是有什么其他的原因？”

“当然不是巧合了，”老嬷嬷的嘴角泛起一丝微笑，“他每天都关注着你们的成长啊，孩子，他就是资助你们的格林先生，格林是他捐款的化名。”

琼和珍妮惊呆了，这么多年来她们一直发誓有朝一日要当面谢谢格林先生，想不到这个心愿最终成了遗憾，不过也许詹姆斯先生已经十分心满意足了。

（寒　梅）

（题图：箭　中）

老习惯

有个学校办校庆，想找个事业有成的校友在会上发言。于是办公室主任到处打听，校友之中谁最有成就。有人就给他推荐了一个校友，名叫王行建，现在是个大老板。

主任一打听，这个王行健如今果然了不得，如果他愿意回来，肯定能为校庆增光添彩。于是主任就打电话过去，电话是秘书接的，转机后王行健听主任说明来意，客套了两句，突然问了一句话："食堂老顾还在吧？"

能成为办公室主任的，那人情都够练达的，尽管王行健这话说得让人咂摸不出一点儿味儿来，但主任凭着敏锐的直觉，立刻明白：这食堂老顾必须在！想必王行健和食堂老顾不是有恩就是有怨，关系稍微一般点，都不至于特地问这么一句。而人混好了，不光愿意见恩人，更愿意见仇人，所以主任眼都不眨地说："在，在。"

王行健说："那好，校庆我一定会去的。"

主任放下电话，第一时间就去食堂落实老顾的事，老实说，学校那么大，食堂又承包给了私人，主任根本不知道老顾是谁。承包食堂的老板姓崔，主任一问，崔老板就干脆利落地说："有这么个人，负责打扫食堂卫生的。"

主任听了擦把汗，说："那就好、那就好。"都在王行健那儿打了包票了，这老顾要是不在，可就热闹了。

不料崔老板话锋一转，说："这个人早让我辞退了。他又懒又不听话，我这是食堂，讲究随时保持整洁，可他不，非要等学生都走完才一块打扫，打扫前还得先抽支烟，我说了几次都不听。"

主任听罢，斩钉截铁地说："辞退了就去请回来，立刻。"然后把经过给崔老板说了一遍。崔老板听傻了，只得表态说："我亲自去请，大不了低头弯腰就是。"

没想到，不用崔老板低头弯腰，老顾听说食堂想和自己续聘，挺高兴地就回来上班了。上班第一天，主任特地到食堂来见这传说中的老顾，一看，也就是一个普通打扫卫生的老头啊，看不出啥名堂，问他认得王行健不，老顾瞪大两眼，显得很迷茫："谁是王行健？"

崔老板就问主任怎么安排老顾，主任说："原来干啥，现在还干啥，但有一条，老顾不是爱拖拉偷懒吗？你得交代好他：校庆那天，食堂的卫生一定得及时打扫。学校中午请校友们吃食堂，吃的是个回忆，可不能让人家真的体验杯盘狼藉的脏乱差。"

到了校庆这天，眼见时间已过了中午十二点，王行健还没个人影，主任忍不住打了电话，王行健说一会儿就到，让校友们先吃饭，千万别让老师同学等他一个人。

话说到这份儿上了，主任不敢再等，就让大家先吃。在学生志愿者的引导下，校友们一路敲着饭盆，走向充满回忆的食堂。主任则带人去校门口迎接王行健，食堂的崔老板也非要跟着去校门口。主任一再使眼色让崔老板回食堂坚守阵地，崔老板却装看不见，他心里有自己的小算盘：食堂那阵地，就算都烂完，也没在这儿露一小脸儿重要!

王行健说一会儿就到，其实还是等了半个小时。倒不是王行健拿架子，关键是学校也请了地方上分管教育的领导，这些人听说王行健要来，又通知了别的领导，于是就有人到路口去迎接，寒暄也要花时间啊!

等王行健一行终于步入食堂时，校友们已经结束战斗，撤了——食堂再怎么精心准备，也赶不上酒店哪，真没啥可吃的。主任一看，桌上杯盘狼藉，剩下的东西还不少：有没动过的整个馒头，有只吃了几口的整盘排骨……看来校友们果然都混出样来了，食堂的饭菜对他们是没啥吸引力了。看着眼前这混乱的环境，主任有点尴尬，他四下一打量，只见本该打扫卫生的老顾真像崔老板说的，正蹲在食堂外面抽烟呢，看来他还是准备等大家吃完再一块收拾。

主任只好尴尬地把贵宾们往食堂二楼引，那里是教工食堂，专门为王行健摆了一桌，特意请酒店大厨做的菜。不料王行健环顾食堂，说："不麻烦了，这儿有馍有菜，就在这儿吃吧。"

一句话把大家说愣了，还没反应过来，王行健已经动手了。他动作娴熟地端起一盘炒菜，又捡起一个白面馍馍，蘸着汤汁，有滋有味地吃起来。主任看了心里直嘀咕：这是闹的哪一出啊?

好在王行健动作很快，五分钟便吃完。吃完后他看看大家的表情，就说："还是满足大家的好奇心吧。念书时我家里穷，顾嘴顾不了学，顾学顾不了嘴，我一咬牙，上学！至于饭嘛，就像刚才这样吃了。那时死要面子，都是等大家吃完了，我才飞快地划拉一点剩菜馒头皮之类的。所以我要感谢食堂的顾师傅，他发现有我这样一个学生后，就躲在外面抽一支烟，然后才来打扫。"

听完这话，大家都愣了。王行健走到食堂外，对老顾大声道："顾师傅，今天校庆，没学生来食堂了，你可以打扫了。"

老顾点点头，走进食堂收拾起来。王行健接着说道："这次回来，一是想感谢顾师傅，二是我前不久听说，顾师傅因为一直保持着饭后一支烟的习惯，被辞退了，所以想借这个机会，替他解释一下。"

话音未落，食堂崔老板不知从哪冒出来了，接话道："您放心，我已经把顾师傅聘为终身员工了。"咦，这是什么时候的事儿？

王行健向他拱拱手，说："最后，我还有个想法，和各位校领导商量。既然顾师傅还保持着老习惯，就说明，像我当年那样的学生肯定还有！我想捐笔钱出来，成立个'吃饭基金'。这个基金就由顾师傅掌管，每餐向贫困学生免费提供一笼馒头、两盆菜。"

主任听了，大喜过望，这时他才明白，王行建一开始打听老顾的原因，原来就是为了在这"一顿饭"上做文章。

（张东兴）

（题图：安玉民）

让你的秀发飘起来

阿芳在这西北高原的小镇上开店已经有些年头了，倒还是第一次遇见个让她一眼瞧着竟有些紧张的客人。

这是个打扮时尚的城里女人，她的丈夫停了车，在店外等着，女人则踏着优雅的步子径直走进店里，到了柜台跟前，阿芳才发现她的怀里还抱着一只名贵的小藏獒。女人和气地朝阿芳一笑，说道："买瓶洗发水吧。"

这时，一向麻利的阿芳显得有点慌乱。要知道，她这个小店里头都是卖一些便宜的化妆品和洗发水，因为是独家经营，平时生意倒是不错，但这会儿，店里这些货色实在配不上眼前这个一身贵气的女人。阿芳不知道拿哪一种才好，大牌洗发水，利润低、假货多，而且价格高，放在这里根本就没有销路，所以她没进货，而这女人显然看不中货架上那些杂牌洗发水。阿芳沉吟一会儿，最终还是从货架上取下一瓶，推荐道："这款洗发水虽然不是大牌子，但质量不错，而且也不贵，回头客特别多，你不妨试试。"阿芳说的是真话，小镇上比较富有的人家都喜欢这款洗发水。

城里女人爽快地说："好，相信你，就买这瓶，多少钱？"

阿芳报出一个很实在的价格："你给 30 块吧。"其实，她每次卖给别人都是 32 块，一瓶也就赚个 5 块钱。

城里女人付了钱，正要离开时，门外进来一个红脸蛋的小姑娘，十三四岁的样子，头发干枯蓬乱，穿着也很土气，看样子家境非常贫寒。她的手上捏着一张 5 元的钞票，怯生生地问阿芳："阿姨，有 5 块钱的洗发水吗？"阿芳取出一瓶递给她，这是她店里最便宜的洗发水，乡下很多上了年纪的人都用这种。

说话间，刚才那个城里女人一直站在旁边盯着这姑娘，见小姑娘接过洗发水正要付钱，那城里女人突然开口了："姑娘，你的发质其实很好，但如果洗发水没用对，就会伤害发质，我手上的这款可能更适合你，多洗几次，你的头发肯定会又黑又亮。"说着，她从姑娘手中夺过那瓶 5 元的便宜货，把自己手里的那瓶洗发水塞给了她。

小姑娘起初一怔，看城里女人一脸善意，也就迟疑地接过那瓶洗发水，仔细看了看，又拧开瓶盖闻了闻，由衷地说："好香啊！这要不少钱吧？可我只有 5 块钱……"

没等阿芳开口，城里女人抢先说道："也是 5 块钱，如果你喜欢，就买这瓶吧。"小姑娘不敢相信这是真的，她回过头来看着阿芳，目光中分明是在询问：这是真的吗？

阿芳在一旁发愣，感到莫名其妙，不知如何回答，城里女人马上给阿芳使个眼色，阿芳这才木然地点了点头。

小姑娘高兴坏了，急忙把手中的5元钱递给阿芳，阿芳迟疑着，城里女人立即接过来放在柜台上……等阿芳回过神来时，两个客人都走了。小姑娘花5元钱买走了一瓶30多元的洗发水，而城里女人呢，付出30元，却拿走了小姑娘花5元买的洗发水。

这事让阿芳一直没有想通，城里女人对小姑娘的一番善意让人难以理解：她为什么要这样做？更让阿芳没有想到的是，女人的一番善意，竟然给阿芳带来了不小的麻烦。

那是三个月后的一天，那个小姑娘再次来到店里，同上次一样，手里捏着一张5元的钞票，不同的是，她的头发看上去不再干枯蓬乱，显得柔顺很多。

阿芳知道她来买上次那种好的洗发水，心里琢磨着应该如何应付。果然，小姑娘开口就说："阿姨，上次那种洗发水真的很好，我再买一瓶。"说着，她就把手里的5元钱递了过来。

阿芳想借故推脱，谎称上次那款洗发水没有了，可她还没说出口，小姑娘的眼光已经直勾勾地盯在货架上，那款洗发水就摆在最显眼的位置。

小姑娘没有察觉阿芳的为难，自个儿从货架上取下那瓶洗发水，说："阿姨，那你忙吧，我走了，下次还会来的。"

阿芳哭笑不得，想说出实情，可话到嘴边又咽了回去，任小姑娘拿走了那瓶洗发水。阿芳是个善良的生意人，但生意人不能长期做亏本生意啊，对，下次一定要对小姑娘说出实情！

谁知过了不久，事情有了转机。

有一天晚上，快要打烊时，那位城里女人突然来到了店里，没等阿芳上前招呼，她就主动问道："老板娘，上次那个买洗发水的小姑娘后来来过吗？"

"她来过了……" 阿芳刚一张口，城里女人便迫不及待地问道："来买洗发水是吧？你卖给她了吗？你没说出实情吧？"

阿芳说："我什么也没说，我让她花 5 块钱，拿走了上次那种 30 块钱的洗发水。"

城里女人听了，释然了，转而歉意地笑道："对不起，这都是我给你惹的麻烦，怪我大意，上次走得匆忙，没跟你把话说清楚……"

接着，城里女人就说开了："七年前，我大学毕业，回家乡教了一年书，当时班上有个挺聪明的女孩，叫小兰，家里非常穷，但自尊心很强，从不轻易接受别人的帮助。教书一年后，我就嫁到省城了。这次跟丈夫回乡考察一个项目，要待一段时间，没想到那天会在你的店里碰上小兰，也许我变化太大，她没认出我……当时，如果我直接掏钱给她买瓶好点的洗发水，她一定不要，所以我才撒了个谎……"

城里女人还说，她当时没想到这么一来会给阿芳带来麻烦，小兰会以为这洗发水真的就是 5 块钱，这样她就会经常来买。说着，女人打开钱包，拿出 500 元钱塞给阿芳，说："我今天就特意为这事来的，我要买 20 瓶洗发水放在你这儿，以后只要她来你这儿买洗发水，你就只收她 5 块钱一瓶。"

阿芳很感动，送城里女人出门时，她突然想起了一件事，不由好奇地问道："对了，那天你怎么会要那瓶 5 块的洗发水，是不是出门就扔掉了？"

城里女人笑道："呵呵，怎么会扔呢，你没见我那天抱的小狗？老公想给它洗个澡，让我随便买瓶洗发水。"

从此以后，阿芳不再担忧小兰来买洗发水了，相反，她盼望小兰的到来，可小兰没来，另一件麻烦事又来了。

有一天，一位乡下大嫂来到店里，从提的布袋子里掏出一个空瓶子，就是以前卖给小兰的那种洗发水。阿芳告诉她，这种洗发水 30 块一瓶，大嫂一听，喃喃自语："不是说只要 5 块钱的嘛，怎么又要 30 了呢？奇怪……"

阿芳一下子意识到，卖给小兰的"特价"洗发水，已经产生了"广告效应"！果真，隔三岔五就有人来，想用 5 元钱买这种洗发水，阿芳只得想遍法子来应付，而从那时起，小兰却不再来了。

差不多半年之后，阿芳在菜市场见到了小兰。小姑娘推着一辆架子车，正吆喝着卖土豆。旁边有个女人在帮忙，她就是前不久拿着空瓶来买洗发水的那个大嫂，不用说，这是小兰的妈。阿芳不禁有些愧疚了，因为她看到小兰的那一头秀发又变回了枯燥蓬乱的样子。

一天，小兰再次来到店里，而这次她手里捏着的不是 5 元钱，而是一张 50 元的大钞。她把这张钞票递给阿芳，说："阿姨，我给您还钱来了。"

阿芳不解地望着小兰，小兰解释说："您忘了，上两次我买的两瓶洗发水，您和那位好心的阿姨少收了我的钱，我知道，那不是 5 块一瓶，是 30 块。我妈说了，做生意也不容易，你们的好意我领了，但这钱一定得还上！"阿芳心里一酸，想说什么却一句话也没说出口。

临走时，姑娘掏出 5 元钱，说："我还买以前那种便宜的洗发水。"

阿芳笑道："嗯，我知道了。真巧，刚到货，还没来得及上架呢。"说着，她就从柜台下取出一瓶洗发水给小兰，交待说："其实便宜的洗发水也不一定差，像你这样的发质，我给你说个秘诀——洗头时，温水里面加点醋，洗出来的效果会特别好。"小兰点点头，走了。

过了一段时间，小兰又到店里来买洗发水，阿芳上前抚弄着她的一头秀发，说道:“真的好多了，光亮了，柔顺了，有时，偏方真的很管用。”

不料小兰却说：“阿姨，您不要骗我了，我根本就没用醋洗，以前我试过，不管用。这次，我的头发变好后，我觉得很奇怪，是洗发液的香味告诉我，一定是您把好的洗发水装在便宜洗发水的瓶子里……”说着说着，小兰的眼眶湿润了，“我想不通，您为什么要对我这样好？”

阿芳一怔，然后缓缓说道：“其实，对你好的不是我，而是最初给你换掉洗发水的那位城里阿姨，她是你的小学老师，她希望你像她一样，让一头秀发飘起来……”

小兰愣在那里，泪水终于落了下来……

（许申高）

（题图：张恩卫）

生死之交

二宝做山货生意很赚钱，他有个同村人叫得贵，因为急需钱，就找上二宝，非要跟着他一起去赚钱不可。二宝向来就是个替别人操心胜过自己的人，见得贵急需用钱，就点头答应了。于是，他带着得贵一起出山去卖山货，真的赚了不少钱，眼下两个人正有说有笑地一路往家赶。

二宝是个实诚的人，只顾说笑着头里走，不提防跟在身后的得贵脑子却在溜溜地转。原来前阵子得贵和人赌博，欠了“锥子”三百两银子高利贷。锥子是大山里头一号混球，心狠手辣，他限定得贵半个月之后还债，拖一天就剁他一个手指头。眼看着再过两天就是还款期限了，可得贵现在口袋里的银子离三百两还差得远。锥子是个说得出做得出的家伙，得贵一想到要被他剁手指头，冷汗就“刷刷”地往下流。怎么办？

得贵就这么一路走一路脑子里胡思乱想着。拐过一个山嘴，前面山路边是一片小树林，得贵一拍脑袋突然有了主意，于是走到树林边的时候，他对二宝说："我渴死了，你在路边等我一下，那里有个潭子，我去喝口水，回头给你带一杯来。"说完，撒腿就朝树林里跑。二宝也走累了，于是一屁股就在路边的石头上坐下来，等他。

得贵一口气跑进树林，那里果真有个潭，不过得贵不是来喝水，他是来找毒蛇的，这地方他以前来过几次，在潭边抓了毒蛇卖给人家。得贵抓蛇很有一套，果然很快就在潭边找到了毒蛇的踪迹，他熟练地从树上折了根树枝，在地上三下两下地一划拉，只见"呼"的一下，草丛中立刻昂起一个形状可怖的蛇头来。随后，得贵把手轻轻一挥，他手里的那根树枝不偏不倚正好盖住了扁扁的蛇头，毒蛇挣扎着想脱身，得贵一步上去踩住蛇头，又从口袋里掏出一根锃亮尖利的细铁丝，穿过蛇尾,然后把它的两头绑在潭边一块大石头上。看着毒蛇愤怒地扭成一团，可就是脱不了身，得贵终于松了口气，他把手里的树枝朝毒蛇身上一盖，然后扭头就朝树林外的二宝大叫起来。

等得心急的二宝以为他出了什么事，连忙循声跑来，只见得贵正站在潭边，朝他两手一摊，说："二宝，不好意思，杯子掉潭里了，只好叫你自己过来喝了！"二宝一看潭里的水清绿得诱人，于是就伏下身喝了起来。

就在这当儿，得贵悄悄松了绑在石头上的细铁丝，毒蛇得了自由，蹿上来对准二宝的屁股就是一口，然后"吱溜"一声蹿进了草丛。二宝痛得大叫一声，脚一滑，一头栽进潭里。站在潭边的得贵一看不好，眼疾手快一把把他拉上来，得贵当然不是真心要救二宝，他心里惦着二宝口袋里的银子啊!

此时，二宝脸色已经发黑，蛇毒已经开始在他的体内蔓延。得贵知道二宝将银子藏在上衣口袋里，于是就做出一副分外伤心的样子，扑在他身上呼天抢地地叫唤，其实是趁机在摸他的上衣口袋。可是一摸之后不由大吃一惊：口袋瘪瘪的，哪还有银子！得贵猜想这钱肯定是二宝刚才栽进潭里时从他上衣口袋里滑出来掉进潭里的，可是这潭水深不见底，就是跳下去也不见得一定能摸得到啊！

得贵懊恼极了，唉，真是白忙了一场！现在怎么办？眼看二宝的呼吸越来越急促，得贵不由害怕起来：出来是两个人一起出来的，回去怎么就突然死了一个，而且二宝口袋里一两银子也没有，这让他怎么向村民们说得清楚？得贵拉着二宝的手惊慌地大哭起来："二宝呀，这可怎么办好啊？你让我回去怎么跟村里人交代啊？"

就在这时候，只见二宝身子一动，嘴巴里轻轻地哼了一下，然后挣扎着伸出一只手，吃力地在地上比划起来。得贵不知道二宝是什么意思，情急之下一摸口袋，摸出一张记山货账的单子，他把它背过来，又摸出一支笔，塞到二宝手里。二宝拼命咬着牙，抖着手，歪歪扭扭地写了起来，可是还没写完，头一垂就昏死过去。

得贵伸头一看，脸顿时变得刷白！原来，二宝在纸上写的是这么几个字：我被蛇咬，与得贵无……

得贵发疯似的一把把二宝抱在怀里，大叫道："我不是人，二宝，我不是人啊！二宝，你不能死，我救你，我一定要救活你……"

第二天一大早，村里人吃惊地发现，村口土路上趴着一个人，走近去一看，不对，是两个人：得贵背着二宝。村里人赶紧跑过去，只见趴在得贵身上的二宝嘴唇乌黑，气若游丝，而得贵自己脸色苍白，衣服完全像是从泥水里捞出来的。得贵挣扎着对村里人说："快，快给二宝请老……郭……"话没说完就虚脱了过去。

老郭是山里最有名的蛇医，村里人把二宝和得贵都送到了老郭那里。

老郭一看，说幸亏这次咬二宝的不是剧毒蛇，他用祖传药方给二宝引身体内的蛇毒，二宝的命终于保住了。得贵不久也恢复了元气，两人从此成了生死之交，无论做什么事，都相互照应。

不过即使这样，得贵心里总觉得自己对不住二宝，有一次两人喝酒，得贵心里实在憋不住，就想把那天他在潭边干下的丑事向二宝说个明白。可是他刚开口，就被二宝堵了口，二宝只说了一句话："我知道，赌债逼死人。"得贵听着哽咽了半天，和着滚滚热泪，把一大碗烈酒全倒进了肚里。

锥子这次破天荒没有剁得贵的手指头。大伙都觉得奇怪：锥子啥时发善心了？问锥子，锥子眼一瞪，说："别再提那号子事。我是真心服了，世上居然能有这样的朋友！唉，我只恨我自己，怎么就碰不到这样的人？"

哲学先生评曰：常言说"一生一死，乃见交情"，在生死之间建立起来的友情是最珍贵的，因为这一刹那的选择折射出的是本性的善恶。与其说二宝写下的那半句话挽救了自己的性命，不如说是拯救了得贵的灵魂。而在二宝身上更让人动容的，是那句"我知道，赌债逼死人"。朋友相交，贵在理解和宽容，交情到了这个份上，才是真正的"生死之交"。

（童树梅）

（题图：黄全昌）

谁更懂感情

办个厂子不容易

俗话说得好，是金子总会发光。秃龙山本来是一座贫瘠得连草都不长的荒山，两年前，有一个老板来到这儿，发现这一整座山，竟全是优质大理石，于是，大家像扎堆儿似的在这里开办起石材厂。

李基是个外地人，他也看中了秃龙山，成了秃龙山第六家石材厂的老板。可是建厂没多久，烦心事就跟着来了：他的厂里采石工、搬运工有了，但独独缺了一名切割石材的裁石工。

裁石工算是整个石材厂的技术工种，大块的石料运到厂里，就靠裁石工切割，制成板材，切割的石板要规则、平整、光滑，没有一定的技术和经验干不来。没有裁石工，石材厂就制不出石材，开不了工。李基急得团团转，怎么办?

就在李基着急时，居然有个人主动找上门来。这人叫袁建设，四十来岁，以前在秃龙山的另一家石材厂当裁石工，最近不知为着什么事，被那家石材厂给辞退了。袁建设说，他当裁石工已有两年多的历史，算是秃龙山所有石材厂的裁石工中资历最老的，如果李基需要裁石工，他可以来这里干。

这真是瞌睡了有人给递枕头，李基大喜过望，赶紧与他签了用工合同。

令李基意外的是，这个袁建设的裁石技术一流，整个秃龙山都难遇到这么好的裁石工。

像搞收藏的人捡了个漏似的，李基招到这样的工人，心里又是欢喜又有些不踏实，这么好的人怎么就被自己捡了漏呢？一次，李基遇到了袁建设以前那个厂的老板，他忍不住问了对方，当初为什么要辞退了袁建设。

对方老板愣了一愣，接着便打哈哈："他人嘛挺好，但不适合在我们厂干。辞退个工人，哪有那么多讲究？你真要人说出个辞退的理由出来，你就去问鸿运石材厂的老板吧，他是被鸿运的老板开除了才到我的厂里来的。"

李基心里"咯噔"一下，如果一个人被一家工厂给开除了，还有偶然性，连续被两家工厂开除，那就有问题，而且问题大了。李基要查出问题所在，及早防范，所以，他去了鸿运石材厂，找到了老板。

鸿运石材厂的老板还是没告诉李基辞退的原因，不过他说了一件事："其实，袁建设到我的工厂来上班以前，就已经被两家工厂辞退过，他在每家工厂都只干了半年。"

李基的心一沉，这么说，袁建设已经被四家工厂开除过？一个连续被开除四次的人，会是什么好货？这个人肯定是个大麻烦了。

之后李基就暗地里观察袁建设，但没有发现什么问题。就这样，半年过去了，到了县里规定的给员工做体检的日子。

体检后的一天，李基去医院拿体检结果，看到袁建设的体检表时，心里"咯噔"一下，只见袁建设的体检表上填着："双肺均见不规则阴影，建议复查。"

当个老板要讲良心

李基拿着体检报告去找医生，医生说："拍片显示，这个人双肺都有阴影，结合他的职业，我们怀疑，他很有可能患上了硅肺病，但要确诊，需要做进一步的检查。"

李基脑子里"嗡"的一下炸开了，他明白，医生的话意味着什么。

硅肺病是一种职业病，是人吸入了大量岩石的粉尘，在肺内淤积致病，严重的病人，那些吸入肺里的粉尘会在肺里结成石头。国家有规定，员工因工作患上了硅肺病，所在单位要负责为患病员工治疗，还需进行赔偿。而病人医药费和赔偿费的支出，是一笔庞大的开支。

李基愁眉苦脸，医生却指着体检报告上袁建设的名字问他："这个袁建设是你们厂里的？"

李基点了点头。

医生说："这个名字我有些印象，半年前我为一个石材厂做员工体检时，好像也有一个叫袁建设的，肺里有阴影，我们要求他来复查一下，他一直没来……"

听到这里，李基的心突地一跳，他醒过神来，赶紧问："你说袁建设半年前就查出肺有问题？那时的体检报告呢？你给我瞧瞧。”

医生说：“体检报告我们都是交给厂里的老板的，他们带走了。”

“你们做体检总该有存底吧，求求你，你帮我查查。”李基心里清楚，要是有证据证明，袁建设半年前就患上了硅肺病，他就不需要付赔偿费。他对医生又是递烟又是说好话，终于，医生架不住他百般恳求，同意去查查过去的记录了。

这一查，却查出了四张有关袁建设的体检记录，名字是一个人的，但所属的厂家却不一样。体检的时间不一，最早的，是两年前，最迟的，是半年前的。四份记录都显示，袁建设两个肺都有阴影。

四份不同厂家的体检记录，正好与袁建设频繁换厂的经历吻合。这些过去的记录，可以证明袁建设的肺早就有问题，要赔偿，也不该由自己来承担。

医生却兜头给他泼了一瓢冷水：“这只是拍片记录，哪一次他都没来复查，我们从来没有确诊他患有硅肺病。如果现在确诊他在你的厂里患有硅肺病，当然就得由你这个当老板的负责了。”

医生的话让李基的心情灰暗了下来，李基思考着，总算明白了，为什么袁建设在每个石材厂都只能干上半年就被人开除，而且自己去那些厂子询问时，那些老板都对辞退袁建设的原因讳莫如深。其实，那些老板就是看了袁建设的体检报告，担心他患的是硅肺病，自己要负责任，所以，他们将体检报告瞒下了，找个理由将袁建设给开了。开了袁建设，大不了按照合约规定，多付袁建设三个月工资作为失业补偿，这与巨额的治疗费和赔偿费相比，不过九牛一毛啊！

前面四位石材厂老板已经为李基做出了榜样，那么，自己能不能学习他们的做法，也随便找个理由将袁建设给辞退呢？

民工的肺有感情

李基思索了一夜，第二天早晨，他将袁建设请进了办公室，将那张体检报告单掏出来，递了过去。

袁建设接过报告单看了看，似乎还有些没看明白，问:“你给我这个，是什么意思?”

李基说：“这是你的体检报告，你的肺上有阴影，医生怀疑，你可能患上了硅肺病。”

李基字斟句酌，将这个不幸的消息告诉他，但袁建设没露出丝毫紧张，倒是镇定自若：“我知道。我是想问你，你将这个报告给我，是想……”

“我想让你去复查。有了病，咱好抓紧时间治。”

袁建设惊讶了:“你是说，让我治病?你没打算开除我?”

这一下轮到李基惊讶了:“我凭什么开除你?你是我们厂最好的员工，我凭啥开除你?”接着他低下头，叹了一口气，“老实说，我不是一点都没这么想过。如果你确诊患了硅肺病，恐怕我这办厂半年赚的钱，不够赔偿你的。但人总要讲良心，你这病是因为切割石头这份工作造成的，我能昧着良心不顾你的死活?我做不出那样的事情。”

袁建设听着眼眶红了，他低下头深深吸了一口气，然后抓起那份体检报告，三把两把撕了个粉碎：“复查个鸟!李老板，我死不了，放心吧，我这就去帮你裁石头去。”

山里人就什么都不懂吗?李基赶紧伸手拦住了他，向他解释，什么是硅肺病，掉以轻心不得。

袁建设却说：“李老板，我一个当裁石工的，哪能不懂硅肺病呢?

身体是我自己的，我当然比谁都当心。实话实说吧，在你带我们去体检的前一天，我不是请了一天假吗？其实是去邻县的医院拍片去了。”袁建设说着话，打开工作包，从里面抽出一张片子和一份报告单，交给李基，李基看时，片子上的肺清清爽爽啥阴影也没有，报告单上写着“正常”两个字。

这就怪了，相隔一天，两个医院作出的体检报告，怎么截然不同呢？见李基满脸疑惑，袁建设这才难为情地开了口：“李老板，我骗了你。你带我去体检时，拍出的片子是假的。不瞒你说，不仅这一次，前面我已经拍了几次假片子了。”他重新坐下来，缓缓讲了起来。

两年前，袁建设在第一家石材厂打工，参加了第一次体检。体检的第二天，老板就通知他，他被辞退了。袁建设是个聪明人，想到这或许和体检有关。于是他偷偷拿到体检表，发现自己的肺果然有问题。

袁建设顿时明白了，老板为了逃避昂贵的医药费和赔偿费，情愿开除他，多付他三个月的工资。袁建设咽不下这口气，他要维护自己的合法权益。于是，他去更权威的医院拍片、检查，确诊病情。结果在省城医院检查之后，他的肺什么毛病也没有。他愣住了，把检查的体检表给医生看，医生看了半天，问：“你在县医院拍片时，身上有什么东西没除下吗？”

医生这一问，袁建设恍然大悟。体检那天，他戴着一块玉佩，那块玉佩是朋友在他生日时送的，玉佩的造型独特，左右两边各有一块圆形的石头吊坠。原来是这样，袁建设舒了一口气。之后，他动起了这方面的心思，做了两个圆形铁片，每次体检都用上，由此他连续在几个石材厂多拿了三个月的工资。

说到这里，袁建设长长地叹了一口气：“要不是老板心黑，我也骗不了那些钱。像你这样，我就骗不了。起先，我每骗一次还有点成就感，但越往后，我的心越冷，我们打工的，实心实意地为老板卖命，老板怎么都这么个德性？好在我总算碰到你了。李老板，你是唯一一个没将我一脚蹬了的老板，说愿意为我的病负责。就冲你今天这个做法，就是暖了我的心的好老板，今后我就死心塌地跟你干了，上刀山下火海，我保证不眨一下眼睛。而且，我保证，还能帮你招一大批愿意死心塌地为你卖命的本地民工，你信不信？”

“你能帮我招一大批本地民工？怎么招？”

袁建设俏皮地眨了眨眼睛：“实话跟你说，我这骗黑心老板钱的高招已经传给好些乡亲了，昨天不是每个厂的工人都体检了吗？不用说，今天好些乡亲都会被他们的老板以各种各样的理由开除。做人不就讲个心换心吗？我们当民工的是看重钱，但更看重那份人情，有你这么好的老板，我们不跟你跟谁？”

袁建设说得没错，当天就有好些本地民工到他的厂里来报到了。一年之后，李基的石材厂，成了秃龙山人气最旺效益最好的工厂。那五家工厂的老板都弄不明白一件事，大家都是本地人，怎么斗不过一个外地人呢？而且那些肺上有问题、被他们开除出来的民工，怎么到了李基的工厂就不犯病，还那么有力气干活呢？也许他们至死也不明白，民工的肺是善变的，懂感情。

（方冠晴）

（题图：张恩卫）

无泪的天空

这儿的天空一片静寂，没有泪，只有回忆……

有个男孩，名叫金宝，自小就没有了爹妈，靠吃村里的百家饭长大。十七岁那年，他随人家到乌通河畔的一个金点，在工地上专门负责给大伙儿挑水送饭，打工挣钱。每天天不亮他就要起床，晚上得等最后一批民工下了工吃了饭，他的活才算完。金宝个子小，老板说干这个算是照顾他了。

这天，天已经完全黑了，金宝拖着疲惫的身子回到工棚，刚想往铺上躺一会儿，突然，一个从河南来的打工仔惊叫起来："谁动了我的包？我的包被人翻过了！"

这一喊，其他人就纷纷看自己的包，发觉也被人翻过了。虽说东西没发现少什么，可工棚里的气氛顿时就紧张起来，大伙儿你看我，我看你，最后不约而同把目光盯在了金宝身上：大伙儿白天一起干活，晚上一起睡觉，谁也没有耍过单帮，能有机会单独出入工棚的只有两个人，一个是给大家做饭的老翟头，一个就是金宝了。老翟头又瘸又拐，笨笨拙拙的没那本事，剩下的不是金宝还会是谁呢？

打工仔们顿时一个个变得凶神恶煞起来，挥舞着拳头要揍扁金宝。金宝又惊又怕，其实他什么也不知道呀，可一肚子委屈没法当面申辩，吓得只好躲到老翟头那里。

老翟头看又黑又瘦的金宝就像一只受了惊吓的小兔缩在墙角旮旯里，不由叹了口气："唉，欺负一个孤苦伶仃的孩子，真是作孽呀！"他对金宝说："孩子，凑合着熬吧，熬到乌通河结冰了，咱们就都回家了。"

老翟头不提"家"字还好，一提这个"家"，金宝原本就在眼眶里打转转的泪水"哗"的一下就下来了，他从小就没爹没妈，哪里还有家啊！老翟头心里一酸，一把把金宝揽在了怀里。

老翟头留金宝住在自己这儿。可是住了不到一个星期，这天，那个河南仔又大叫大嚷起来，说他的手表早晨上工前忘在了铺上，下工回来后就不见了，翻遍了铺上铺下角角落落，就是没找到。

河南仔咬定是金宝干的，骂骂咧咧一阵摔打之后，就气咻咻地去报告老板。

老翟头的心一下子提了起来：金宝年龄太小，涉世未深，哪对付得了老板这号心狠手辣的人？老板整天牵着一条凶猛的藏獒，在金点周围转来转去，上次有个民工的孩子拿了一点沙金回来玩儿，正巧被老板撞见了，这民工被老板打得死去活来不说，第二天就被喝令卷铺盖走人。

老翟头赶紧想提醒金宝几句，可不知为什么，突然觉得金宝有意无意地老在躲他的眼光，甚至连神情也有些慌张。老翟头心里不由起了疑：莫非这孩子真干下了那号事？

当晚，活儿干完之后，老翟头拉过金宝试探着问了一句："孩子，有难处跟大伯说说？"

金宝眼圈红红的，可是什么也没说，老翟头不由深深叹了口气。

第二天一大早，天刚蒙蒙亮。老翟头猛然惊醒过来，发现金宝不见了，走出伙房一看，金宝一个人正悄悄蹲在伙房后面的沙地上，入神地看啥东西。

此时已是深秋时节，清晨的草本山石都挂上了厚厚一层霜，金宝衣衫单薄，身子冻得有点瑟瑟发抖，但老翟头看到他脸上分明挂着平时少有的笑容。

老翟头脑子里一个激灵：他是在藏偷来的手表？不行，我不能眼看着这孩子毁了。"金宝——"他冲着金宝的背影轻轻喊了一声，他不想把事情闹大，只要金宝认个错，他愿意出面替金宝去向那个河南仔说情。

可谁知金宝的动作比他的声音还快，转手把东西揣进了怀里，站起来就走，老翟头傻眼了。

一整天，老翟头没见金宝的影子，他心里七上八下地寻思着，总觉得要出事儿。果然，傍晚收工的时候，工棚那头突然传来金宝惊恐凄厉的哭喊声："救命啊，救命啊！"

老翟头慌忙奔过去一看，只见金宝身上满是泥沙，原本破旧的衣裤上又多了一条条新撕裂的口子，破衣片被山风一吹，露出了身上一道道血痕，老板的那条藏獒正伸着长长的舌头，"哈哈"地喘息着，围着金宝嗅来嗅去，似乎在寻找新的下口地方，金宝吓得抖成一团，哀哀哭泣着，一动也不敢动。

这时候，民工们都陆陆续续从工地上回来了，大伙儿一见这情景都愣住了，那个河南仔惊出一身冷汗，连连懊悔自己干吗不直接找金宝算账而要把事情捅给老板。

这时，只听老板“忽”一声轻喝，那条藏獒“唬”地立起，又向金宝身上扑去，金宝吓得脸色惨白，哇哇大叫。

老翟头再也看不下去了，一瘸一拐地分开众人走进圈内，老板朝他眼一瞪：“这儿没你的事，你给我滚一边去！”

老翟头壮起胆子说：“老板，求求你放了他吧，他还是个孩子啊！”

老板根本不理睬老翟头，恼怒地一抡胳膊朝藏獒高吼了一声，那畜生便再一次朝金宝身上扑去，鲜红的舌头舔着金宝的脸。

金宝惨烈而又绝望地哭喊着：“我没偷啊，真的不是我偷的啊……”突然，他一个趔趄，身子重重地倒在脚下一块三棱尖石上，锋利的石尖深深地扎进了他的后脑，他的哭叫声戛然而止，殷红的鲜血从他的脖子下流出，淌进他身旁的水洼，他大张着嘴，两只眼睛惊讶而又痛苦地望着天空。

空中，一群南归的大雁正飞过，发出阵阵哀鸣……

金点这地方天高皇帝远，谁也管不着，死个民工就像死只小猫小狗，所以老板一看出了人命掉头就走，那些民工们自顾不暇，也跟着四散开去。

老翟头摇摇头，叹口气：“唉，这可怜的孩子！”他走过去，轻轻为金宝合上眼睛。

在整理衣服时，老翟头发现金宝上衣口袋里有一张照片，翻过来一看，呆住了：这是老翟头自己的一张“全家福”，他和老婆中间，是儿子的笑脸。他突然想起来了，金宝当初看到这张照片的时候，就红着眼睛指着照片上他儿子说:“唉，这要是我该多好！”老翟头这才恍然大悟：他一早蹲在那儿，就是在看这张照片啊！这孩子，打小就连父母长得什么样都不知道，他是把照片上的儿子当他自己，想有个爹疼他，有个妈护他呀！

老翟头掩埋了金宝，第二天工钱也没要就离开了工地。

三天之后，一辆警车呼啸着开进了金点。原来是老翟头去报的案，他一直怀疑工棚里偷鸡摸狗的事儿是老板自己干的，只是苦于拿不到证据，怕弄不好还要连累自己，所以一直没敢吱声。金宝的死，让他义无反顾地走进了公安局的大门。

经过调查，事情果然如老翟头所料，金点老板每隔几天就要到工棚里去搜查一番，一来防民工们偷沙金，二来也顺手牵羊把他看得上眼的东西拿走。河南仔的手表其实就是老板自己拿的，金宝成了他的垫背。

事情真相大白，金点老板被押上了警车！

那个丢表的河南仔在金宝的坟前痛悔不已，民工们都深深低下了头，可是这一切都已经成为过去，金宝将永远长眠在这里。

金点上空一片静寂，留给大家的只是一个沉痛的回忆……

（张晓峰）

（题图：安玉民）

今晚的月亮哭了

重案犯在凌晨越狱潜逃

雷明从部队转业后就回到了家乡沈阳，那年是二十五岁，回来半年后，就被分配到监狱工作。分配那天，他对民政局人事处的处长说："其实，我挺不喜欢这个职业的，倒是想去公安局当刑警或者特警……" 可是，几经周旋也未能如愿，雷明只好安下心来当狱警了。

这一转眼间，雷明已经在监狱干了三个年头，没有发生过什么大事。正当雷明为这平淡的工作而感到没劲时，监狱里却出了一件惊天动地的大事：犯人解峰在凌晨两点多钟越过四米五高的大墙逃走了，等哨兵发现时，天已亮了，犯人解峰已经逃跑四个多小时了！雷明看了看逃跑时的现场，他说："这小子有种，这么高的大墙，还有三千三高压的电网，这在平时，鸟飞到这儿都会给电击下来，看来这小子不太好抓呀！”监狱长当即开了现场会，他说：“这解峰正像雷明说的，不是一般的人，他身高一米八，体格健壮，性情凶暴，内蒙人，又在内蒙的草原上长大，性格生冷、残暴；还有最重要的一点，你们要记住，解峰虽然犯的只是个小案子，判了三年，不值得跑，可我昨天才收到市局的通知，解峰在赤峰有个命案，这次他能在市局来通知之前仓皇逃跑，肯定是有人给他通风报信，他知道命案犯了，于是就在事发之前逃走。他现在已经是亡命之徒，这就增加了我们抓捕的难度，我们的对手可不简单，所以大家在抓捕时务必小心！”

随后，监狱长布置了抓捕任务：解峰的家是内蒙的，而且在沈阳、大连等好多地方都有亲属和落脚点，这样就使抓捕任务繁重而艰难。抓捕的人员兵分五路，其中一路就是雷明和狱侦科的赵启亮，他俩到解峰的老家内蒙去蹲坑。其实，这一路的工作并不太重要，只是防止万一解峰潜回老家内蒙，从常理上分析，解峰不大可能回到内蒙，因为以往犯人潜逃，大都会回家，所以警方把那里看作是重点，解峰是个聪明人，他不大可能回到内蒙去。

这回雷明一再请求到犯人最有可能出现的地方去，可是监狱长却说：“你还需要锻炼，你经验不足，很有可能出事，所以你也别争着去了，机会多着呢！这回你就先跟着老干警学学吧！”雷明无可奈何，只好和赵启亮驱车赶到沈阳的桃仙机场，坐上飞机赶往内蒙解峰的老家。

雷明和赵启亮赶到那里时，天已经黑了，在当地公安机关的配合下，趁着天黑摸上了山，他们就在离解峰家三百米的一个凹地蹲上了坑。他们不停地用望远镜注视着这个很不起眼的房子，一夜过去了，天空泛出鱼肚白，两人几乎快被蚊子吸干血了，尽管他们不停拍打着，可是由于怕暴露，不敢有太大的动静；再加上蹲坑的地方是个凹地，四周全是蒿草，正是蚊子的孳生地，可这是个最佳的监视处，他们只能蹲在这儿守候，用望远镜监视着那所小房子。

这次抓捕解峰，雷明和赵启亮都知道事关重大，因为解峰身负积案，而且是命案，所以，两人都不敢掉以轻心，全都一夜没敢合眼，他们不知道什么时候撤回去，只有等通知。

几天过去了，解峰没露面，这样雷明和赵启亮心头那根绷紧的弦就慢慢有点松弛了，不是吗，内蒙这个点本来就是以防万一的，不是重点，再说蹲了这么几天，龟孙子连个影都不见！

雷明叹了口气，说："解峰这孙子说不定跑到哪儿眯着去了，说不定这时正喝着小酒就着小菜，过着美滋滋的日子呢！"

赵启亮说："雷子，解峰这小子是惊弓之鸟，他能有心思喝得下酒？说不定这小子比咱们还惨呢！"

就在他俩小声地说着话时，一个黑影已经接近了那个小房子，两个人谁也没注意。黑影渐渐接近，就在离那小房子只有几步时，赵启亮不经意地往那边瞟了一眼，这一眼把赵启亮吓了一脑门子的汗。他小声喊道："不好，有情况！"

雷明也吓得心惊肉跳的，不知怎的，手脚一慌，"哗啦"，把坑边一块不大不小的石头弄得滚了下来，两个人一下子紧张起来，全都趴在凹地的边上往小房子那边看。这时，那个黑影好像是听到了什么动静，转身走掉了。由于天色太黑，他们没有看清楚黑影的面孔。

赵启亮唉声叹气地说："太可惜了，要真的是解峰潜回来，我们就失去了一次机会，也许再也没有下次了，这后果可真不堪设想。"

这时，雷明也意识到情况的不妙，他说："老赵，凭你的经验，如果这人是解峰，他还会不会回来？”

“这个不太好说，一般来讲逃犯是绝对不会回家的，除非迫不得已；再说，如果这黑影真的是解峰，他没有进家门，转身走了，那就是发现了什么情况，如果是这样，那他绝对是不会再回来的，就怕有别的情况，这小子滑着呢！”

自从出了这事后，两个人再也没敢分散过注意力，就是说话时眼睛也没离开过小房子，可是他们万万没想到的是，一个更要命的问题出现了……

在餐风宿露的日子里

雷明和赵启亮蹲坑蹲得火烧火燎，就在这个节骨眼上，赵启亮的身体却有点抗不住了，时有高烧，有时候还出现打摆子。雷明知道，赵启亮近年来身体一直不太好，再说，自从到这里蹲坑后，吃的睡的没法说了，又是没日没夜地趴在坑里餐风宿露，太累了。

按照事先的约定，没有重要的事不能往回打电话，同时为了节省经费，不到万不得已中途不能换人，可是雷明看到赵启亮这个样子，心里就不是个滋味……

其实，雷明早就零零星星地听说赵启亮和他妻子叶艳的事了。在结婚的头几年里，叶艳倒还支持赵启亮没日没夜地干这项丝毫没有生活规律的工作，那时，他每天还能吃上口热乎乎的饭菜，可到了后来，孩子大了，生活也就忙乱起来，赵启亮根本就没时间照顾孩子和家，起初叶艳只是埋怨几句，可时间长了，她就开始和赵启亮不停地吵架。赵启亮也自知理亏，不管多累，多晚，回家后就把所有的家务做完，他这样做，求的是妻子的谅解，也就在这个时候，叶艳下岗了，心情不好，被旁人一教唆，就学会了打麻将，每天早早地出门，直到深更半夜才回来，有时一打就是通宵。赵启亮一天累到晚，回家给孩子做完饭就累得不想吃了，躺到床上就睡着，第二天一早还得给孩子做饭，送孩子上学，自己哪顾得上吃早饭？就这样，身体越来越差了……

雷明想到这儿，再也忍受不了，那天夜里，他从凹地爬出来后直奔旗里，给监狱打电话，可是那边接电话的人说："解峰还没有抓回来，你们要克服困难，继续监视。"还没等雷明说出赵启亮病了的事，对方就挂了电话。雷明放下电话，身子一下子凉了半截，他沮丧地又潜回了凹地。

几天来，赵启亮的身体好像越来越不好，脸色白得吓人。雷明说："老赵，这样吧，我在这里守着，我这儿还有三天的吃喝，你就到旗里拿点药，顺便做个检查，三天后你再回来。"

"兄弟，那可不行，你一个人盯着太累了，再说，这段时间你也没休息好。"

"老赵，我年轻，身体好，当了这些年的兵，抗洪那阵子我一个星期没合一眼也不是挺过来了吗？这三天两天的小菜一碟。"

这时，赵启亮眼前一黑，又是一阵晕，他想，真的要是倒下了，不仅拖累了雷明，还耽误了任务，他无奈地点了点头，说："好吧，我去检查一下，拿些药，没事就回来。"

这天夜里，赵启亮下山了，到了旗里，他先给家里打了个电话，电话的那边传来妻子沙哑的声音，赵启亮猜想她一定又是通宵达旦地打了麻将刚回来，不觉伤感地说："艳子，你和孩子还好吗？"叶艳迟疑了片刻，说："你还想着我们娘儿俩呀？"赵启亮说："这不是工作忙吗？这次回来后我一定好好地陪陪你们……”

赵启亮有些哽咽，可是叶艳却没领情，生冷地说：“我不指望你这个伟大的人民警察来陪我们娘儿俩，也不想和你废话！”赵启亮张嘴还想再说些什么，那边已经挂了电话，他的眼泪流了出来，手里举着电话呆了好久。

赵启亮在旗里的这两天，雷明没看到那个黑影再在小房子的附近出现过。这天半夜两点，他真的有点坚持不住了，可是，解峰没抓住，没准这小子就会杀回来，虽然这种可能性很小，他还是不敢大意，直到天亮，雷明才稍稍放松下来，睡了几分钟。

雷明在凹地守到了第三天的夜里，赵启亮还是没来，吃的和喝的早就没了，真可谓弹尽粮绝，他想，是老赵出事了？按常理是不大可能的，他当狱侦科长七八年了，能出什么事？难道是他病在什么地方了？雷明正这样胡思乱想着，突然听到了细碎的草叶声，他激灵一下提起了精神，这时才看清是赵启亮拎着一包东西蹑手蹑脚地走了过来，雷明乐坏了，说：“你孙子干什么去了？差点没饿死我！”他说着就上前一把抓起吃的东西，狼吞虎咽地吞了起来。

赵启亮不好意思地说：“兄弟，受苦了……”雷明边吃边支吾着说：“没事，没事。”

赵启亮又满不在乎地说：“妈的，屁事儿没有，只是一般的发烧，我这老破车也没几年拉头了，本来就破，再这么一折腾难免有点小毛病。”这时，雷明被窝窝头咽住了，他伸了伸脖子问：“医生怎么说？”

“就是他妈的缺酒了！”赵启亮压低嗓音“嘿嘿”地笑着说，听他这么说，雷明也乐了，不过，他一会儿又说：“老赵，看你脸色不好，你下山找个地儿眯两天，好好养养，别客气，咱哥们谁跟谁呀，我再呆几天。”

赵启亮连连摇头："现在是关键时刻，我们谁也不能下山了，千万别出什么意外。"就这样，两个人又守了两天，谁知这时却出现了一个致命的问题……

出现了一个神秘的女人

这时，粮食和水都不够用了，雷明说："老赵，我看解峰这孙子是不会再来了，不如我们两个轮换着监视，等到夜深的时候，我摸到旗里找个小饭店找点东西吃。要不这样撑下去，我俩非得渴死、饿死，我倒好说，没家没业，没儿没崽的，你可就不同了，你还有嫂子、孩子。"

赵启亮想了想，说："我看行，解峰这孙子看来是不会露面了，即使露面，也不会马上就来的。"

于是，雷明在夜很深的时候偷偷下了山，他不敢明目张胆地去小饭店找吃的，他要找个僻静的地方，而且还要别人不知道。好在冬天天黑得早，路上的行人也早早地回家睡觉了，可很晚了，他还没找到一个安全的地方买吃的，但是他又不能不找，因为地坑里的赵启亮已经一天一宿没吃东西了，雷明也是，饿得实在不行，眼睛都有点发花了，所以他必须找！

一直到晚上十点半的时候，雷明才找到一个很不起眼的小饭店，小饭店没有什么标志，如果不细看，还真的以为是个平常的百姓住家，雷明想，这里是最安全的了。他轻轻地敲着已经上了栏板的小饭店，他不敢弄出太大的动静，敲了十多分钟，里面才响起了一个男人的声音："谁呀？这么晚了还来敲门，真是烦死了！"

那男人并没马上开门，又急着问门外："干什么？"雷明小声地说："饿了，请你给做点东西吃。”

那男人一听做东西就烦了，说：“做不了，要吃明天早上来吧，又不是死了人买棺材，深更半夜的敲什么门？”

雷明一听这个气呀，心想，你这小子，这要是在平时我非打烂你的舌头不可！可是这个时候他只好忍气吞声，又连连说着软话，那男人本来已经往屋里走了，听雷明说了不少的好话，便又折了回来，气哼哼地把门打开。

开门的是个长得黑里巴几的矮个子男人，他一看雷明是个陌生人，又是个彪形壮汉，一愣，再想关门，雷明却已经敏捷地闪进了院子，因为他怕外面有人看见，他知道在这种时候应该尽量避免接触更多的人。

雷明走进了小饭店，站定后朝四处看了看，并没有发现什么可疑的地方，便说：“老板，你给做一大碗汤，再做些……”还没等雷明说完，老板就生硬地说：“做不了，只有几个剩馒头，不愿意吃就走人。”

雷明想到此时此刻拖着病躯正在地坑里吃苦的赵启亮，心头酸酸的，说：“老板，求求你，我这做买卖的也不易，起早贪黑的，好几天没正经吃点东西了，整天凉水就面包，真有点吃不消了，你就给做点热的吧！”

老板看了雷明一眼，说：“说不行就不行，今天你就是说出天花来我也不做！”雷明还要说什么，老板挥了一下手说：“你这人怎么这样？给你开了门还得寸进尺的！”雷明见老板真的不给做，只好要了几个又冷又硬的馒头。

就在老板进厨房拿馒头时，雷明透过店堂的小窗子不经意地一瞟，看到厨房也有一个小窗子，而就在这时，雷明突然发现那小窗子的后面隐隐约约有一双眼睛在盯着他，透过窗户的空格子，可以看见那个人是长头发，是个女人。雷明顿时惊出了一身冷汗，他想，这么晚了，就是老板的妻子也该睡了，就是不睡也没有必要躲在厨房里鬼鬼祟祟地盯着他看。看来这个女人和老板一定是有什么事，或许正在商议着什么，他这个陌生人的突然到来，使她不安起来，于是才躲在暗处。

职业的敏感，使雷明突然冒出了一个念头：她会不会是解峰的家属，或是有什么关系的人？她来和老板商议关于解峰的什么事？如果是这样，那解峰一定是潜回来了！

雷明正这么想着，老板拎了一袋馒头走了出来，雷明想拖延时间，探明这个女人到底是谁，于是他一下蹲到地上，手捂着肚子"哎哟""哎哟"地叫了起来，老板见了，不冷不热地问道："怎么了？"雷明说："大哥，胃病犯了，你能不能给倒点热水，最好能找几片药，我实在是挺不住了。"

老板一脸的不高兴："你这个人真是麻烦，只有热水，没有药。"老板显然也是防着雷明，不能让雷明单独待着，所以他不愿意回到后院去找药。

雷明喝了一口热水，说："大哥真是好人，嫂子也贤惠。"老板不悦地说道："贤惠？谁来给我贤惠？"雷明奇怪地问："怎么？大哥还没娶老婆吗？"老板说："娶了，她嫌这里太苦了，跟一个做买卖的跑了，所以我讨厌你们这些外地来做买卖的人。"

雷明装作不在意的样子，随口说道："我还以为厨房里的那个女人是你的老婆呢！"

老板一听，怪样地笑了笑，说："什么老婆，那是个……"说到这里，老板一下打住了，他已经意识到话说多了，于是立刻板起脸来，让雷明马上离开。

雷明被老板连推带搡地赶出了门，他拎着一袋冷冰冰、硬邦邦的馒头，一路上苦苦地想着老板说的话："什么老婆，那是个……" 老板想说的是什么呢？"那是个邻居"、"那是个朋友"、"那是个相好的……" 雷明揣度着，但总觉得老板想说的不是这些意思……

雷明从小店出来，他怕有人跟踪，就没有直接上山，而是绕了几个圈，见没人跟着，这才小心地往山上摸去。他想尽快赶到赵启亮那里，可是刚走到半山腰的时候，忽然听到不远处有人挪动脚步的声音，而且那声音是从赵启亮那边传过来的，雷明意识到不好，立刻以最快的速度往赵启亮那边赶，可是没等他到那地坑，就听见"啊" 地传来一声惊叫……

阴云笼罩着两个人的哨位

一声惊叫过后，一片死寂，雷明脑门渗出了密密的一层汗。他蹲在那里一动不敢动，揪着心听着动静，可是过了一分钟、两分钟……十分钟过去还是没动静，于是他不得不伏在地上，蛇一样地蠕动着，匍匐着往前爬。他怕弄出声音来，短短的几十米，愣是爬了四十多分钟！可是当他爬到凹地一看，差点没晕过去：啥都没有，平安无事，这声音竟是赵启亮莫名其妙发出来的，这一下雷明就有点猴急了："老赵，你刚才叫什么？你知不知道后果？"

赵启亮的脸 "刷" 的一下红了，他喃喃地说："妈的，睡着了，做了个梦，梦见你嫂子用刀来攻我……"

雷明听赵启亮这么说，后悔自己太冲动，不问青红皂白就责怪，心里不由一阵内疚，他拎着那袋馒头走到赵启亮的面前，说："老赵，你将就着吃点吧，实在是弄不到好东西！"

赵启亮笑了："有东西填肚子，这已经很不错了。"赵启亮说着，拿起有点变了味的馒头啃了一口，艰难地吞咽着，他感到嗓子火烧火燎的痛，眼泪都憋了出来。他背过身把眼泪擦了去，带着笑说："看来还是老了，这要是在前几年，就是块石头也能把它吞下去！"

雷明说："这都是监狱给我们的磨难，生活没规律，铁人也得废了，有些人还对我们警察说三道四的，要是让他们干上三天一准都跑光了！"听雷明这么一说，赵启亮想起了家，尽管妻子那个样，可是自己还能有口热水喝；他也想到了孩子，不知道现在孩子怎么样了，自从妻子叶艳下岗迷上麻将，她连饭都很少做，孩子也是冷吃冷喝的。

就在这时，两个人几乎是在同时发现了一个黑影，也许就是前几天的那个，可又不太像，这个人没有像那天的黑影畏畏缩缩的，而是明目张胆地走进了小房子。雷明说："像是解峰！"赵启亮说："看体形挺像，也许是鱼上钩了，我们快点冲下去！"说着，他们从山上连滚带爬地下来，可是快到小房子时，那个黑影却从小房子里冲了出来，速度之快让他们猝不及防，他俩愣了一下就追了下去。

这里的路他们本来就不熟悉，而且路面又不平，这儿一个坑，那儿一个包的，这让五十多岁的赵启亮有点吃不住劲，再加上这几天发烧，身体虚得厉害，可是他不能眼见着逃犯逃掉呀！雷明虽然跑得快，可是太年轻了，这种事遇见得少，没有经验，他怕雷明吃了解峰的亏，所以紧追不放。追了几百米后，赵启亮就觉得眼前一花，一阵眩晕，一下掉进了路边的泄水沟里。他顿时感到腿上一阵钻心的疼痛，意识到不好，有可能是腿摔断了，他试着站了一下，可是没能站起来，却一屁股坐到了地上。

这时赵启亮并没有考虑自己，而是担心正在追解峰的雷明吃亏，他猛然想到:解峰为什么总是跑大路?按理，这里是他的家，他应该熟悉，走小路不是更容易逃脱吗?莫非……想到这里，他猛地朝前面雷明追赶的方向喊了起来:“雷子，快点回来……”

一会儿，雷明气喘吁吁地跑了回来，他看到赵启亮坐在路边一个棚子里,龇牙咧嘴的,显得十分痛苦,就问:“怎么了,老赵?”赵启亮说:“可能是腿折了，你先别管我，你快点回去，那人可能不是解峰，我们有可能上当了。”

雷明听了愣了一下，二话没说，拔腿就往回跑。就在雷明马上要赶到山上时，突然，“嗖——”小房子附近又有一个黑影以极快的速度逃窜了，雷明正要去追，却见赵启亮拄着一棍木棍一拐一拐地走了过来，于是就迎了过去，说:“老赵，我去追……”

赵启亮说:“算了，别追了，看来这个人才是解峰，他早有准备，根本追不上;再说，这段时间太短，他还来不及做什么，看来他的目的还没达到，只要守住这儿就行。”雷明这时一下想了起来，刚才先看见的进小房子的人，特别像那个饭店的老板，莫非他是用调虎离山之计，把赵启亮和雷明引开，然后，解峰趁虚而入，看来这里一定有什么解峰急需得到的东西……

经这一折腾，赵启亮的腿是一点也不能动了，腿肿得老粗，轻轻碰一下，都会感到钻心的痛，可是在这个节骨眼上，雷明又不能送他下山。他们只好就这样干挺着，雷明心痛呀，可是一点办法也没有……

这已经是蹲坑的第19天了，赵启亮的腿开始没知觉了，而且创伤面已经大面积地化脓，而用来联络的手机早被前几天的一场雨水浸透而无法使用，雷明又不能走出地坑，因为一旦有情况，比方说解峰要是杀了回来，赵启亮无法行动，面对解峰，那后果是无法想象的，所以雷明此时只有干着急的份。

这时粮食和水也不多了，两人尽量减少食量，他们不知道什么时候才能撤回去，也无法和当地公安部门联系，因为事先约定，如果有什么情况该由雷明他们打电话，可现在雷明的手机浸水后坏了，他们打不出去，别人也打不进来。

这些天，雷明除了白天能休息一下，晚上就没时间打瞌睡了，因为赵启亮伴着化脓、感染开始发高烧了，时而还出现晕迷的状况；更要命的是在前天，雷明发现有一个人总在夜里出现，而且总是在黑暗的地方一闪而过，看不清面孔，是旗里的小偷，还是解峰，无法断定，这使他不得不更加小心。

就在这天的夜里，雷明太疲劳了，到了下半夜，他一下就睡着了，也许是一个小时，也许是几分钟，他醒来时直拍自己的脑袋，埋怨自个儿怎么睡着了。他察看了小房子的四周，没什么动静，可他还是担心，万一解峰就在他睡觉的时候过来后又走了，那可就坏事了！

一旁的赵启亮没有表情地躺着，好像是太疲劳的样子，在熟睡着。雷明把自己的皮大衣裹在赵启亮的身上，希望能多给他一点温暖，能坚持到最后一刻。

一连又过了几天，赵启亮那条腿的皮肤开始变暗了，他心里明白，这是骨头开始坏死了，他也意识到如此下去会是一个什么结果，可他没有放弃监视。雷明看着赵启亮那渗着脓水和血水的腿哭了，他抹着泪，把赵启亮身上的大衣又裹了裹，抬头看看月亮，今晚的月亮很圆，长出了许多毛边，静静地、忧郁地亮着。

就在雷明希望早日结束监视的时候，他怎么也没想到又出现了意外之变……

阴差阳错的撤点命令

雷明守着赵启亮又监视了几天，可是仍然没有撤点的通知，而且，即使有撤点的通知，手机坏了，监狱那边也无法打通电话。雷明多少次想自个儿撤了，不守了，背着老赵下山、回去，可是铁的纪律和一个警察的责任感不容他做出这样不理智的决定。

可是，雷明和赵启亮怎么也不会想到，其实就在他们守到第 20 天的时候，因为超过了抓捕时间，监狱按照规定，报请省厅撤点，省厅同意了，同时向全国下了通缉令，这样，雷明和赵启亮他们的任务其实也算完成了。

当天，省厅和局里下令，让这次撤点回来的人员提前休假疗养，当时所有的人都拖着疲惫的身体回家休息了，到下午时只剩下监狱长、小车司机和门卫几个人。直到这时，监狱长才发现内蒙的点还没撤下来，他急忙打雷明的手机，可是无法联系上，这时，省厅来电话，让监狱长去汇报这次的工作，他忙着走，就把这个任务交给了行政科，让他们通知当地的分局让雷明和赵启亮撤点，可是，谁也没想到，行政科的老张当时打了电话到内蒙当地分局，可偏巧没人接，那天正是星期六，他就想等星期一再打，没想到这事也赶得巧，老张回家休息的第二天，女儿让车给撞了，一忙活把这事给忘得一干二净，世上的事就怕这样，几个巧“赶”在一块儿，这事就砸了！

其实，内蒙当地的公安局也惦记着这个事，当时为了减小赵启亮和雷明暴露的可能，当地警方把他俩安排完就撤了回去，临走前他们约定，一旦需要帮助、支援，雷明就打电话联系，可是过了这么多天也没见雷明他们打电话来，便以为一切顺利；当地公安局也曾经打电话给雷明他们，可是打不通，估计雷明他们怕暴露目标，关机了，哪想到雷明的手机已经坏了！直到二十天过后，内蒙的警方想想还是不放心，就打电话到监狱询问情况，那天接电话的恰好是个值班的，他说："我们早撤点了，我们没有通知你们吗？"内蒙那边的人说："我们一点也不知道，那你们的两个兄弟也撤回去了吗？"值班的干警说："那当然了，我想他们此刻正在温泉里享受呢！谢谢你们的关心，欢迎有空来做客。"内蒙那边一听也就放心了。

两天后，监狱长汇报工作回来，发现雷明和赵启亮还没回来，这才想起那天的事，一路追查下去，才知道没有通知他们撤点，监狱长心里直嘀咕：你们这两个家伙脑子进水啦？打个电话来问一下也行呀！可是他哪里知道，不是雷明和赵启亮的脑子进水，而是手机进水了，没办法联系；而且，赵启亮的腿已经烂得发出了臭味，雷明根本就下不了山，此时他们已经断粮断水三四天了，他们不得不用身边的草根和雨水来充饥，幸运的是那天赵启亮逮着了一只来寻食的土鼠……

待监狱长确定雷明和赵启亮没撤下来后，他没有立刻打电话到内蒙，他怕声张出去影响不好，这毕竟是一个很严重的事故呀，于是监狱长亲自带队，即刻起程，急如星火地往内蒙赶。

当他们风尘仆仆地到达那个凹地时，已经是两天后的下午了，也就是雷明和赵启亮守候地坑的第28天。监狱长带人冲上山去，奔到地坑时，他们惊呆了：两具身躯，一具横在长满杂草的地坑里，一动不动，身上盖着厚厚的大衣，这是赵启亮；一具趴在坑边，整个身子也是一动不动，但他的两只眼睛还炯炯有神地死死盯着那个小房子，这是雷明……

雷明看到监狱长他们时哭了，半天才嚷出一句："我操你们妈！"说完，他一下就晕了过去。雷明骂这句话时他是明白的，监狱长亲自带队赶到内蒙来，这是出了事故，没别的，肯定是忘记了撤点，以前也发生过这样的事，不然监狱长是不会亲自赶来的。雷明过了一会儿就清醒了过来，他哭着对监狱长说："你们为什么不早一天来，早一天来老赵的腿就少烂去一点肉，你们……" 赵启亮最后几天一直就昏厥着，监狱长他们哪里知道这地坑里的情形哪！

监狱长他们架着雷明，抬着赵启亮，直奔旗里的医院。到了医院，他们怎么也没想到事情的结果会这么严重，医生说："他的腿骨已经坏死，血循环已经不通了，只有截肢，要是早个三五天的或许……" 雷明哭喊着说："不行，绝对不能截肢，他还有老婆孩子要照顾呢！你们想想办法，我求求你们了！" 雷明说着就跪下了，其他干警也都哭了。这时监狱长说："对，绝对不能截肢，不管花多少钱，都要保住他的腿。"

当天，赵启亮就被送到了呼和浩特，在那里诊治的结果是相同的，而且主治医师还说："到哪里都得截肢，而且要快，不然病人的命都保不住；再说，你们也真是的，怎么到这个时候才送来，本来不算个什么事，小小的骨折竟然还要把腿截掉，这是我当医生几十年头一回看到的！"

赵启亮的那条腿，那条为监狱的安宁不知道站了多少天的岗、为抓捕逃犯不知道跑了多少路的腿，几个小时候后扔在了这里——远离家乡的内蒙医院里！

那天晚上的月亮长毛了，月光惨淡惨淡的，朦朦胧胧的，丝丝缕缕的，就好像是滴落的泪水，洒落在赵启亮的脸上……

雷明悲伤地跪在赵启亮的身旁，肩一耸一耸的，哭着说："启亮大哥，你活得太苦了，我的好大哥……" 可是躺着病床上还没醒来的赵启亮却一无所知，甚至还不知道自己已经从山上撤了下来。站在病床旁的监狱长一脸愧色，他怎么也没想到，耽搁了撤点时间会发生这么大的事，他深深地感到了内疚，所以，雷明在骂他时他没做声。

雷明一直陪着赵启亮，直到他出院，可是他们没有完成任务后的快乐，只有心头淌着的泪水……

今晚的月亮哭了

雷明在撤回队里后，经过调养，身体已经复原，只是精神不如以前，赵启亮的事给他的刺激太大了，可令雷明想不到的是，监狱长竟然拒绝为赵启亮向省厅请功，雷明去问他，监狱长说："赵启亮的事是意外，如果报到省厅，省厅也不会批，只能算是事故，反而不利监狱的名誉，而且会端掉当年的安全奖金，还会通报全省批评。"雷明一听，当时就把监狱长的茶杯摔了，说："你不就是想保住自己的位子吗？我告诉你，今天我要不把老赵的事弄明白，我就是你孙子！"雷明从监狱出来就奔了省厅。

事情捅破了天，省厅厅长亲自来处理这件事，他对监狱长说："问题要一分为二地看，赵启亮同志的精神值得我们学习，请功为什么不可以？我看报请个一等功也不为过，在当时这么个情况下，有谁会拿一条腿来和这种名誉交换？我看恐怕没人肯，你肯吗？"省厅厅长问监狱长，监狱长低头不敢吱声。

然而，事情并不那么简单，按照有关规定，解峰没抓到，赵启亮还是没能得到功臣的称号，雷明不甘心，还奔波在省厅和市里之间。这时，赵启亮的妻子叶艳也知道雷明在操心这事，她找到雷明说："雷明，这件事你一定要帮你的赵哥，他这个人太老实，你看，到现在我们住的房子，哪个不比这强，我下岗了，他也不给我找个工作，你看你们单位的家属，最不济事的也到你们监狱的食堂工作了，你看他，我一提他就急，说不要给他丢人现眼。现在可好，弄成这个样子，将来我还不照顾他一辈子？可现在连个功都弄不来……”说完叶艳就哭个不停。

雷明红着眼，抹了抹泪水，说：“嫂子，这事你就别操心了，回家照顾赵哥吧！”叶艳听了，红肿着眼说：“启亮能有你这么一个兄弟，他也没什么可遗憾了。”

一晃过去了一个多月，赵启亮的问题仍然搁着，雷明还是不停地找领导，不停地催问，可是仍然没有出现转机。

也就在这个时候，解峰在丹东被抓捕归案了，警察在审讯时，他摆出了一副死猪不怕开水烫的架势，连续十多天一句话也不说，他知道，这次他是死定了，没人能救他。

直到案子移交到检察院，根据所获的罪证宣判解峰死刑时，他才说出了一切：

解峰在内蒙赤峰的那个命案，原先没有暴露，他把杀人的血衣和工具埋在老家后院的一棵树下，这事没旁人知道，他只是在一次喝醉了酒后和一个叫小刚子的哥们说过。一年后，为了别的一个小案子，解峰又入了狱。有一天，解峰的姐夫来探监，他告诉解峰，小刚子犯事了。解峰知道小刚子没刚性，扛不住，三审两审就会把他解峰杀人的事当作立功的资本招出来，所以他想毁掉那血衣和工具，这样，到时候即使抓住他也口说无凭。解峰不想让家里人和亲友办这事，一是不放心，二是怕连累了他们，没办法，他只得越狱。

讲到这儿，解峰的口气变得沉沉的了，他说：“你们部署得太严密了，你们那么多的点都撤了，为什么在内蒙的点没有撤？我甚至男扮女装，和一个开饭店的亲戚联手做这事，还是没搞到机会。按常理来讲，那个点并不是重点，而且最早应该撤的就是那个点，如果你们给我一次机会，那结果就完全不同了……可惜呀，我每次靠近小屋时都发现你们的点没有撤，将近一个月呀，我没有一次如愿，直到现在我才知道这世界上还有这样的硬汉子……”解峰说完，无可奈何地叹了口气。

当晚，监狱侦缉科五个人开车直奔内蒙解峰的老家。到了那里，他们从解峰所说的那棵树下找到了杀人的血衣和作案的工具，直到这时这些人才冒出一身冷汗：如果蹲坑的赵启亮和雷明稍有疏忽，解峰取到了这些证据后把它们毁掉，那么，我们这一张法网可就捅了个大口子了！

案情终于明了，为赵启亮请功的事也解决了。没多久，市局派人到监狱来宣布：赵启亮荣获二等功，雷明获三等功。

那天，正是八月十五，许多兄弟见赵启亮的事有了着落，都想去看看他。那天他们值完班天已经黑了，大伙儿买了月饼和水果来到了赵启亮的家，雷明敲开门，他们看到赵启亮的女儿赵玲两手全是面，左手托着一块面，她见是雷明，眼泪汪汪的样子，说：“雷叔，你们来了，我正给我爸做月饼……”

雷明问：“怎么不买几个？”

赵玲“哇”的一下哭了，说：“雷叔，我妈和我爸离婚了，她把我和爸爸扔下了，走时把家里的钱全拿走了，而且我爸每天还要吃药，他的那条腿总是发炎。今天过节，我家拿不出一个月饼，我就自己做，雷叔，你看看我做得像不像……”赵玲把手中那块面举到雷明的面前，雷明一下把赵玲搂在怀里，哭了。这时，赵玲倒像是个大人一样说了起来：“雷叔不哭，我爸说，再苦再难也能捱过去……”这时在里屋的赵启亮也听到了雷明的说话声，他在里屋喊道："雷子，进来吧，别在外面说话呀！"雷明和同事们进了里屋，他们看到赵启亮躺在床上，胡子老长，满脸憔悴，雷明这个心痛呀！

大伙儿在赵启亮家待了一会儿，有人说："咱们走吧，让老赵好好休息。"其实是他们实在不忍心再看老赵现在的处境，雷明听了后说："你们先走吧，我再陪陪老赵。"

那些人走后，雷明问："赵哥，嫂子那边就没有一点希望了吗？"赵启亮叹了口气说："她早就想走了，走就走吧，只是苦了孩子。她这一走，我再没了一条腿，这家也不好过呀！"老赵说着流下了泪水。

雷明坐到赵启亮的身边，搂着他的肩膀，望着窗外的月亮说："还有你这个兄弟呢！一切都会好起来的，没有过不去的坎……"

那天晚上的月亮并不十分的明亮，月亮上还蒙着黯淡的云雾，它隐去了往日那明亮的光泽，像是在悲切地哭泣着……

（冰　儿）

（题图：王申生）

每个人的一生都是一段故事，每段故事给你一个启示。

人生·启示篇

renshеng qishipian

良心买卖

这年头工作不好找，张合理中学毕业后就没再念书，他找了一份挺特别的工作——放鸡。

现在的人特别讲究食品质量，同样是鸡蛋，有的摆在地摊上论斤称，有的却贴上标签、在大超市里按个儿卖，两者价钱能差上好几倍，张合理放养的鸡下的鸡蛋就是后一种。他工作的地方叫鸡围山，这是一片还未开发的山区，山明水秀，景色怡人，方圆几百里，大大小小几十个村子，家家都靠养鸡为生，养的都是老母鸡。母鸡就在山上觅食，吃的是野生的小虫子小蚂蚱，下的是地道的山鸡蛋，纯天然、无公害，卖到城里能赚不少钱。可以说，没有勤劳的母鸡就没有鸡围山。

说白了，张合理就是个“鸡倌”，人家放牛放羊，他放的是鸡，每天早晨起来把鸡群赶上山，等母鸡吃饱喝足再赶着下山。这活虽然挺枯燥，但每月给的工资也算可以，月底发工钱时还送10斤山鸡蛋。

这天，一个老汉赶着牛车来到张合理打工的村子，一进村头，就扯着破锣嗓子喊道："乡亲们，都出来看看，卖小鸡崽喽！"

老汉坐在车前喊着，车上的几百只小鸡崽叽叽喳喳叫个不停，就像一个合唱团。鸡围山每家虽然都有几只公鸡，但大多是用来宰肉招待客人的，村民都是直接买进小鸡崽，而不是自家孵鸡。

老汉这么一喊，不一会儿，村里人都出来了，张合理也跟着过来看热闹。只见老汉把牛车停在路边，把车上的小鸡崽都放在地上，让村民挑拣。那些小鸡崽都精神着呢，又叫又跑，也不知道累。有的村民要10只，有的要20只，老汉就从怀里掏出一个小本子、一支圆珠笔，一一记录下来。也就一个多小时，老汉的鸡崽卖完了，他小心翼翼地把本子塞到怀里，给老牛喂了点青草，扬起鞭子抽了老牛屁股一下，吆喝着："驾，得驾！"驾着牛车就走了。

这一下，张合理看傻了：这老汉卖完鸡崽，咋没收钱就走了？张合理正奇怪呢，突然看见自己的雇主钱老爹提了一笼子刚买的小鸡崽，慢悠悠地往家赶，便追上前去，好奇地问道："老爹，那个老头是活雷锋吧？怎么卖鸡崽不收钱呢？"钱老爹笑了笑，说："谁说不要钱？几个月后他会来收钱的。"

张合理一头雾水："几个月后再来？为什么不现在收钱呢？"

钱老爹放下笼子，指了指笼里的小鸡崽，说："现在？现在你能看出鸡崽的公母吗？不能吧？神仙也不能，但几个月后，鸡崽长大一些，就能看出公母了。我们鸡围山只要母鸡不要肉鸡，所以，这些小鸡崽里有几只是母鸡，我就付几只的钱。”

张合理听着新鲜：“那剩下的呢？”

“死了的就算了，要是剩下小公鸡，老头再买回去，或者用两只小鸡崽换一只小公鸡。”

张合理听愣了：“那老头不是赔大了？”

钱老爹摇了摇头，说：“他怎么会赔呢？我们帮他把公鸡养大，他弄回家再养一段时间就能卖了。当然，我们做的也是良心买卖，比如我买了20只小鸡崽，如果10只是母鸡，都养活了，我却说只养活了9只，还有1只死了，老汉也不追究，但我们全村没一个这样做的。鸡围山又远又偏，人家来一趟不容易，咱不能昧了良心。”

几个月后，老汉果然赶着牛车来了，又载着满满一车小鸡崽。他把车停在路边，从怀里掏出小本子，按着上次记的去收账。

钱老爹上次收了20只小鸡崽，死了2只，长成11只小母鸡，7只小公鸡。老汉就按11只算钱，然后又给了钱老爹14只小鸡崽，把那7只小公鸡收走了。其他人也是如此，没有哪家少报母鸡的数量。

老汉卖完了车上的小鸡崽，高高兴兴地走了。张合理看得心服口服。

几天后，钱老爹要去走亲戚，出门前他嘱咐张合理：“我联系了邻村的木匠，让他来咱家打三个鸡窝，我出门的这几天，你帮我看着点。”

钱老爹一走，木匠后脚就来了，拿起工具一通忙活，一天下来，两个鸡窝做好了，可是，家里剩下的木料不够了，不能再做第三个鸡窝。张合理在院子里溜达了几个来回，看到门口不远处有棵枯死的老榆树，那榆树非常粗壮，砍下来能做不少家具。他见那树离钱老爹家最近，知道这是钱家的树，就拿了斧子，费了九牛二虎之力，把榆树砍了。张合理累得满头大汗，对木匠说："这下木料够了，你索性再打几个鸡窝吧，省得以后鸡崽多了还得费事。"

几天后，钱老爹回来，一见屋旁的榆树被砍了，着急了，就问张合理："你咋把树砍了？"张合理本以为自己这事办得挺漂亮，现在很委屈：这榆树反正已经枯死好多年了，也没啥用处，夏天乘凉都不行，砍了多做几个鸡窝不是正好？

张合理嘟囔着说："多做几个鸡窝，就能养更多鸡崽，赚的钱不就更多吗？"没想到钱老爹黑着脸说："钱钱钱，不能光顾着钱，忘了本啊！"

忘本？忘什么本？张合理不明白，可他见钱老爹腮帮子一鼓一鼓的，真的生了气，只好不再言语了。

第二天，钱老爹忙活了一天，做了一块大木牌，然后找来张合理："合理啊，听说你念过几年书，会写不少字吧？"张合理不好意思了，咧着嘴说："看您说的，我好歹也是中学毕业啊。"

钱老爹点点头，说："那好，我做了个木牌子，你在上面写几个字。"

张合理见钱老爹已经准备好了毛笔和墨水，就问："写什么字？"钱老爹想了想，说："就写'原大榆树'吧。"

张合理皱了皱眉头，这是什么意思？

钱老爹叹道："你不是把大榆树砍了吗？我怕那个卖鸡崽的老头找不到咱家。他卖鸡崽时，本子上记我家的地址，写的就是'大榆树旁第一家'。要是没了这棵树，他怎么找到我家收账？我们鸡围山大大小小有几十个村子呢，他哪里记得过来哟？"

张合理张大着嘴巴，惊讶地问："原来你昨天发那么大的火，就是怕卖鸡崽的老头找不到我们？"

钱老爹点点头："是啊，咱们村子又偏又远，鸟都不愿意来拉屎，要是没人家送鸡崽，咱能卖山鸡蛋赚钱？没人家送鸡崽，就没咱鸡围山，咱不能忘本啊！”

钱老爹告诉张合理，因为买鸡崽的人太多，几十个村子又没什么门牌号码，卖鸡崽的老汉往往就在本子上这样记着：老刘头，村头第三家，15只。赵大姐，村南边第二家，10只。三胖子，小河湾边的红瓦房，20只……张合理这才明白过来。

很快，木牌做好了，张合理主动把木牌插到了老榆树原来生长的地方。后来，钱老爹告诉张合理，其实，卖鸡崽的老汉靠嘴问路，也能找到自己家，只是自己不希望老汉费时费事，因为他来一次路途遥远，自己想让老汉卖完鸡崽早点回去，好吃上一口老伴做的热乎饭……

（史雪辉）

（题图：谭海彦）

秘书的选择

该不该看

刘鑫大学毕业，本想留在大城市里，可老爸天天电话轰炸，说老家市委组织部要招公务员。老爸是给领导开小车的，见过世面，他说："你小子知道吗？组织部可是管官帽子的地方，就是一般的办事员出来，也是见官大三级。"

刘鑫耐不住老爸的软硬兼施，只好回乡赶考。以刘鑫的能力，对付这种考试还是游刃有余。果然，他以笔试、面试双第一的成绩进了市委组织部。

正好这时，市委常委、市委组织部张部长的秘书官升一级，张部长见刘鑫文字功底强，人又机灵，就让他暂代秘书一职。

老爸听到这个消息高兴得跳起来说："刘家祖坟冒青烟了。你们张部长可了不得，他原来也是当秘书的，没几年工夫，就一路高升到了现在的位置。只要你给他当好秘书，肯定前途无量！”

可是刘鑫却觉得“理想很丰满，现实很骨感”，自己每天就是跟在部长身边鞍前马后，偶尔给部长写写发言稿，工作没有一点挑战性。不过很快，刘鑫平静的职场生活就被打破了。

这天张部长和几个副部长开完办公会议，嘱咐刘鑫收拾收拾，就走了。

刘鑫不敢怠慢，打扫好卫生，又整理起了办公桌。这时，几张手写的材料引起了刘鑫的注意。他定睛一看，上头写着“拟提拔、调任干部名单”。

这几天，刘鑫听见同事们私下议论，今年一部分干部年龄到了，要退居二线；一部分年轻干部要进一步，走上一把手的岗位；还有一部分年纪不太大，却任职届满，要挪挪位置。按程序，得先由组织部拿出一个名单，提交书记办公会斟酌研究，再提交常委会讨论通过。所以这段时间，不少想进一步的人有意无意地到组织部来走走，想刺探一点内幕消息。如果在名单上，心里落个安定；如果不在名单上，也好临时抱抱佛脚，说不定还有一点机会。

眼下这份重要名单就在刘鑫眼前，一定是张部长开了一下午会，头昏脑胀，忘记锁进文件柜了。刘鑫刚来组织部时，学习过内部纪律，他知道以自己的级别是无权翻阅名单的，但他还是忍不住强烈的好奇心，像做贼一样翻开名单，匆匆地扫视了起来。然后，他将一切归于原位后退出办公室，锁好门，下班。

一回到家里，刘鑫发现：老爸单位里的郭副局长正坐在自家客厅里。刘鑫不禁感叹：现在的人真是消息灵通，部长办公会刚结束几个小时，就找上门来了。刘鑫知道老爸单位的一把手已经到了退休的年龄，这位郭副局长很有能力，在单位里口碑也不错，很有希望能扶正。

郭副局长赔着笑脸与刘鑫寒暄了一会儿，就欲说还休地打听起了消息。

刘鑫知道他与老爸关系很好。但刘鑫也清楚地记得，自己看到的名单里，他们单位一把手的拟任人选并不是郭副局长。他差一点冲动地说出了口，但还是强忍住，苦笑着说："郭叔，你也太高看我了，我只是一个刚参加工作的办事员，怎么会知道这样的事情呢？"

郭副局长又旁敲侧击了一番，见刘鑫一问三不知的样子，才悻悻离去。

该不该说

第二天刚一上班，张部长行色匆匆地来到办公室，在办公桌上找了一下，拿起那份名单去参加书记办公会。刘鑫知道为了防止泄密或有人打扰，书记办公会研究人事问题，一般会找一个隐秘的地方召开，而且都不带秘书。刘鑫本来还有点忐忑不安，可见张部长神色没有异常，一颗心才放了下来。

下午上班时，张部长又行色匆匆地回到办公室，一个电话就把组织部常务副部长喊了过来。

刘鑫赶紧泡了两杯香茶送进去。这时，张部长一边从皮包里拿文件，一边对副部长说："书记办公会的研究结果出来了。"

副部长从刘鑫手中接过茶杯，喝了一口，问："没多大变故吧？"

张部长没有答话，而是不动声色地看了刘鑫一眼。刘鑫一看，赶紧知趣地转身离去。

就在刘鑫掩上门的一刹那，他听见张部长说："基本上没什么异议，就是关于紫阳区区长王大中的调任有点问题。"刘鑫一听，心里又一次狂跳起来。这个叫王大中的人与他太有关系了。刘鑫的女朋友叫王慧，就是王大中的女儿！

刘鑫故意放慢脚步，他听见副部长接过话说："王大中他做了六年区长，政绩不错，而且他还是学经济出身的，调任市财政局局长恰如其分，难道……"

张部长却说："王大中这个人能力是有的，但我认为他个性太强，所以我提出了不同的意见。"

刘鑫听到这儿，再也不敢听下去了，他心想：看来部长对未来岳父有成见啊，这事到底要不要告诉他老人家呢？

刘鑫胡思乱想地回到自己的办公室。正当他心神恍惚时，口袋里的手机突然响了起来，他一看，吓了一大跳，说曹操曹操便到，电话是王慧打来的，说父亲邀他今晚去家里吃饭。

在这之前，刘鑫还没上过王家的门。如果是过去，他一收到这种邀请，肯定跑得比兔子还快。但在这节骨眼上，他真是不想去，去了是说还是不说好呢？

但没办法，未来岳父一声令下，是不去也得去啊！下班后，刘鑫直奔商场，买了点水果烟酒，就去了王家。此时，王大中早已端坐在客厅里，等刘鑫了。他示意刘鑫坐在对面，然后直奔主题问道："今天书记办公会开了吧？我的情况怎么样？"

刘鑫一听傻眼了，怎么连个过渡也没有啊？他一时不知如何应对。

王大中却依然气势逼人地盯着他，不给他半分喘息机会，追问说："怎么？纪律性还很强呢！连我也不说？”

刘鑫正待和盘托出，但王大中这句话却一下子点醒了他，他知道自己看了不该看的，听了不该听的，如果再把偷看偷听的内容说出来，那就是错上加错。他只好假装糊涂，说：“伯父，您也知道，开书记办公会，领导都不带秘书，我是真不知道啊！”

王大中听了，脸色大变，指着大门怒吼一声：“滚！”

王慧见了，想上前调解。王大中又朝女儿一声吼：“像这样的白眼狼，你留他干什么？你要是再敢跟他勾勾搭搭，以后别进家门了！”说完，抄起刘鑫带来的一袋水果香烟“咚”的一声摔在了地上。

刘鑫只好离开王家，他一边走，一边懊恼：我干吗要回来考这个公务员？现在简直是猪八戒照镜子——里外不是人啊。接下来几天，刘鑫怎么也联系不上王慧，他更加惴惴不安。

老爸察觉了刘鑫的异常，便追问出了什么事。刘鑫仍是守口如瓶，他知道一旦坦承和王慧出了问题，必定会牵扯出偷看名单的事情，现在可不能一错再错了。

原来如此

很快，市委常委会正式宣布了提拔调任领导的名单，让刘鑫意外的是：郭副局长的确没当上原单位的一把手，却被提拔到同级单位当一把手。王大中也没当成财政局长，却被破格提拔为副市长。

更让刘鑫大吃一惊的是，会议一结束，张部长和常务副部长一起回到单位，接着召开了办公会议。会议一完，他们就把刘鑫喊进了部长办公室。

张部长笑眯眯地掏出一部手机递给刘鑫。副部长见刘鑫傻愣着，笑着说："从今天起，你就是张部长的正式秘书了，兼任秘书科副科长职务，恭喜你了！别愣着呀，这是张部长的工作手机，由你保管。"

刘鑫还没回过神来，接着，张部长又掏出一个手机挂链送给他："小伙子不错，比我当年强！"

刘鑫接过一看，是个玉石小貔貅，虽然石质普通，但雕刻得栩栩如生，煞是可爱。他还是有点懵，他自认工作干得稀松平常，没啥出彩的地方，但部长不光让自己转正了，还送了小礼物，这是为啥？

这一天，刘鑫都拿着貔貅挂链把玩，可任凭他想破脑袋，都没琢磨出个所以然来。

晚上，刘鑫回到家里，又是大吃一惊：只见老爸、郭副局长，还有王大中三个人正坐在客厅里推杯换盏，王慧呢，则和老妈忙进忙出。

这一刹那，刘鑫突然像被打通了"任督二脉"似的，一下子明白过来：那份名单是张部长故意落在桌子上的，张部长和副部长的谈话也是有意让他听到的，就连郭副局长和王大中来打探情况，都是演戏，这一切都是在设局考验他。

王大中看着刘鑫一副醍醐灌顶的样子，赞许地说："傻小子，好样的，慧慧没看错人！"说着，他从刘鑫手中接过挂着貔貅的手机，端详了一会儿，说，"这貔貅是张部长的老领导送给他的，这些年，他一直把这东西带在身上，时刻警醒自己。他现在送给你，你知道什么意思吗？貔貅是传说中的神兽，没有屁眼，专吃财宝，装在肚子里只进不出。部长是在告诫你，当秘书就要像貔貅，看了不该看的，听了不该听的，就要烂在肚子里，半点不能漏出来。这是当秘书的基本素质！"

刘鑫听了，顿时吓出了一身冷汗，他的确是看了不该看的，听了不该听的，幸亏他在关键时刻强忍住没有说出来，不然简直是功亏一篑啊。

刘鑫有些后怕地看了老爸一眼。老爸却眉开眼笑地说："我见你不太乐意当这个秘书，就有点后悔把你拉回来。所以我们几个一合计，不如试试你，看看你的性子适不适合干这个，如果不行，干脆辞职，和慧慧一起出去奔自己的前程。不过，你小子还算行！"

这时，王大中又接过话，有点严厉地说："你小子记住，张部长送你貔貅，还有一层意思，要以貔貅为戒，不能贪恋钱财。你要是贪财不走正道，我和你爸都不饶你！"

（王应良）

（题图：张恩卫）

商业策略

现在商场总爱搞点有奖活动促销。这不，有个小伙子叫大刘，这天到商场买东西，就正赶上商场搞促销，凭在店里购物的发票，就可以参加店里的有奖活动，每添一块钱可以换一张奖券，一等奖是面包车一辆！大刘一瞧，商场门前果真停着辆崭新的面包车，他也想试试运气，便上前去换购了张奖券。

大刘刮开奖券一瞧，只见上头明明白白三个字：一等奖！这简直是天上掉了个大馅饼啊！大刘激动得心怦怦直跳。不过，他是个谨慎的人，心想现在人多眼杂，自己不好太张扬，于是他悄悄走到后台，对一个胖胖的工作人员说："同志，我中奖啦！"那胖子正在打瞌睡，被他吵醒了，不耐烦地接过奖券一看，一下子从凳子上跳起来。随后，他缓了缓神，眼珠一转，故意提高嗓门道：“原来是三等奖啊！跟我来吧！”说完，还没等大刘反应过来，就一把拉住大刘往里走。

大刘倒吸了一口冷气，没走多远，便甩开胖子的手，质问道：“明明是一等奖，你怎么说是三等奖，不是要耍赖吧？”胖子回头瞪他一眼，说：“你急什么啊？我知道是一等奖，我这不是带你来领奖了吗？”大刘不信，说：“你别唬人，那面包车就在门外停着，你拉我到角落来干嘛？把奖券还给我，不然我喊了！”说完，他一把把奖券又抢了回来。胖子赶紧捂住大刘的嘴，讨好道：“别呀！兄弟，领奖可是要办手续的，我这是带你去见经理，跟我来。”大刘心想也是，便又跟着胖子来到二楼。两人来到经理办公室，胖子示意大刘在外头等着，自己先进去汇报。

大刘怕他们关起门来算计自己，赶紧把耳朵贴在门上听动静。

只听那胖子说：“经理！坏了！抽奖才开始半个钟头，面包车就让人给抽走了！”里头经理一听也急了：“什么？要是面包车给人开走了，剩下那三万多张奖券还有谁换购啊？不行！这车现在不能让他开走！”外头的大刘一听这句话，急得正要推门进去理论，只听那胖子又开口了：“经理，这事儿不能硬来，我倒有个两全其美的办法。”大刘赶紧又贴耳去听，却什么也听不见了。过了一会儿，门开了，一个穿西装的中年男人带着胖子走出来，笑呵呵地向大刘迎过来，客气地说道：“兄弟，听说你中了大奖啊。我是这里的经理，首先，我先得恭喜你啊！不过……”

大刘一听还有个转折，急了，问道：“不过啥？反正无论如何，你们不能赖账。”

这经理赔笑说：“车当然归兄弟你，不过你现在不能开走。三五天以后，估计我们的奖券也换购得差不多了，到时候你再来，我们专门派人给你把车送回家去。”

大刘听了，挺生气，说：“你们这样不是忽悠人吗？这面包车都被我抽走了，你们还忽悠外头的人冲着空头大奖换购啊？”

经理又笑道：“这怎么能叫忽悠呢？只是商业策略嘛。谁也不想做赔本生意对不对？这样，这里是三百块的商场代金券，就算我们把这车租用两天成不？兄弟，配合一下嘛。”说完，不由分说往大刘手里塞了三张代金券。

看着这点好处，大刘心里软了一下，留下了电话号码，等着奖券换购得差不多了，胖子好联系他取车。这事儿就算这么敲定了。

一回到家，大刘就迫不及待地把这事儿从头到尾跟父亲老刘讲了一遍，老刘一听儿子中头奖了，也乐得合不拢嘴，可听到最后，老刘却拉长了脸训道：“他们这不是忽悠人吗？”

大刘咂一下嘴说：“爹，这怎么是忽悠人呢？商业策略而已嘛！”

老刘却懒得再理他，“噌”地一下站起来进屋闷了许久，又“哼”了一声背着胳膊出门了。大刘喊道：“爹，你这是干嘛去啊？”老刘头也不回应了声:“下棋！”大刘明白，老爹这是生闷气去了。他心想，随他去吧，等过两天车来了，他自然又得高兴起来。可谁知，过了一个钟头，商场的那个胖子来电话了，喊着说：“你赶快过来把面包车弄走吧！要快啊！”

大刘听了又惊又喜，心想这么快奖券就换购完了啊？于是，他赶紧搭车往商场里奔。

等大刘赶到商场的时候，却见换购的队还排在那儿，不仅没散，反而比先前的人还多。只是队伍早就乱了，好像大伙儿都在瞧热闹。大刘赶紧往二楼经理室跑，那胖子和经理一见到大刘，像见了救星似的，央求道：“你可来了！你赶紧去门口喊一声‘我中头奖了！面包车一辆！’

快去快去！”

大刘犯迷糊了，问道："门口不是还排着那么多人吗？你们不搞换购活动啦？"

只听经理愁眉苦脸地说："还怎么搞？有个人非要换购所有的奖券！"大刘还是不明白，说："那不是更好吗？"

经理却愁眉苦脸地说："好什么啊？他说要换购所有的奖券，挨个儿刮开，看看到底有没有面包车，没有就告我们去。那车你都抽走了，哪儿还有什么头奖啊？要真被查上了，我们可就亏大了。我说兄弟，你就别耽搁了，赶紧帮忙喊一声吧！"

原来是这么回事儿啊。大刘看经理那副倒霉样子，觉得好笑。他理了理衣服，这才不慌不忙走到商场门口，掏出奖券，扯着嗓子大喊了一声："我中头奖啦！面包车是我的了！"话音刚落，经理和胖子才双双松了口气。只见那经理假装不认识大刘，赶紧过来握住他的手，热情地说："恭喜你啊，小伙子！"接着转过头对排队的人群喊了声，"我们的大奖得主终于诞生啦！"

只见人群一下子沉默了，又过了片刻，大伙儿炸开了锅似的，喊着："不换了，不换了，头奖都被换走了还换个啥？"不一会儿，人群便散开了，却剩下了个老头儿站在商场门口。

这时候，胖子跑过去对着老头嘲笑道："你都看到了，大奖都被拿走了，你还换不换了？"

这时，大刘愣住了，原来刚才经理说的人，竟然就是他父亲老刘。

只见老刘冷笑一声，摇摇头说了句："不换了。"说完，头也不回地走了，留下大刘还在商场门口发呆。

等车被商场派人开着敲锣打鼓地送回了家，大刘忙跑到老刘跟前奉承道："爸，你可比我强多了！他们有商业策略，没想到你还有打假策略啊！你还跟他们来了招虚的，没多花一毛钱，就把车给弄回来了。"

可老刘却沉默了半天，感叹道："儿子，你高看你爸了。刚才我是真想把那奖券全换回来的。"说着，他从口袋里掏出个黑色塑料袋来打开，只见里头露出一沓钱来。老刘接着说道，"你看，我这半辈子攒了一万多块钱，今天全都带去了。我可不想我儿子帮着他们忽悠人啊。"

大刘听了，愣住了，红着眼圈哽咽道："爸啊，你也不算算，那么多奖券，就你这一万块哪里换得完啊！"

可只听老刘平静地答道："那也不能让你帮着他们瞎忽悠人啊。"大刘听了，红着脸说："爸，你确实比我强多了！"

（杨信社）

（题图：谭海彦）

胜诉，600万

初次交锋

年轻的詹妮芙小姐是律师界的新星，她打赢了好几起棘手的案件，因而在律师界小有名气。这次詹妮芙要帮一个叫康妮的姑娘打一场官司。

24岁的康妮在一次车祸中失去了四肢，肇事的是一辆“全国汽车公司”的汽车。尽管有三个目击者证实：是急刹车时车尾打了个转，把人撞倒了，但对方律师利用警方所做的刹车痕迹等许多证明，巧妙地推翻了这些证言。而康妮自己也说不清她是自己滑倒的，还是被车子撞倒的，就这样败诉了。

一次上班途中，詹妮芙也遇到了类似的情况，如果不是躲避及时，同样的惨剧就会发生在她的身上。那个时候，她就清楚：是汽车设计的问题造成了康妮的车祸。同时，她从网上获悉：这家汽车公司近 5 年来共出过 15 次车祸，原因全都一样：产品制动系统有缺陷。于是，詹妮芙决定为那个与自己同龄的姑娘打官司。

她去找康妮。康妮一听说要重新开庭，立刻浑身哆嗦起来。

"请你看看我，律师。"康妮哭着说，"我每次照镜子都想自杀。可是，你知道我为什么没自杀吗？因为我没办法自杀，没办法啊！"

詹妮芙浑身一震。她明白了康妮的心情：把这个悲惨的少女再次抱到法庭上去展览，还不如让她咽下一粒剧毒的氰化钾胶囊。于是她改变了原来的想法，径直去找全国汽车公司的代理律师马格雷，希望能在法庭外得到解决。

马格雷先生彬彬有礼地接待了她。詹妮芙指出，马格雷在上次法庭审理过程中，隐瞒了卡车制动装置的问题，而自己将根据新发现的证据，以对方隐瞒事实为理由，要求重新开庭审判。詹妮芙的这一枪，击中了马格雷的要害。但马格雷也不是寻常角色。他盘算了一下，说："你想怎么办呢？"

"汽车公司得拿出 200 万美元给那位姑娘。但如果你逼得我们不得不去控告的话，我们将要求 500 万美元赔偿金。"

一阵沉默过后，马格雷点了点头，说："明天我要去伦敦，一个星期后回来。到时候，我也许会做出某种安排的。"

他们约定了会见的日子便分手了。但詹妮芙隐约觉得有些不安：事情似乎太顺利了！

到了约定的那天，詹妮芙打了几个电话找马格雷，他都没有接。

这给詹妮芙敲起了警钟。她意识到马格雷在耍什么花招。她开始回忆马格雷的言行举止，努力分析一切可能的原因。突然，她想到诉讼时效的问题。一查，果不其然，康妮案件的诉讼时效恰好是这一天到期，詹妮芙明白自己上当了。

但她还是给马格雷挂了个电话。这次这个老狐狸很痛快地接起了电话。而当詹妮芙提出当即解决的时候，马格雷哈哈大笑起来："你真有趣，小姐。诉讼时效今天到期，谁也无法控告谁啦！请转告你的当事人，祝她下次交上好运。"说完，他挂上了电话。

柳暗花明

詹妮芙手握着话筒，气得浑身发抖，脑袋里嗡嗡作响。她抬头看了看墙上的钟，已经下午4点了。如果上诉，必须赶在5点以前向高级法院提出。她问秘书马丁："你准备这份案卷需要多久？""要三四个小时，小姐。"马丁说。

一定要找出个办法，詹妮芙心想。对，全国汽车公司在美国各地都有分公司。突然，她抬起头来问："夏威夷现在是几点钟？"

"上午11点。"

她兴奋得一跃而起。"就在那里起诉。如果没记错的话，他们在岛上有一家工厂。快去！"

当晚10点，夏威夷霍伊律师事务所的工作人员打电话通知詹妮芙，他们已经赶在下班前10分钟向当地法院提交了起诉书。

詹妮芙长长地舒了口气：这一局她赢了。

法庭影视

开庭的日子到了，在法庭上，马格雷看到康妮本人没有到庭，立刻得意起来，在法庭上做了一通十分精彩的发言。他以诚恳的语调，对康妮的不幸遭遇表示深切的同情。接着他指出，事故的根本原因在于康妮自己，卡车司机没有任何责任。随后他说，500万美元这个吓人的索赔数字，纯粹是向阔老板敲竹杠。

他的演讲无懈可击，颇有说服力，就连詹妮芙也不得不暗暗承认这位对手的厉害。

轮到詹妮芙发言了。她打量了一下陪审团，然后慢慢地说："没错，康妮不能到庭。不过在宣判之前，你们大家将会有机会见到她，并像我那样了解她。"人们听了一愣。

詹妮芙接着说："一个缺臂少腿的24岁姑娘得到500万美元以后能干什么呢？买戒指吗，她没有手；买舞鞋吗，她没有脚；买高级的轿车和华丽时装吗，可谁会邀请她去参加舞会？她用这笔钱能换取什么欢乐呢？"

詹妮芙的语气平静而又真诚，她的双眼缓缓地从陪审员脸上扫过。"我想向诸位讲明：如果我把500万美元送给你们中间的任何一位，交换的唯一条件就是砍去你们的双腿和双手，你们能接受吗？"

她的话锋一转，指出在上次审判中，全国汽车公司本来知道他们的汽车制动系统有缺陷，但他们对原告和法庭隐瞒了这一事实，而这一点是造成康妮悲剧的根本原因。

詹妮芙向法官走去，请求道："法官先生，由于康妮本人无法出庭，我要求准许我给大家看一些她的录像。"

"我不反对。"法官说，"被告的律师有异议吗？"

马格雷慢慢站起身，脑子却飞快地思索着。

"什么录像？"他问道。

"康妮在家里的一些生活录像。"

马格雷提不出反对意见，只好表示同意。

在此后的半个小时里，法庭上鸦雀无声。影片拍摄的是康妮一天的生活，是一个真实的、但令人惨不忍睹的生活现状。观众无需一丝一毫的想象力，他们在影片中看到，一个漂亮的无臂无腿的金发姑娘，被人从床上抱到厕所里，像个婴儿一样由保姆帮着大小便、洗澡、喂食、穿衣……

这部片子詹妮芙看过好多遍了，但是现在重看这些镜头时，她仍禁不住喉头哽咽，泪水盈盈。影片快结束时，陪审团席上响起女人的尖叫声，男人的怒骂声，呜咽的抽泣声。听众中，一个女人高声大叫着奔出了房间，旁听的记者们则抢着跑出去发稿……

特大新闻

陪审团整整辩论了10个小时。陪审长给法官送来一张字条，请求做出法庭裁决。

法官拿着看了一会儿，抬起头来说："请两位律师来一下，好吗？"随后，他对詹妮芙和马格雷说："我把陪审长刚才送来的字条向两位宣读一下：陪审团问，法律是否允许他们判给康妮的赔偿费超过她的律师提出的 500 万美元。”

詹妮芙一阵激动，马格雷则脸色发白。

“我现在通知他们，”法官说，“他们有权确定这笔费用的数目，他们认为多少合理，就可以确定多少。”30 分钟后，陪审团成员一个接一个回到法庭上，陪审长宣布：“陪审团对原告表示支持，她应该获得 600 万美元的赔偿费。”

这是纽约有史以来人体受伤事故中最高的赔偿金额。

（作者：［美］西德尼·谢尔顿；推荐者：邓伟明）

（题图：佐　夫）

选择做个好人

市场竞争实在太激烈，潘好的公司已经濒临破产，他一连谈了几家有收购意向的大公司，对方报出的价格都很低，眼看写字楼的房租一天天到期，潘好只得选择了报价最高的那家公司，签署了转让协议。收购公司的老总丢下一张支票，就大摇大摆地走了。潘好望着那张支票，欲哭无泪，这点钱，只是他当初投资的三分之一还不到呀！

这几天里，员工已经陆陆续续走了，还剩下几个，等着潘好把公司卖出后给他们结算工资。

一会儿，潘好招呼了一个员工，他叫聂小阳，潘好把支票递到他手上说："小聂，你帮我跑一趟吧，到银行把支票上的钱取了，回来把工资发掉。"聂小阳一愣，好像要说什么，但又什么也没说，拿着支票出去了。

一小时后，聂小阳回来了，潘好发了工资，送走了员工，独自在办公室里发了一会儿呆，便也起身准备离开。

就在潘好路过外面的员工办公区时，忽然听到“噼噼啪啪”的声响，谁还没走呢？潘好循声望去，只见一个格子间里有人影晃动，走过去一看，是聂小阳，他正在电脑前捣弄着什么。

潘好问他在做什么，他平静地说：“我把电脑清理一下。”

“哦，好吧。”潘好心想，他肯定是在清理自己的东西，就由他去吧。潘好一边走，一边回头还说了一句：“走时把门锁好，明天人家要来清点东西。”

聂小阳答应了一声，潘好就走了。外面正在下雨，潘好没带伞，只得找了一家小饭馆，一个人喝起了闷酒，喝得晕晕沉沉的，回家倒头就睡了。

第二天，等潘好睁开眼，已经是下午2点了，他惊得一下子从床上跳起来，昨天跟那家收购公司谈好了，今天早上9点要办理公司物品、财务交接的事，他居然爽约未到，这可怎么好？

潘好火速赶到公司，公司的大门开着，里面静悄悄的，他走进去一看，惊异地发现，整个公司已经是旧貌换新颜，虽然大件东西都没变，但所有物件都摆放得整整齐齐，窗子擦得明亮如新，地板拖得干干净净。潘好心想，真不愧是大公司，办事就是有速度、有效率。

就在这时，一个声音传了过来：“老板，我正要去叫你呢。”潘好一看，格子间那头站起了聂小阳，他满脸欣喜，说：“老板，我们有救了！刚才那家公司的老总说，我们公司就算是他的子公司，一切不变，老班底，老领导，还请你回来做老板，他们会注入资金的。”

潘好一听，大吃一惊："什么？这不可能吧？"

聂小阳肯定地说："是的，我正在做策划书呢。"潘好觉得跟做梦似的，他将信将疑。

正在这时，外面传来一阵匆匆的脚步声，那家收购公司的老总跨进门来，他一见潘好，就大步上前，紧紧握住了潘好的手，有些激动地说："我在商海混了三十多年，收购过无数家公司，但像你们这样的公司还是第一次遇到！"说着，他伸手一指，说："我早上过来一看，整个公司窗明几净、一尘不染，连所有的电脑都清理得干干净净，这样高素质的公司令我震惊，这是你领导有方啊！我请求你能留下来，我给你年薪50万！"

潘好当时就傻了，什么话也说不出来，潘好的公司，经营最好的时候，一年也赚不到50万啊……等等，听那老总话里的意思，公司不是他们整理的，那会是谁打扫的呢？

老总对潘好说："你先做一份策划，我们明天就开个会研究，怎么样？"

潘好连连点头，老总走后，他看了看聂小阳，心里明白了，他走上前去，问："快跟我说说，到底是怎么回事？"

聂小阳的脸红了一下，说："其实也没什么……"

原来，昨天刚开始时，聂小阳也只是把自己的办公桌和电脑清理了一下，可后来看看屋里实在太乱了，就动手把整个公司都清扫了一遍。这样一直忙到了深夜，他也没回去，就和衣在办公室里躺了一夜，醒来后还舍不得走，想再跟潘好见上一面，说几句道别的话，可没把潘好等来，却等来了收购公司的老总。老总一进门就赞叹不绝，可聂小阳没有独占功劳，说是潘好和自己一起干的。

听完这一切，潘好紧握着聂小阳的手："谢谢你，你帮了我的大忙呀！”

“不，是老板您帮了我！”聂小阳忽然泪流满面，“您不知道吧，我在学校时曾因为偷东西被开除，后来为了找工作，我就弄了张假文凭，可到处都被识破，是您收留了我，您不在意我的文凭，只看重我的能力。我平时听同事们说，您是个好老板，无论公司再困难、资金再紧缺，您也从不拖欠员工一分钱。公司倒闭前，您曾把所有员工的资料一起递交给收购公司，希望能让我们继续留下来工作，不至于失业。还有，您还记得昨天吗？您把十多万的支票交给我这个仅仅工作了两个月的员工，您就不怕我跑了吗？就是冲着这份信任，我甘愿为老板您做任何事啊！”

“这都是我应该做到的，”潘好沉思着，“因为我们都会选择做个好人……”

（一　冰）

（题图：安玉民）

最好的味道

神秘食客

老林下岗后没找到工作，便把在农村种地的老婆接了出来，两人一起开了个街边大排档，老婆负责买菜收账，老林负责炒菜掌勺。以前，老林从没当过火头军，在老家时，吃饭都是老婆伺候他，在厂里的时候，他是顿顿吃食堂。说实话，刚开排档时，老林连个土豆丝都切不好，可是这排档一条街上的夫妻店都有个不成文的规矩：男人掌勺，女人收账。为啥？因为掌勺是个苦活、力气活，大排档从晚上五六点开始营业，到凌晨三四点，一干就是十来个小时，一般女人家根本就撑不住劲。老林只好赶鸭子上架，硬着头皮开了张。好在老林平时就喜欢琢磨事儿，几年厨师干下来，他总结出了一套做大排档菜的心得。渐渐地，他的“老林家”排档生意蒸蒸日上，每天晚上都聚满了客人。

这天晚上，排档一条街上来了一位神秘的客人：一个高个儿精瘦的老头儿。他手拿一瓶矿泉水，挨家挨户地逛了过来。或许是上了岁数的缘故，他在密密匝匝的排档间穿行，步子都不大稳当。在吃排档的人里头，这样的老先生绝对是个另类。来大排档的大多是吆五喝六、成群结队的朋友，像老先生这样的长者，似乎更应该去茶楼、茶馆这样的地方。这位老先生人挺特别，点菜的方式也是与众不同，他没有停留在一个摊子上吃喝，而是蜻蜓点水似的一路溜达。不管到哪一家摊子上，他都只点一道菜——土豆丝。做法上他倒是毫无要求，辣炒、清炒、醋溜、凉拌随你，做好后，他尝上一两口，然后拿出随身携带的矿泉水瓶，喝水、漱口，接着直奔下一家，还是来一盘土豆丝……

很快，老先生就来到了老林的摊子上，照例点了一盘土豆丝。老林三下五除二鼓捣出一盘醋溜土豆丝，端上了桌。老先生举起筷子，尝了一口，眼睛突然一亮，这回，他没有用矿泉水漱口，而是又接连尝了好几口。细细品味之后，老先生终于开口说话了，他问老林：“这菜是你炒的？”

老林点点头：“对啊，您不都瞧见了吗？”

“为什么这么炒呢？”

为什么？这问题老林还是第一次遇到，大排档炒菜还问为啥？为了糊口呗！老林是个实在人，便实实在在地答道：“这么炒有味儿。”

老先生笑了笑，继续追问：“有什么味儿呢？”

老林被问懵了，难道是自己做的菜出了什么错，老先生砸场子来了？可看老先生笑眯眯的样子，又不像呀，老林抓抓头皮，想了想，这才回答说："醋溜土豆丝这菜吧，要做得有味儿，关键是醋和辣椒的比例。"

老林告诉老先生，来吃大排档的，第一图便宜，第二就是图"有味儿"。大排档的原材料，多是羊杂牛杂、花蛤海蛤、大肠猪肺这样的"边缘货"，这些东西本身很腥膻，大排档的厨师们为了让它们出味儿，就下重油、重盐、重麻、重辣，一口下去，好比给食客的舌头打了一针兴奋剂，一时间，嘴里除了调料的刺激，什么别的味道也尝不出来了，这就叫"有味儿"。可是，老林对"有味儿"的理解有点不一样，他在做菜的时候格外留心，猪心猪肺要用多少辣椒来压住腥味，羊头牛肚要用多少花椒来去膻，每出一锅菜，他都要尝试不同的用量，一步一步地做到了现在。就拿这醋溜土豆丝来说吧，别的厨师都习惯了大勺大勺地放辣椒和醋，可老林觉得，土豆和荤腥不一样，不需要用这么多的调料，所以他做的这道菜，看似调料比别人家用少了，可尝起来反而更有味儿了。

老林一口气说完，觉得心里挺痛快，这些都是他多年来做排档菜的经验，可从来没人感兴趣，也没人问过他，他也就没机会说过。今天不知怎么了，老林对着一个食客全说了出来，他隐约觉得，这位老先生和别的食客有点不一样。

老先生认真地听完老林的话，刚要开口说什么，突然一阵喧哗声响起，只见一个戴着厨师高帽的人和几个西装革履的男人走到了老林的摊位前。那个戴厨师帽的人一把抓住老先生的手，挺激动地说："张老先生，我们可找到您了！酒席都给您备得了，您怎么到这种地方来了？多不卫生啊，要是吃坏了身体，可怎么得了？"

这一连串话把一旁的老林听傻了，他刚要辩解自家的菜挺卫生，老先生冲他摆了摆手，随后转身对戴厨师帽的男人说："吴总厨，谢谢你，饭我已经在这里吃过了。这个排档很有意思，来，你也尝尝这盘土豆丝。"

说着，老先生端起土豆丝，递到那个吴总厨的面前。

老林看着吴总厨不想接又不得不接的尴尬表情，不觉好笑。突然，他觉得眼前的这个“吴总厨”有点面熟，再仔细一看，原来是在电视上见过，这不是华美大酒店的行政总厨吴书明吗？别看人家干的也是厨师，老林和他一比，那是一个天上一个地下。吴书明最近还出了一本食谱，市面上卖得很火，电视台为此专门采访过他，这可是个人物呀！

这时，只见吴书明尴尬地捧着土豆丝，勉强尝了两口，敷衍地说：“不错不错。”“不错？”老先生看了一眼老林，说，“我看，这水平，够报名参加比赛了！”说着，他从怀里掏出一张报名表递给老林，再三叮嘱老林一定要去报名。

老林接过报名表，只觉得一头雾水：参加什么比赛？这老先生又是什么来历，连吴书明都对他恭恭敬敬的？老林正想着，一转头，突然看到吴书明铁青着脸，投向自己的目光里充满了不屑。

美食大赛

这天收摊后，老林仔仔细细地看了老先生留给自己的报名表，原来，老先生说的比赛，就是最近本市闹得风风火火的第一届“风味杯美食大赛”。老林之前也听说过，报名参加这个比赛的，大多是饭店酒楼的专业厨师，他从没想过，比赛会跟自己这个排档厨师沾边。

拿到报名表后，老林就开始关心起这个比赛来。这天，他看到电视里正在播放美食大赛的新闻，新闻里说，这次比赛请到了多位名家担任评委，其中最有分量的就是名厨张若虚老先生，他将友情担任决赛阶段的评委。

这位张若虚老先生是本地人，他自小就在饭馆里做学徒，从最低级的洗菜做起，一步一步修成正果，三十年前便已成为了举世闻名的大厨。可是，在参加过一次本地举办的烹饪大赛后，正值事业巅峰的他却突然辞职，离开了这个城市。关于他离开的原因众说纷纭，但从来没人能够给出一个令人信服的答案。

这时，电视屏幕上出现了张老先生的镜头，老林一看就跳了起来：这不就是给自己报名表的那位老先生吗？只听张老先生对采访他的记者说，他并无子女，这次回来，是想借着大赛的机缘，在家乡收一个徒弟，以后继承自己的家业……看到这儿，老林激动了，当然，他可没想过自己能赢得比赛，他激动的是，张若虚这样的名厨，竟能到自己的排档上来点一份土豆丝，还鼓励自己参赛！本来，老林还在犹豫到底要不要报名，这下，冲着张老先生的这份知遇之恩，他怎么也得参加比赛了。

美食大赛很快拉开了帷幕。第一阶段是初赛，选手们分成若干小组，每组二十人，现场准备三道自己的拿手菜，经评委组打分后，得分最高的前两名晋级。

别看老林干了多年厨子，可毕竟是不入流的大排档，参赛那天，他才真正见识了各路高手。有的选手玩儿的是刀工，一尺长的黄瓜硬能切成两百片，而且每片之间还连接不断；一块拳头大小的豆腐，转眼之间就把它雕成了一只玉兔。有的选手拼的是食材，和老林同组有一位选手，在一家高档的西餐厅任职，他提鲜一定要用牛肝菌、竹荪，调味一定要用上等鱼露、鹅肝酱，主菜的牛排一定得是新西兰空运来的……结果比赛还没结束呢，就被主持人送了一个美名“食材哥”。

高手如云，老林看花了眼，轮到他的时候，原先的一点儿“豪情壮志”早就被吹到爪哇国去了。做什么菜好呢？老林想了半天，觉得自己平时做的那些菜，哪个都拿不上台面，他有点想放弃了。

这时，评委们正轮流走过每个参赛者的展位，在吴书明的桌前，评委停留的时间最长。老林虽然看不到他做了什么菜，但能听到评委们的赞叹声。突然，一个评委说道："听说，张若虚老先生回乡后的第一顿饭，就是吴总厨接待的？"吴书明脸色一变，没有接话，另一位知道内情的评委笑道："张老先生回来后的这第一顿饭，可是充满了传奇色彩啊！听说他自己跑去了咱们市的排档一条街，在大排档上吃了饭不说，还在那里发现了一位潜力选手，这位选手……今天应该也来参赛了吧？"

正收拾锅碗瓢盆打算开溜的老林听到这话，脸立刻涨得通红，这时，一个眼尖的评委看到了他桌上的牌子"老林家排档"，大声道："看，不是在那儿吗？"转眼间，一大群评委都来到了老林桌前。一个满头白发的评委和气地问老林："这位选手，你的参赛菜品是什么？"

老林红着脸，结巴了半天，最后只好报出了自己的"绝活"——也就是排档三大菜：清炒土豆丝，辣炒大肠，煎青鱼。他刚说完，场上就响起一片笑声，几个评委也有点忍俊不禁，那个白发的评委微笑着说："好好，本色就好。"

评委离开后，老林快速地完成了三道菜品，还没等评委给分，就离开了比赛现场，他知道，自己这回准没戏了。回家路上，老林暗想：今天见识了真正的高手，就算不能晋级，也不虚此行了。

晋级复赛

几天的比拼下来，比赛的三十强产生了。出乎老林的意料，他居然进入复赛了，虽然在所有选手中排名第三十，刚好是够格进入复赛的最后一名!

从现在开始，美食大赛的每场比赛都将进行电视转播。赛制也发生了变化，三十名选手被三人一组分成十组，综合各评委的给分，每组的前两名晋级二十强。

复赛定在周日举行，选手进场后，老林一看，顿时倒抽了一口冷气：自己这组的另两个选手，一个是初赛里见过的“食材哥”，另一个，竟然就是大名鼎鼎的吴书明。

开赛后，主持人介绍了比赛规则：这场比赛准备好了各种食材，既有参、翅、鲍、贝等山珍海味，也有普通的猪牛羊鸡鸭鹅，还有一些蔬菜水果等配菜。选手们根据初赛的成绩，依次挑选自己需要的食材。吴书明是复赛中成绩最好的，可以第一个挑选。老林本以为他会挑选最名贵的食材，没想到，吴书明只拿了普通的猪肉;轮到“食材哥”挑选时，还剩了不少材料，食材哥也欢欢喜喜地挑了自己想要的东西。所有选手都挑完了，终于轮到了成绩排在末尾的老林。他走到堆放食材的桌边一看，心里立刻“咯噔”一下，暗叫：完了完了!只见桌上空空荡荡，唯一剩下的就是几根长条茄子，连一点荤腥都没留。老林垂头丧气地拿了茄子，回到灶台边。

选好食材，比赛就正式开始了。老林一时不知如何下手，索性就观摩起了别人的手艺。只见吴书明做的是抓炒肉片，这道菜看起来稀松平常，其实最考验选手的基本功，特别是对火候的把握。做这道菜，就看厨师能不能在火候最佳的几秒钟里“抓”肉片下锅，“溜”好之后又在最关键的几秒钟里把它们“滑”进菜盘，只有这样，做出来的肉片才能外脆里嫩、滑而不腻。火候过了或者火候不到，肉片或老或生，行家一口便能尝出来。俗话说，“没有金刚钻，不敢揽瓷器活”，在比赛中好些资深厨师都避免选择这道菜，以防自己一时紧张，错过火候失了手，吴书明一上来便主动选择这道菜，自信心可想而知。

老林再看“食材哥”，他做的是一道创新菜，选了高档食材石斑鱼和草原羊肉，把羊肉塞进鱼肚子后再进行烤制，显然，是取一个“鲜”字的寓意。

看了同组两位选手的表现，老林是彻底轻松上阵了，和这些高手比拼，自己哪还有胜算？他来到锅灶旁，三两下将茄子切好，要下锅时，他却犹豫了。他本想做一道传统的风味茄子，可一想到这很可能是自己最后一次站在这个赛场上，做一道毫无新意的菜肴就下场，实在有点不甘心。突然，他灵机一动，想到了“排档三大菜”里的“煎青鱼”，自己何不素菜荤做，改良出一道“煎茄子”？想到此，老林突然兴奋起来，他略施刀工，把茄子加工成了长条的青鱼形状，然后把鱼香茄子和煎青鱼的做法结合起来，很快，一盘煎茄子便上了桌。

比赛结束，评委打分，吴书明的手抓肉 9.9 分，老林的煎茄子 8.5 分，而食材哥的“鱼羊为鲜”竟然只有 4.5 分。老林傻眼了，自己淘汰了食材哥？人家菜做得不错呀，自己哪里比人家强了呢？事后听了评委的分析，老林才恍然大悟，“鱼羊为鲜”这道菜，因为鱼肉和羊肉的食材特性大不一样，同样的烤制时间，鱼肉焦而羊肉生，再加上这两者口感差别太大，入口一嚼，味道难以融合到一起，实在是一大败笔。反倒是老林的“煎茄子”，用料恰到好处，创意和口味兼具。评点到最后，一位评委对老林说：“其实，初赛的时候我们就注意到你了。听说大排档菜里有一道煎青鱼，今天你能够做出这样的创新，将劣势转化为优势，确实难得！”老林听后心里美滋滋的，原来自己也有独到之处啊！

分数出来后，主持人当场就宣布了复赛结果，老林做梦都不敢想的事情发生了，他这个大排档厨师，竟然进入了决赛！

绝活之战

这样一来，老林的名气可算是打出去了，一时间，他的大排档上人气爆棚，几乎每桌都会点上一份“煎茄子”，把老林乐开了花。可是，还有一件事他一直放心不下：人家大赛组委会的人告诉他，接下来的决赛将分两个阶段进行，第一阶段要求选手两两之间进行绝活比拼，一招定胜负。他老林有什么“绝活”，能够拿到这种大赛的现场去展示呢？

决赛那天终于到了，比赛现场座无虚席，一个个本地名厨在徒弟、助手的簇拥下走上了赛场。只有老林，拎着一只小包就上场了——本场比赛所有食材均由主办方提供，本人无需准备。

第一阶段，绝活大比拼，老林的对手是决赛选手中唯一的白案厨师，专做面食的。他的绝活就是能将面条拉到极致，一个绣花针孔里能穿过五根面条。见面条一根根从针孔里穿过，别说下面的观众，连老林都看呆了。轮到老林时，只见他从小包里拿出一块黑布，对主持人说：“我也没什么拿手的本领，就是做了这些年厨子，舌头练出来了。我现在蒙上眼睛，你们现场有啥菜品，只要让我尝一口，主料是啥，配料是啥，我都能分出来。”

他这句话一说完，底下的观众“轰”的一声笑了起来，这叫啥本事？连三岁娃娃都知道辣椒辣，花椒麻，白糖甜，杏子酸，还用得着他来尝吗？倒是台前的几位评委考虑得更加专业，一位戴眼镜的美食家善意地提醒老林：“同样是酸，杏子酸和柠檬酸混在一起，一个味道重些，一个味道轻些，你能保证百分之百地尝出来？好好考虑考虑，换一个吧。”

“不用！”老林几步走到赛场中央，“要是大家不信，那就请这位拉面师傅给我出题，咱们当场比试比试！”

见老林这么有自信，拉面师傅的好奇心也上来了，很快，他就做好了一道豆腐汤。为了混淆老林的味觉，他往汤里扔进了一些杂七杂八的配料，像什么葱姜、蒜末，甚至还有萝卜缨子。拉面师傅刚要把汤端给老林，这时，另一组的一位决赛选手突然举手说道：“主持人，既然是比赛绝活，就应该加强难度，我可以再往汤里加一样东西吗？”

老林一下就听出来了，这是吴书明的声音。他顿时紧张起来，吴书明要往汤里加什么呢？主持人和评委商量后，同意了吴书明的提议，很快，豆腐汤被端到了老林的面前。他尝了一口，分辨着各种不同的滋味，慢慢说道：“嗯，这道菜是豆腐汤，除了主料豆腐、蘑菇，调料有高汤、花椒，葱姜，蒜末，还有、还有萝卜缨子……”

观众们见老林连对手随意洒入汤里的萝卜缨子也尝了出来，不禁响起一阵掌声。老林听到掌声，顿时松了口气，看来刚才吴书明加进汤里的就是萝卜缨子了。他刚要宣布尝味完毕，突然感到舌尖上隐隐回味出一股奇特的香味。老林赶紧又舀了一勺汤，细细咂摸，这股香味是他以前从没尝过的，像茴香，却没茴香辛辣，像薄荷，又比薄荷温和，这到底是什么呢？老林结结巴巴地说：“还、还有……汤里还有一种东西，虽然我不知道是什么，可我能描述它的味道。”

听完老林的描述，一个评委笑了，说：“你最后说的这样调料，是罗勒叶吧？”老林摘下蒙眼布，傻愣愣地问：“啥，罗啥叶？”

评委舀起一勺汤，指着汤里几片绿色的叶子，说：“这就是罗勒，是西餐里常用的一种香料，效果嘛，就和我们用茴香差不多。你没接触过西餐，难怪不认识。”

评分时，评委们发生了分歧，一个评委说："老林虽然品出了所有调料的味道，可他连罗勒也不认识，对厨师来说，不是一种缺陷吗？"正在难以抉择之际，突然，观众席上响起一阵骚动，老林回头一看，原来，张若虚老先生现身了。

张老先生走到评委席上，拿起话筒，说："我本该是下一环节的评委，但比赛实在太精彩了，我忍不住出场说两句。老林不认识罗勒，是一种局限，但他能把一种从没见过的调料品出来，还把味道描绘得如此到位，这不正是厨师最宝贵的天赋吗？"

张老先生说完，观众席里顿时响起一阵热烈的掌声。原来，拉面师傅的绝活，好多观众都在电视上看过，倒是老林的绝活特别新鲜。再加上有些观众也不认识罗勒，看的时候就特别有共鸣，很有一点观赏"达人秀"的意思——咱老百姓当中、大排档厨子里，还有这种猛人呢！

最后，张老先生的意见在评委中占了主流，老林再次晋级了。

最后胜出的十名厨师除了老林，其他都是响当当的名厨——再一次来到了灶台前，最后的冲刺开始了。主持人宣读了最后一场比赛的要求：每位选手用主办方提供的相同的食材，自由搭配，做出一道自己最拿手的菜肴，由张若虚老先生评判，一战定江山。

正式比赛前，选手们有十分钟的休息时间，趁着这个机会，老林走到吴书明跟前，诚恳地说："刚才汤里的罗勒是您最后加上的吧？这次比赛我真是大开眼界，简直不敢相信，自己会走到决赛这个阶段。"

吴书明冷冷地看了老林一眼，说："我也不敢相信，自己会和你这个大排档厨师一起参加决赛。"

老林满怀善意，被这句话一呛，一时不知该说什么好了。吴书明接着低声说："你以为自己是怎么走到今天的？初赛时，要不是张若虚特意向评委推荐你，就凭你那排档三大菜，能进入复赛？复赛时，食材哥马失前蹄，你误打误撞做了煎茄子，这才侥幸晋级。至于刚才嘛，罗勒是我加的，我就是想让大家看一看，你这个排档厨子只认识一些最粗贱的食料，要不是张若虚出来力挺你，你以为自己能走到这步？我不知道你们之间有什么关系，我看多半是张老年纪大了，脑子也糊涂了。虽然最后一场比赛他有决定权，但如果他的评判理由说不过去，全市的电视观众都不会答应的，你的好运气也只能到此为止了。”

吴书明说完，休息时间也就到了，老林眼看着吴书明头也不回地上场，原先的良好感觉一下全没了，心里只剩下一个疑问：自己真的是因为张若虚老糊涂了，才侥幸进入决赛的吗？

又见土豆

此时，两位工作人员推着一辆盖着帆布的小车走上了赛场，小车里就是最后一战的食材吧？里面会是什么呢，瑶柱、海参、燕窝？看这辆小车的装潢如此华丽，难不成里面竟是驼峰熊掌？选手们跃跃欲试，都睁大眼睛盯着小车。老林却还沉浸在刚才的对话中，垂头丧气地打不起精神。

帆布揭开了，观众和选手看到主办方提供的食材，不由一齐发出“哟”的一声，原来，那小车上整整齐齐地摆满了土豆！

随后主持人走上赛场，进行了解释：大赛主办方本来已经给各位选手准备好了贵重的食材，谁知，就在比赛开始前，张若虚老先生要求主办方向选手们提供他亲自带来的食材：一包土豆，不然他就不担任这场比赛的评委。主办方无奈之下，只好按张老先生的要求行事，于是就发生了大家刚才看到的一幕。

主持人的话音刚落，张若虚老先生便从座位上站了起来，一字一句地说道：“诸位，这道菜的主料，就用我带来的土豆，其他配料嘛，你们随便用，我没有限制。”

一个个拳头大小的土豆发到了选手的桌子上，短暂思索过后，大家开始忙碌起来，只有一个人例外，那就是老林。他垂头丧气地做着前期准备，打算随便做一道炒土豆丝之类的排档菜，可是，他正给土豆切丝时，忽然愣住了。他放下菜刀，拿起一把已经切好的土豆丝在鼻子边使劲地闻着，然后，又意犹未尽地把一条条土豆丝塞进嘴里，那种贪婪的样子，好像在咀嚼什么山珍海味。

旁边的选手们已经准备收工了，老林这时才如梦初醒，他飞快地清洗了一下剩下的几枚土豆，然后“扑通扑通”地把它们扔进盛满清水的大锅里，开火“咕嘟咕嘟”炖了起来。等到其他选手纷纷交卷的时候，他这边的土豆刚好煮熟。

老林这是要弃权了吗？台下观众议论纷纷。评委组见状，在品尝时也就没有考虑老林的“菜品”，只对其他选手进行了打分。最后，吴书明的“五鼠闹春”得分最高。

这五鼠闹春，是把五枚土豆用刀工刻成老鼠的模样，然后在它们身上分别涂上调制好的蜂蜜、辣酱、蓝莓酱、苦瓜酱和盐水，然后放入烤箱内烤制，出炉后，五鼠分呈黄、红、蓝、绿、白五色，显甜、辣、酸、苦、咸五味。然后，再用高汤加菠菜汁勾浓芡，在托盘上画出碧草、绿树、藤萝等一番春天的景象，最后把五鼠放置其中，果然是春意盎然，栩栩如生。

吴书明准备接受比赛奖牌的时候，一直在旁边不发一言的张若虚老先生忽然开口了:“还有一位选手没打分呢，老林，你这道菜是怎么想的呢？”观众们“轰”的一声笑了起来，老林做的哪是菜呀，四个煮熟的土豆摆在菜盘里，这不是闹着玩儿吗?

老林的目光扫过全场，随后说道：“我也知道大家为啥笑，可是，容我说两句。说实话，我这做了几年排档菜，要说伺候土豆，我只会一道，炒土豆丝。今天，我本来也只能做这道菜，可是切菜的时候，我发现这土豆和我以前用的不一样。”

“不一样？”主持人露出一脸夸张的表情，他走到餐桌前，拿起一枚土豆，左看右看，转过头问道，“不一样吗?我看不出来。”

“真的不一样。”老林看上去都有点急了，“真的，这些土豆，有土豆味儿！”

“哗……”观众们又一次笑出声来，土豆没有土豆味儿，那成什么了?

老林却没有被笑声影响，接着说道：“小时候家里穷，我老林就是吃土豆长大的，这个东西，小时候我娘天天煮给我吃，这味道我一辈子都忘不了。可是后来，这东西的味道越来越淡了，不光是土豆，啥菜都是这样。我们平时做排档菜用的材料，都是从菜市场批发来的，那些东西，每买回一批我都要亲口尝尝，白菜、萝卜、土豆……我尝了一批又一批，再也没有尝到小时候的味道。我问人家这是为啥，他们说，如今的菜，自打种子入地到采摘上桌，都离不了化肥、农药、催熟剂，所以慢慢就没味儿了。可等这些东西进了厨房，咱们又开始拼命往里面加料，大料、味精，放得那叫一个欢。我就一直在琢磨，菜味儿已经淡了，再放这些东西进去，到底要让顾客吃啥?所以，我平时做菜放料都是点到为止，万万不敢过火。”

“今天张老给的这些土豆，一开始我也没觉得啥，可是切着切着，我就闻见味儿了，就是小时候吃过的那种味道，快二十年没尝过了吧。吃上一口，我就会想起小时候，想起我娘。这么好的土豆，它压根儿就不用放啥调料，白水煮来吃最香，从小时候一直香到现在!”

老林说完，全场一片寂静。好一会儿，几位评委走上了赛场，拿起老林的白水煮土豆尝了起来。一尝之下，这土豆果然与众不同。大家不约而同地转头去看张若虚，只见他微微一笑，说：“我也给大家讲个故事吧。”

“我自小学厨，不满三十岁，各种冠军已经拿了几十个，我也觉得自己很了不起。后来，咱们这里举行厨艺比赛，我参赛了，决赛的对手是一个工厂食堂的厨师。当时我就想，这冠军还有旁人吗？指定是咱的呀。比赛题目就是土豆菜，吴总厨的这道五鼠闹春，其实是那一次我为了比赛专门新创的。

“那位厨师做的是清炒土豆片，评判的时候，评委们甚至对那道菜尝都没有尝一口，他们都被那道五鼠闹春吸引住了。颁奖结束后，我还自以为是地走过去，想安慰一下那个对手，可是，尝了一口他的清炒土豆片，我当场就呆住了。

“那才是真正的味道啊，油、盐、葱花、土豆，平平常常的四样东西，可是经他的手，菜的真味出来了！他告诉我，在工厂食堂里没啥高档货，一年到头就是土豆白菜，所以做菜时他格外上心，一心一意，就是要让每一种菜肴都能‘有味儿’。

“我知道自己其实是输了，那道五鼠闹春说白了就是一个花架子，跟这道清炒土豆片比起来，根本算不了什么。有一阵子我甚至觉得自己这几十年都白学了，让每一道菜都能真正的‘有味儿’，这才是我们厨师最最核心的东西，可是这些年我一直在学些什么呢？这些天看你们这些大厨做菜，动不动就用高汤鲜料，这和排档菜用重油、放重料本质上有什么区别吗？当年，我曾想跑过去告诉评委，让他们亲口尝一尝那道菜，重新评判一次，可是虚荣心拦住了我，到底没有走出那一步。从那以后，我心里一直有一个声音在对自己说：你输了，你其实什么都不懂，根本不配那个冠军。

"尽管没人知道这件事，我还是感到没脸在这里继续生活下去，所以我离开了。三十多年了，我一直都忘不了那天的事。这次我回来，一是想借比赛告诉大家这件事，它困扰我太久了，只有说出来才会安心。另外，我还想找到一个真正懂得'有味儿'的人，收他做我的关门弟子，把我这些年思考的东西一一告诉他，没想到，今天真的找到了。"

说到这里，张若虚走到老林身边，拍拍他的肩膀，说："你说的没错，这些土豆是我自己在乡下种的，没有用农药，也没有用化肥，大概就是三十多年前的那个味道吧？其他选手看到这些土豆的第一眼，就是去造型，去调味，只有老林一个人，注意到了土豆本身的味道……"

听完张若虚的话，大家纷纷陷入了沉思。半小时后，比赛结果要揭晓了。这时，主持人突然匆匆上场，对观众和评委们说道："刚才，老林对我说，听了张若虚老先生的话，他感到自己要学的还很多，他决定退出这场比赛，和张老先生一起去他的种植基地看看，将来，一定要做出更多让老百姓吃了放心、有味的菜。现在，他和张老先生已经离开赛场了……"

评委们闻言不由面面相觑，一时不知如何是好。观众席上静默良久，突然，爆发出一阵热烈的掌声，在赛场上回荡，经久不息……

（董　雷）

（题图：杨宏富）